문학과지성 소설 명작선

이 소설 총서는
초판 간행 이후 시간의 벽을 넘어 끊임없이
독자와 평자들의 애호와 평가를 끌어 열고 있는
말의 바른 의미에서의 '스테디 셀러'들을
충실한 원본 검증을 거쳐 다시 찍어낸,
새로운 감각의 판형과 새로운 깊이의 해설로
그 의미를 더욱 풍요롭게 만든,
우리 시대 명작 소설들이 펼치는
문학적 축제의 자리입니다.

◇ 문학과지성사에서 펴낸 지은이의 책들

바람의 넋(소설집, 1986)
불꽃놀이(소설집, 1995)
새(소설, 1996)
불의 강(소설집, 1977; 개정판, 1997)

유년의 뜰

오정희

문학과지성사

1998

문학과지성 소설 명작선 14
유년의 뜰

초판 1쇄 발행__1981년 7월 25일
초판 14쇄 발행__1997년 4월 25일
재판 1쇄 발행__1998년 4월 24일
재판 27쇄 발행__2017년 3월 30일

지 은 이__오정희
펴 낸 이__주일우
펴 낸 곳__㈜문학과지성사

등록번호__제1993-000098호
주   소__04034 서울 마포구 잔다리로7길 18(서교동 377-20)
전   화__02) 338-7224
팩   스__02) 323-4180(편집) 02) 338-7221(영업)
전자우편__moonji@moonji.com
홈페이지__www.moonji.com

ⓒ 오정희, 1998. Printed in Seoul, Korea

ISBN 89-320-0987-2 03810

이 책의 판권은 지은이와 ㈜문학과지성사에 있습니다.
양측의 서면 동의 없는 무단 전재 및 복제를 금합니다..

유년의 뜰

유년의 뜰 9
중국인 거리 66
겨울 뜸부기 101
저녁의 게임 127
꿈꾸는 새 152
비어 있는 들 170
別 辭 192
어둠의 집 243

작가 후기 266

초판 해설 • 전율, 그리고 사랑 • 김치수 268
신판 해설 • 영원한 '현재'의 시간을 위한 변주곡 • 최성실 283

유년의 뜰

홧 아 유 두잉? 당신은 무엇을 하고 있습니까? 아임 리딩 어 북, 나는 책을 읽고 있습니다. 홧즈 유어 프렌드 두잉? 당신의 친구는 무엇을 하고 있습니까?
 석양이 오빠의 이마와 목덜미를 붉게 물들이며 방을 깊숙이 가로질렀다.
 내가 기억하는 한의 그 시간은 늘 그랬다.
 함석 지붕이 흐를 듯 뜨겁게 달아오르고 저녁 햇빛이 칼처럼 방안에 깊숙이 꽂힐 즈음이면 어머니는 화장을 시작하고 오빠는 창가에 놓인, 붉은 꽃무늬의 도배지 바른 궤짝 앞에 앉아 꼼짝 않고 소리 높이 영어책을 읽었다. 나는 어머니의 곁에 앉아 갖가지 화장품이 담긴 병들을 만지작거리거나 창을 통해서 멀찍이 보이는 개울의 다리와 신작로, 그리고 더 멀리 황금빛으로 번쩍이는 초등학교의 창을, 점점이 붉은 빛이 묻어나는 새털구름들을 바라보며 이유가 분명치 않은 조바심으로 어머니와 오빠 사이의, 은밀히 조성되어가는 팽팽한 공기를 지켜보았다.

캔 유 텔 미 홧 히 이즈 두잉? 오빠가 밭은기침으로 목청을 돋우었다.

파마한 머리칼이 얽히었는지, 신경질적인 손놀림으로 빠르게 빗질을 하던 어머니가 손을 멈추고 거울에 바짝 머리를 들이대었다. 흰 머리카락이 뽑혀나왔다.

벽에 버티어놓은 거울에, 등지고 앉은 오빠의 몸이 고집스럽게 담겨 있었다. 뽑혀나온 새치를 손가락 사이에 들고 잠시 들여다보던 어머니가 햇빛을 피하는 시늉으로 눈살을 찌푸리며 거울을 옮겨놓고 화장을 계속했다. 나무궤 위에 쌓아놓은 우리들의 때묻은 이부자리가 거울면에 들어찼다. 오빠의 모습은 사라졌다. 대신 거친 손짓으로 책장을 넘기는 바람에 낡고 눅눅해진 종이가 힘들게 찢겨지는 소리가 났다. 오빠의, 긴장으로 경직된 등이 제풀에 움찔했다.

어머니는 등뒤의 작은 시위——그러나 오빠 나름대로는 필사적인——에 아랑곳하지 않고 분첩으로 탁탁 얼굴을 두들기고 가늘고 둥글게 눈썹을 그렸다. 나는 조마조마한 마음으로 어머니와 오빠를 번갈아 보며, 그러나 어쩔 수 없는 호기심과 찬탄으로 거울 속에서 점차 나팔꽃처럼 보얗게 피어나는 어머니의 얼굴을 바라보았다.

어머니가 시집올 때 해왔다는 등신대(等身大)의 거울은 이 방에서 유일하게 흠 없이 온전하고 훌륭한 물건이었다. 눈에 보이게 또는 보이지 않게 남루해져가는 우리들 가운데서 거울은, 어머니가 매일 닦는 탓도 있지만, 나날이 새롭게 번쩍이며 한구석에 버티고 있었다. 그 이물감 때문에 우리의 눈에는 실체보다 훨씬 더 커 보이는 건지도 몰랐다.

거울 속에는 언제나 좁은 방안이 가득 담겨 있었다.
소꿉놀이를 하다가도, 게으르게 눈을 껌벅이며 잠에서 깨어나서도, 싸움질을 하다가도, 허겁지겁 밥을 먹다가도 문득 눈을 들면 방의 한구석에 버티어 선 거울이 자신은 볼 수 없는 등까지도 환히 비추는 바람에, 우리는 거울 속에서 낯설게 만나지는 자신에게 경원과 면구스러움을 느껴 옆으로 슬쩍 비켜서거나 남의 얼굴처럼 물끄러미 바라보곤 했다.
거울은 기울여놓기에 따라 우리의 모습을 작게도 크게도 길게도 짧게도 자유자재로 바꾸어 비추었다. 언니와 나는 어머니가 없을 때면 끙끙대며 거울을 옮겨놓고 그 앞에서 입을 크게 벌리고 노래를 부르거나 연극놀이를 했다. 비가 와서 밖에 나갈 수 없을 때 우리는 연극놀이를 했는데 내용은 늘 똑같았다.
쟨 멍청이니까 병자나 시켜. 작은오빠의 말에 따라 내가 힘없이 드러누우면 작은오빠는 의사, 언니는 천사가 되었다. 병자는 시종 가냘프게 신음을 하고, 주사를 맞고 약을 받아먹으며, 눈을 감고 있다가 죽어서 천사와 함께 하늘에 오르는 것이 연극의 끝이었다. 천사는 할머니의 치마를 둘러쓰고 옷자락을 펄럭이며 머리 주위를 돌다가 내가 머리를 모로 떨어뜨리고 탁 숨을 끊으면 안아올렸다. 그러고는 화를 냈다.
너무 뚱보라서 날 수가 없구나.
천사를 따라 펄럭펄럭 날갯짓을 하며 방안을 돌아다니는 것으로 연극이 막을 내린다는 것을 알고 있었지만 나는 대체로 정말 죽은 체 꼼짝 않고 누워 있었다. 그러면 언니는 나를 마구 흔들며 짐짓 겁에 질린 소리로 호들갑스럽게 말했다.
노랑눈이 죽었니? 눈떠봐, 정말 죽었니?

의사가 눈꺼풀을 손가락으로 비집고 입김을 후후 불어넣으며 투덜대었다.

이 바보야, 일어나, 이젠 끝났단 말야.

그러나 나는 천사와 함께 나는 것보다 죽은 체하고 누워 있는 것이 훨씬 더 재미있었다. 그렇게 가만히 있노라면 내 작은 계교로 의사는 계속 주사를 놓고 천사는 다리가 아플 때까지 주저앉을 수 없어 연극은 언제까지나 이어지기 때문이었다.

어머니는 입술을 꽃모양으로 뚜렷이 그리고 하얗게 분이 오른 얼굴을 다시금 분첩으로 탁탁 두드렸다.

오빠는 더 큰 소리로 책을 읽었다.

홧 아 유 두잉? 아임 리딩 어 북.

창 아래, 텃밭가로 지나가던 사람 두엇이 고개를 빼어 안을 기웃거렸다.

어쩌면 저렇게 공부를 열심히 하지? 꼭 미국 사람 지껄이듯 하는군.

오빠는 변성기에 접어든, 거세고 뻑뻑한, 그러면서도 여성적인 목소리로 한껏 혀를 궁글렸다.

고등학교 입학 자격 시험 준비를 한다는 오빠는 저물 때까지 창가에 앉아서 영어책을 읽었다. 아예 책을 덮어놓고 1과부터 외우기도 했다. 우리의 좁은 방은 언제나 오빠의 책 읽는 소리로 가득 차 있었다. 그것은 끝없이 반복되는 단조롭고 긴 소절의 노래였다. 오빠가 방에 없을 때조차 그 소리는 지루하게 되풀이해 울리고 있었다. 홧 아 유 두잉? 홧즈 유어 프렌드 두잉?

중학교 2학년에서 학교를 중단한 오빠가 읽는 것은 피난짐에 소중히 감춰온 중2 교과서였다.

읍에 야간 중학교가 생기자 어머니는 말했다. 온 식구가 한뎃잠을 자는 한이 있어도 학교를 보내마.

그런데도 오빠는 세 해째 같은 책을 읽고 있는 것이다. 보풀이 일어 눅눅하고 두껍게 부푼 책에 오빠는 딱딱한 마분지를 덧대어 겉장을 만들었다.

사람들 말대로 오빠는 언젠가는 성공할 것이었다.

갖고 놀아도 좋아.

어머니는 싹싹 훑어 바른 빈 크림통을 내게 내밀고 마지막으로 입술 곁에 날카롭게 미인점을 찍은 뒤 일어나, 거울에 옷맵시를 비춰보았다.

다녀오마.

어머니는 저고리 소매에 손수건을 살짝 찔러넣고 꽃가지라도 꺾어든 양 한들한들 걸어나갔다.

어머니가 나가자마자 오빠는 탁 책을 덮고 용트림을 하듯 아아 기지개를 켜며 웃옷을 벗어던졌다.

막 넓게 퍼지기 시작한 완강한 어깨 위로 아직 연약하고 섬세한 목과 작은 머리통이 불균형하고 어색하게 얹혀 있었으나 이미 청년으로서의 단단한 골격이 잡힌 몸이었다.

오빠는 무언가 억제하려는 듯, 솟구치려는 듯한 몸짓으로 또다시 허리를 뒤틀어 기지개를 켜고 손아귀에 힘을 주어 천천히 팔을 안으로 굽혔다.

방안에 아직 남아 있는 짙은 지분(脂粉)내에 하르르 솜털을 일으키며 엉성하나 옹골찬 근육들이 아아아아 떨 듯이 일어서고 있었다. 거무스레한 겨드랑이를 보이며 다시 한번 기지개를 켜고 오빠는 발로, 무겁게 닫힌 방문을 차 열었다.

활짝 열린 방문으로, 툇마루 앞마당에서 풍구를 돌리고 있는 할머니가 보였다. 저녁 지을 불을 피우고 있는 것이다. 한 손으로는 풍구질을 하면서, 불꽃이 잘 일지 않는지 할머니는 연신 화덕 밑 불구멍에 얼굴을 대고 푸우푸우 입으로 바람을 불어넣었다. 하얗게 사윈 재가 화덕 위로 날았다. 햇빛 때문에 불티는 보이지 않았다.

노랑눈아, 된장 한 숟갈 퍼오고 고추 몇 개 따와라.

매운 연기와 흘러내리는 땀으로 눈물을 질금거리며 할머니가 소리쳤다.

된장 항아리의 아구리를 덮은 호박잎에는 구더기가 하얗게 올라와 있었다.

나는 할머니가 하듯 호박잎을 젖혀 던져버리고 된장을 한 숟갈 뜬 후 꼭꼭 눌러 장독대 곁의 호박잎을 하나 따서 덮었다.

아침마다 된장 항아리 뚜껑을 열면 호박잎에 구더기가 하얗게 올라와 있었다. 웬 가시가 이렇게 끓는담. 할머니는 혀를 차며 호박잎을 벗겨 담장 너머로 던져버리고 새 잎을 덮었다. 그 일은 서리가 내릴 때까지 계속되었다. 된장을 뜨고 돌아서며 나는 봉숭아·채송화 따위 일년초가 자자분하게 심겨진 마당 건너 안채의 부엌과 잇달린 방을 흘깃 바라보았다.

역시 둥글고 배가 부른 자물쇠가 시커멓게 매달린 채 고요했다. 늘 마당을 사이하고 바라보이는 방이건만 그 앞을 지나갈 때는 눈을 내리깔고 발소리를 죽여 빨리빨리 걷다가 훨씬 지나친 후에야 엿보듯 흘깃 돌아보는 것이 우리들의 버릇이었다.

해질녘의, 그림자 같은 정적 속에서 할머니는 벌겋게 달아오른 얼굴로 풀무질을 하고 뒤꼍의, 꽃이 진 감나무에서는 고욤알

만큼의 감이 다닥다닥 열려가고 있었다.
　윤기나는 검푸른빛으로 빳빳하고 단단히 약이 오른 고추를 한 웅큼 따서 치마폭에 담는데, 동생을 업고 텃밭가에서 목을 빼어 길 쪽을 살피던 언니가 급히 몸을 숙였다. 그 바람에 혀가 깨물렸는지 동생이 숨넘어갈 듯 울었다. 텃밭은 길에 면해 있지만 길보다 한 자 꼴이나 턱이 지게 낮고 뽕나무 울타리로 둘러쳐져 언니의 몸쯤이야 납작 엎드리지 않고도 쉽게 숨길 수 있었건만 언니는, 개울의 다리 위로 저무는 햇빛을 하얗게 튕겨내며 자전거가 달려올 즈음이면, 지레 땅바닥에 엎드렸다.
　자전거 뒤에 도시락을 싣고 달려오던, 오학년인 언니의 담임 선생은 여느 때처럼 언니를 발견하지 못하고 따르릉따르릉 텃밭을 지나쳤다. 자전거가 멀어지자 언니는 그제야 몸을 일으켜 흙 묻은 손바닥을 털고 우는 동생의 볼기짝을 철썩 때렸다.
　순자 엄마가 바람이 나서 도망갔대, 그래서 순자는 밥하고 빨래하고 동생들 보느라고 학교도 빠져. 선생님은 술만 마시면 애들을 때리고, 늬들이 불쌍하다, 다 함께 죽어버리자, 하면서 우신대. 언니의 버짐이 핀 거칫한 얼굴이 성난 듯 엷게 붉어졌다. 언니와 같은 학년인 순자는 담임 선생의 딸이었다, 바람난 순자 엄마가 읍의 미장원에서 머리를 지져붙이고 올망졸망한 다섯 아이를 버려둔 채 도회지로 달아나버린 건 누구나 다 아는 사실이었다.
　늦은 밤 들창 밖에서 털털대는 자전거 소리가 들리면 언니는 잠결에도 작게 한숨을 쉬며, 선생님은 또 우시겠구나, 순자는 또 매를 맞겠지, 탄식조로 웅얼거렸다.
　치마폭에 담은 고추에서 나는 독한 매운내에 재채기가 났다.

한바탕 재채기를 하자 눈물이 났다.
 땅으로부터 낮게 거물거물 어둠이 피어오르고 있었지만 개울의 다리께는 아직 하얗게 햇빛이 남아 있었다. 눈물이 어룽어룽한 눈에, 다리를 건너오는 사람들의 모습이 흐릿하게 비쳐들었다. 남자·여자·어른·아이들의 모습이 어렴풋이 구별되었다. 어른들은 커다란 등짐을 지고 있었다. 나는 그들이 이 마을로 들어오는 피난민임을 알 수 있었다. 지난 겨우내 봄내, 앓는 아이를 업고 개울 아래로 지친 그림자를 떨어뜨리며 피난민 가족들은 물처럼 흘러들어왔다. 오늘 어느 집인가 헛간을 치울 것이다. 우리도 지난해 그들처럼 초라하게 이곳으로 들어왔던 것이다.
 저녁을 먹고 난 우리는 모두 툇마루에 나앉았다. 떠돌이 이발사가 들어왔기 때문이었다.
 먼저 큰오빠가 목수건을 두르고 이발사 앞에 앉았다. 기계가 채각채각 지날 때마다 새하얀 속살이 길을 냈다. 순식간에 하얀 알머리가 된 오빠는 민틋한 머리통을 쓸며 피식 쑥스럽게 웃었다.
 이발사가 올 때마다 피해 달아나 목 뒤로 한 뼘이나 머리가 길어진 언니는, 머리를 기르겠다고 가냘프게 항의를 했지만 할머니의 매운 눈에 단박 주눅이 들어 머리를 깎았다. 희끗희끗 서캐가 실린 머리털이 발 밑에 떨어질 때는 눈물을 뚝뚝 떨어뜨렸다. 언니는 머리칼을 길러 등뒤로 출렁하게 늘이는 것이 소원이었다.
 머리 밑과 목덜미에 땀띠가 빨갛게 촘촘히 돋은 동생은 머리가 깎일 동안 할머니에게 안겨 내내 아야아야, 피리 소리처럼 약하게 울었다. 울면 조그만 얼굴은 늙은이처럼 온통 주름살투성이가 되었다.

　내가 수건을 두르고 앉자 할머니는 언니에게 눈을 흘겼다.

　다시 노랑눈이 머리에 부젓가락을 댔단 봐라.

　언니는 자주 할머니의 눈을 피해 불에 달군 부젓가락으로 내 머리칼을 태웠다. 파마를 시켜준다는 것이다.

　서걱서걱, 눈 위로 위태롭게 가위가 지나갈 때 나는 쉴새없이 눈을 깜박였다.

　이발사의 가방에는 큰빗·작은빗·가위·면도용의 접는 칼·솔·비누·이발 기계 등 무엇이든 다 있었다. 나는 큰빗과 작은빗, 면도칼 따위를 잽싸게 바꿔들며 움직이는 이발사의 굳은살 박인 손을 바라보았다. 이발사의 손에서도 숙인 머리에서도 진한 머릿기름 냄새가 났다. 나는 후루룩 숨을 들이마셨다. 구역질 나는, 익숙한 냄새였다. 나는 먼젓번에도 또 그전에도 이발사의 머릿기름 냄새가 생소하지 않았다. 어디서 맡아본 냄새였을까, 나는 안타까이 생각했었다. 그러난 그것은 흘러간 시간의 저 안쪽 어디엔가에 숨어 전혀 기억해낼 수가 없었다.

　가위질을 마친 이발사는 솔로 머리털을 털고 후후 입으로 불었다. 그리고는 부걱부걱 거품을 낸 비누를 솔에 듬뿍 묻혀 목덜미와 이마에 묻히고 면도를 한 후 보얗게 분가루를 뿌렸다. 그래서 이발사가 다녀간 다음이면 동네 아이들은 모두 무 밑동처럼 퍼렇고 민틋한 뒷머리로 값싼 분냄새를 풍기며 돌아다녔다. 남자 어른들까지도 올올이 기름으로 재워 납작해진 머리 모양으로 독한 화장품 냄새를 풍겼다.

　할머니는 머리를 감고 오라고 우리를 개울로 내쫓았다. 머리를 깎고 난 뒤면 모두 허옇게 기계충이 먹어들기 때문이었다.

노랗고 윤기 없는 머리털이 발 밑에 어지러이 떨어져 있었다. 바람결에 맥없이 후루룩 날리기도 했다. 나는 그곳에 침을 뱉고 발로 문질렀다. 그때 문득 나는 기억해낼 수 있었다. 이발사에게서 맡아지던 친숙한 냄새, 그것은 바로 아버지의 머리에서 풍기던 기름 냄새였다.

바람결에 두엄 냄새가 풍겨왔다. 여름이 시작되고 있었다.

8월로 접어들자 감나무 이파리는 윤기나는 감청빛으로 더욱 두꺼워지고 이파리 그늘에 숨을 듯 다닥다닥 달린 보다 옅은 빛의 열매는 작은 감자만큼이나 굵어졌다.

뜰은 무성한 그늘로 더욱 창창(蒼蒼)하고, 장마가 걷힌 지 오래건만 축축한 흙에서는 지렁이가 꾸물대고, 흙담 새막이 위로 노래기들이 분주히 기어다녔다.

변소는 감나무가 심겨진 뜰의 구석에 있었다. 언니나 할머니는 우물가 수채에 쪼그리고 앉아 쐐쐐 오줌을 누었지만 감꽃이 지면서부터 나는 언제나 부네의 방 앞을 지나 감나무 그늘을 걸어 변소에 갔다.

노랑눈이년, 생긴 푼수치곤 겁이 없어.

할머니는 맹랑하다는 표정으로 호호 웃었다.

마당을 가로질러 감나무 울울한 그늘에 들어서 나는 눈을 가늘게 뜨고 방금 지나온 부네의 방을 바라보았다. 그러고는 슬며시 눈길을 돌려 안채 쪽을 보았다. 안집 여자는 낮잠에라도 빠져 있는 것일까, 아무런 기척이 없었다.

나는 잡풀더미 속에 떨어져 있는 풋감을 재빨리 주워들었다. 한 주먹에 꽉 차고도 남을 크기였다.

뒤뜰에 심겨진 서너 그루의 늙은 감나무로, 감나무집이라 불리는 이 집에 이사왔을 때 어머니는 우리들을 모아놓고 꽃이 지고 있는 감나무를 가리키며 단단히 타일렀다.

남의 것은 쳐다보지도 말고 손가락질도 하지 마라. 얼마나 음흉한 사람들인지…… 늬들을 시험하고 있는 거야. 난리통에 바깥에서 온 사람들은 모두 도둑놈이나 거지로 생각한다니까. 손버릇 사납다고 소문나면 가뜩이나 애 많다고 싫어하는 판에 외양간도 못 얻어든다.

가지가 휘어지게 다닥다닥 열린 감은 제 무게를 견디지 못해 여름내 바람도 없는데 저절로 툭툭 떨어지고 그 소리는 마당 건너 돌아앉은 우리 방에서도 환히 들을 수 있었다.

변소를 가다가 발 아래 굴러다니는 감을 보면 우리는 얼결에 주인집 방문을 흘긋거리고, 그러면 영락없이 방문에 붙인 조그만 유리 조각에 바짝 눈을 대고 이쪽을 내다보는 안집 여자와 눈이 마주쳐 똥이라도 피하듯 공연히 진저리를 치며 그것을 건너뛰거나 발로 썩썩 문대어버리곤 했다.

애들이 많아도 말썽을 안 부리는군요.

나름대로 정한 시험 기간을 끝낸 안집 여자가 만족스럽게 말하자 어머니는 공손하나 비웃는 듯한 웃음을 띠며 대답했다.

애들 버릇은 애초에 맵게 들여야 해요, 세 살 버릇 여든 살까지 간다는 말이 있잖아요.

어머니가 아버지의 행방을 수소문해서 여섯 차렌가 일곱 차렌가 헛행보를 한 뒤 읍내 밥집에서 드난을 살게 되면서부터 우리들을 단속하는 일은 오빠가 맡았다.

떨어진 감에 손가락만 대봐라, 손목을 잘라버리겠다.

오빠는 잇새로 나지막이 말했다.
풋감을 한입 베어무니 금시 떫은 맛이 한입 가득 찼다. 이켠의 그늘 탓에 부네의 방은 햇빛 속에 밝게 떠 보이고 살눈썹 사이에서 가끔씩 조용히 부풀어오르며 흔들리는 듯도 했다.
두 쪽의 문이 맞닿은 곳에는 여전히 자물쇠가 무겁게 매달려 그 무게로 문살이 휘엿하게 늘어져 금시라도 메마른 소리로 무너져버릴 것만 같았다.
감의 뻑뻑한 살은 아무리 씹어도 좀체 목 안으로 넘어가지 않았다. 나는 조금 들큰하고 썩 떫은 맛에 용기를 내어 다시 감을 하나 주워들었다.
저 문의 안쪽에 정말 머리를 깎이고 벌거벗긴, 귀신처럼 예쁘다는 부네가 있는 걸까.
사람들은 그녀, 부네의 아비, 그 늙고 말없는 외눈박이 목수가 어떻게 그의 바람난 딸을 벌건 대낮에 읍내 차부에서부터 끌고 와 어떻게 단숨에 머리칼을 불밤송이처럼 잘라 댓바람에 골방에 처넣고, 마치 그럴 때를 위해 준비해놓은 듯 쇠불알통 같은 자물쇠를 철커덕 물렸는지에 대해 오랫동안 이야기했다. 또 그녀가 들창을 열고 야반 도주를 하려 하자 발가벗기고 들창에 아예 굵은 대못을 쳐버렸다고, 그 통에 안집 여자는 어찌나 혼이 나갔던지 목수가 벗겨 던진 딸의 옷이 창 앞 석류나무에 사흘씩이나 걸려 있었는데도 모르더라는 얘기를 했다. 더욱이 얘깃거리가 된 것은 읍에서부터 개처럼 끌려오는 과정이 부네 편에서도, 아비쪽에서도 있을 법한, 아이고 아버지 용서해주오, 한마디 말도, 분노의 씨근거림도 없이 시종 침묵으로 일관되었다는 것이었다. 사람들은 도시 알 수 없다는 표정으로 수군거렸다. 늘 말이 없고 침울한 외눈박이 목수는 많은 딸 중·특히 부네를 각별히 아꼈고, 목수 일을 젖혀둔 채 보름이고 한 달이고 객지로 떠돌았던 것은, 살림을 차렸다는 소문만으로 돌아오지 않는 부네를 찾기 위해서였다는 소문이었다.

방문은 그날 이래 한 번도 열린 적이 없었다. 적어도 열리는 것을 본 사람은 아무도 없었다.

꽤 여러 날이 지난 후 사람들은 말했다.

부네가 아이를 가진 게야, 아마 지금쯤 꽤 배가 불렀을걸, 어째 첫눈에도 홀몸이 아닌 것 같더라니. 남몰래 몸푼 후 용케도 아들이면 자식 없는 집에 업둥이로 들여보내고 멀쩡히 처녀 행세를 시키려는 속셈이지 뭐야.

그리고 더욱 여러 날이 지났을 때 사람들은 다시 말했다.

바람이 난 게 아니라 몹쓸 병에 걸린 게야, 소문날까 무서워 쉬쉬하는 거지, 문둥이 있다는 소문만 나봐, 여기서 배겨낼 도리가 있겠어?

그게 아니라…… 혹시 미친 게 아닐까?

그리고 그들은 부네를 잊었다. 골방의 문이 닫히는 순간, 자물쇠가 덜컥 걸리는 순간부터 부네는 완전히 다른 세계로 들어가버린 것이다. 자물쇠는 혹시 그녀가 끌려들어오기 훨씬 전부터 완강히 채워져 있었고 그녀는 공기처럼 가볍고 투명해져서 창호지 가는 올 사이로 스며들어가버린 것은 아닐까.

나는 부네가 방에 갇힌 것이 우리가 이곳으로 이사 오고 난 후의 일인지 그전의 일인지 기억이 아리송했다.

이사 오던 첫날 이미 자물쇠가 잠겨 있는 것을 본 듯도 했고, 더 곰곰이 생각하다 보면 개울의 다리 위로 머리채를 잡혀 목을 늘어뜨리고 오던 부네와 그의 아비 모습이 어제의 일처럼 눈앞에 떠오르기도 했다.
 지난해 두어 차례 다니러 와 와글와글 끓어대던 외눈박이 목수의 그 많은 딸들 중 부네는 있었을까. 아마 명절이나 목수의 생일이었을 것이다.
 그네들은 모두 대처에 나가 돈을 벌고 있다고 했다. 그래서 목수는 늘 연장을 벽에 걸어두고도 살 수 있는 게라고 했다.
 늦복이 터져서…… 그의 등에 대고 사람들은 입을 비쭉였다.
 그네들이 오면 집 안에는 종일 기름 타는 냄새와 고깃내가 풍겼다. 부네는 그들 중 누구일까. 마당에 내놓은 화덕에서 누름적을 부치다가 기웃거리는 내게 사납게 눈을 흘기던 곱사등이인가, 아니면 소금물에 우린 풋감을 살며시 쥐어주던 여자인가, 키를 쓰고 소금을 얻으러 갔을 때, 욕을 퍼부으며 호렴을 한줌 머리에 내뿌리는 대신 자기 전에 꼭 오줌을 누고 자면 되잖아, 라고 말하던 여자인가.
 그네들은 이튿날 아침이면 안집 여자의 것인 듯 때묻고 해진 치마를 헐렁하게 질질 끌며, 수건을 머리에 질끈 동이고 우물가에 나와 이를 닦고 몇 번이고 물을 갈아가며 세수를 했다. 그러고는 보얗게 분 바른 얼굴로 황망히 집을 떠났다.
 안집 여자는 허드레옷으로 갈아입고 술 취한 목수는 퇴침을 베고 누워 이틀이고 사흘이고 코를 골았다.
 사람들 말대로 부네는 몹쓸 병을 앓고 있는 걸까, 미쳐서 짐승처럼 재갈 물리고 손발 묶여 갇혀 있는 걸까.
 나는 바로 눈앞에 있으면서도 실제의 것이 아닌 듯 아득히 여겨지는 부네의 방 가까이 다가가는 대신 안채로 눈을 돌렸다. 안채의 건넌방 추녀 밑 벽에는 연장 망태가 걸려 있었다.

비 오는 날이 아니라도, 삼실로 튼튼히 얽은 마대는 대개 그곳에 걸려 있었다.

부네가 돌아온 뒤에도 목수는 연장 망태를 걸어둔 채 보름이나 달포씩 집을 비웠다. 산에 들어가 약초를 캔다는 것이다. 때문에 볕 잘 드는 안집 툇마루에는 이름 모를 풀 뿌리·나무 뿌리들이 비약(秘藥)의 향기와 쓰디쓴 맛으로 말라가고 있었다. 안집 여자는 남몰래 땀을 뻘뻘 흘리며 약을 달였다.

비가 온 뒤나 산에서 돌아온 뒤면 목수는 망태를 내려 대패·까뀌·끌·톱 따위의 연장에 정성껏 기름을 먹인 후 다시 넣어 두고 잠을 잤다.

마당까지 들리는 코고는 소리에 우리는 아, 목수가 돌아왔구나 생각하며 그의 고달픈 잠을 깨울까 쉬쉬 발소리를 죽였다.

나는 그가 일 나가는 것을 거의 본 적이 없었다. 그래도 사람들은 그를 외눈박이 목수라고 불렀다.

여물지 않은 감씨가 아무 맛도 없이 우드득 씹혔다.

부네, 나는 그녀를 한 번쯤 본 듯도 하고 전혀 본 적이 없는 것 같기도 했다. 그런데도 창호지 한 겹 너머 문의 안쪽에서 숨쉬고 있는 그녀를 생각할 때면 이상한 두려움과 가슴 한 귀퉁이가 무너져내리는 듯한 슬픔에 잠기곤 했다. 나는 이러한 감정을 달래듯 풋감을 또 하나 주워 씹었다. 떫고 단맛이 위로처럼 따뜻하고 축축히 목 안으로 차오르고 까닭 모르게 눈물이 고여왔다.

해가 지고 땅거미가 서리기 시작하자 오빠는 책장을 덮고 일어났다. 거울을 보며 목에 붕대를 감고 오른쪽 손목에도 여러 번

겹쳐 찬찬히 감았다. 그러고는 빳빳하게 세워져 잘 돌아가지 않는 목을 비스듬히 돌리며 눈만 굴려 우리를 보고——우리라기보다는 언니에게 이르는 말이지만——쏘다니지 말고 집에 있어, 위협조로 이르고는 집을 나갔다.

여름 들어 오빠는 저물녘이면 불끈불끈 튀어오르는 여드름을 쥐어짜 피가 솟은 자국에 밥알만큼씩 반창고를 오려 붙이고 무언가에 이끌리듯 밖으로 나갔다. 읍내로 나가는 것이다.

오빠의 위협에도 불구하고, 괜히 들뜬 얼굴로 엉덩이를 들썩이며 방과 부엌, 텃밭께를 들락거리던 언니는, 오빠가 개울을 건너가리라는 시간쯤을 두고 밖으로 나갔다. 나는 비실비실 언니의 눈치를 보며 따라 나섰다.

마을의 어귀에 폭넓은 개울이 흐르고 다리를 건너면 읍이었다. 교회와 대장간·술집·여인숙·미장원, 그리고 하루 두 번 지나가는 완행 버스의 차부가 있는 읍의 큰길에는 닷새에 한 번씩 장이 섰기 때문에 저잣거리라고 불렸다.

밤이면 야간 중학교와 교회에서 나오는 오빠 또래의 학생들이 삼삼오오 짝을 지어 몰려다녔다.

빳빳이 풀먹인 교복을 입고 머리를 단정히 빗은 여학생들이 새침하게 지나가면 사내애들은 후익후익 휘파람을 불었다.

읍내 술집에서는 밤마다 싸움판이 벌어졌다.

너 죽고 나 죽자아.

저고리 앞섶을 풀어헤친 작부가 식칼을 들고 나와 사내를 쫓다가 제풀에 혼절해서 게거품을 물고 길 복판에 넘어지는 모양이나 미장원과 여인숙 골목을 뱅뱅 돌며 달아나는 사내를 보고 우리들은 손뼉을 치며 웃었다.

장이 서는 날은 구경거리가 많았다. 술집과 여인숙에서는 밤내 노랫소리, 고함 소리가 끊이지 않았다. 때문에 아이들은 저물면 무언가에 이끌리듯 개울을 건너 저잣거리로 모여드는 것이었다. 아이들뿐이 아니었다. 나이 찬 처녀들도 잔뜩 조인 허리와 엉덩이를 흔들며 거리의 끝인 미장원에서 차부까지 오락가락하고 으아이스케키, 으아이스케키, 아이스케키 통을 멘 사내아이들이 히죽거리며 목청을 돋우었다.
 이봐, 아가씨, 아이스케키 사줄게.
 시간 좀 빌립시다.
 차부의 정비공과 조수들은 벗은 윗몸의 근육을 불뚝불뚝 일으키며 휘파람을 불거나 고장난 버스나 트럭을 쇠파이프로 땅땅 두들겼다. 그녀들은 힐끗힐끗 뒤돌아보곤 저희끼리 소곤대고 키득거리며 천천히 거리를 지나쳤다.
 언니는 오빠의 눈에 띌 것을 겁내어 불빛이 미치지 않는 그늘에 같은 또래의 계집애들과 무리져 앉아 사내애들의 희롱에 킥킥 웃어대거나 소리 높이 노래를 불렀다.
 남이야 전봇대로 이를 쑤시건 말건.
 남이야 뒷간에서 낚시질을 하건 말건.
 그러면 으레 꺽꺽하고 새된 사내애들 합창이 뒤따랐다.
 만약에 백만 원이 생긴다면 빨강 구두 높은 구두 많이 사줄게.
 밤의 저잣거리는 늘 재미있었다. 나는 밤이 되어도 식지 않는 더위에 치마를 걷고 언니 또래 틈에 쥐새끼처럼 끼여 앉아 밤거리에 음험하게 끓어오르는 알 수 없는 열기, 끈끈한 정념으로 가득 찬 달착지근한 공기를 들이마셨다.

우리가 앉아 있는 곳에서 오빠의 모습은 환히 보였다. 어머니가 일하고 있는 밥집의 건너편, 하루살이떼가 빛을 따라 바람개비처럼 어지러이 돌고 있는 전봇대에 비스듬히 기댄 자세로 서서 이 모든 거리의 풍경을 경멸하듯 바라보며 오빠는 붕대 감은 손에 하모니카를 들고 다만 외롭게 혀를 떨며 하모니카를 불었다.

언니도 머지않아 나이 찬 처녀들처럼 엉덩이를 흔들며 이 거리를 지나게 될 것이다. 오빠가 아무리 무섭게 단속을 한다 해도, 그 무엇으로도 언니의 밤 외출을 막을 수 없게 될 것이다. 나도 자라면 역시 그럴 것이다. 굵은 벨트로 배꼽이 튀어나올 때까지 허리를 죄고 천천히 이 거리를 배회하게 되리라.

밤이 깊어지고 조심스럽게 불빛 그늘에 몸을 숨겼던 언니는 아쉬운 듯 뒤를 돌아보며 저잣거리를 떠났다.

마을로 들어오는 길, 인적 없는 다리를 건널라치면 어디론가 흘러가는 물소리 고요히 들리고 앞산의 깜깜한 숲에서 부어헝 부어헝, 들쥐를 찾아 부엉이가 울었다. 집이 보이는 곳에 이르러 언니는 갑자기 다급해지는 마음에 숨이 턱에 찼다. 발 빠른 오빠가 이미 돌아와 있을지도 모른다는 두려움으로 내 손을 꼭 쥔 손바닥에 축축이 땀이 찼다.

황급히 들어와 숨을 가다듬고 자는 체하노라면 한 발 늦게 돌아온 오빠는 사천왕(四天王)처럼 문에 버티어 서서 냄새라도 맡을 듯 코를 벌름이며 말했다.

또 나갔었지, 또 나갔었지?

언니는 도무지 못 알아듣는 시늉을 하며 잠에 취한 소리로 우물쭈물 대답했다.

아냐, 내가 언제…… 어쨌다고 그래.
언니의 대꾸는 가냘프고 자신이 없었다.
밤에 쏘다니지 말아, 가만 안 둘 테야.
오빠는 그러고도 자못 미심쩍은 눈길로 언니를 바라보았다. 잠들었던 동생이 때마침 약하게 칭얼대기 시작했다. 벽을 보고 누웠던 할머니가 동생 쪽으로 돌아누우며 가슴팍을 풀어 빈젖을 물렸다. 오빠는 신을 벗을 염도 없이 문을 짚고 선 채 방안을 들여다보고 있었다. 언니는 가쁜 숨을 죽이고 자는 체하고 있었지만 나는 오빠가 언니를 보고 있는 것이 아니라 비어 있는 어머니의 잠자리를 더듬고 있음을 알았다.

나는 오빠가 또 언니를 때릴 거라고 생각했다. 지금 저렇게 묵묵히 있는 것도 아마 트집 잡을 궁리에 골몰한 탓일 것이다. 어머니가 돌아오지 않는 밤이면 오빠는 언니를 때렸고 할머니는 말릴 염도 없이 동생을 업고 나가 개울가를 서성거렸다.

오빠의 매질은 무서웠다. 오빠는 작은 폭군이었다. 아버지가 떠난 이래 부쩍부쩍 자라는 오빠의 몸이 어느결엔가 아버지의 빈자리를 채웠다. 어머니가 읍내 밥집에 나가게 되면서부터, 그리고 수상쩍은 외박이 잦아지자 오빠는 암암리에 아버지의 위치를 수락하였음을, 공공연히 자행되는 매질로 나타냈다.

오빠는 자신이 가장임을 지나치게 의식하고 있어 언제나 침울하고 긴장으로 부자연스럽게 굳어 있었다. 그 긴장으로 억눌려져 자라지 못하는 욕망, 자라지 못하는 슬픔, 분노 따위는 엉뚱한 잔인성이나 폭력의 형태로 나타났다.

때문에 한없이 크고 당당해 보이는 체구에도 불구하고 오빠는 때로 내게 어린애처럼 연약하고 애매해 보였다. 우리를 때릴 때조차 어쩔 줄 모르는 듯 보이기도 했다. 오빠 자신도 이 사실을 깨닫는 듯 걸핏하면 목덜미까지 시뻘겋게 붉혔다.

　나는 오빠를 무서워했다. 때로 이해할 수 없는 연민과 동정이 가득 찬 눈으로 나를 바라볼 때, 드러누워 나와 동생을 번갈아 발바닥 위에 베개통처럼 가벼이 얹고 들어올릴 때조차—동생은 숨넘어가는 소리로 모처럼 꺄르륵거리며 좋아했지만—나는 오빠가 무서웠다. 무서움 때문에 오빠의 몸은 한없이 커지고 이윽고 방은 오빠의 몸으로 숨쉴 틈도 없이 가득 찼다.

　한동안 우두커니 서서 방안을 들여다보던 오빠가 세게 문을 닫고 어둠 속으로 빠르게 사라졌다. 언니가 호르르 한숨을 쉬며 내게 속삭였다.

　노랑눈아, 나 나갔었단 말 하지 말아.

　저녁 밥상을 물린 할머니는 언니에게 설거지하라고 이른 뒤 동생을 업고 밖으로 나갔다. 동생은 해가 질 무렵이면 울어대었기 때문에 할머니는 매일 밤 깊도록 동생을 업고 서성이다 밤이슬로 머리칼과 옷이 눅눅히 젖을 때야 돌아오는 것이다. 그래서 동생에게서는 감기 기운이 떠나지 않고 손과 발은 심상치 않은 미열로 늘 따뜻했다.

　거미처럼 여윈 그애는, 할머니의 빈젖을 빨 때 외에는 늘 가늘고 약하게 울었다. 모처럼 잠이 들었을 때도 힘없이 벌린 입에는 잔울음 끝이 물려 흐득였다. 나는 때때로 잠든 동생의, 늘 침이 흘러 벌겋게 헐어 있는 턱을 기이하게 바라보았다.

　작은오빠는 개울에 어항을 묻어 미꾸라지를 잡거나 낭창낭창한 버드나무 회초리로 개구리를 잡아오고 할머니는 그것을 부지런히 고아 먹여도 아픈 생살을 뒤덮은 부스럼은 낫지 않았다.
  밭 가운데, 혹은 둔덕에서는 잔돌 무더기가 흔히 있었다. 애기 무덤이라고 했다.
  우리는 언젠가 그애가 죽으리라는 것을 알고 있었다. 어느 날 밤, 할머니와 어머니의 소리 죽인 울음을 들으며 홑이불에 감긴 그애는 조그만 보퉁이처럼 지겟짐으로 얹혀 나가게 될 것이다.
  종일 냇가에서 어항을 놓고 멱을 감던 작은오빠는 팔다리를 내던지고 아랫목에서 잠들었다. 어두운 부엌에서 설거지를 하느라 그릇 소리를 내던 언니는 읍내에 나갔는지 조용했다. 오빠는 저녁 전에 진작 나갔던 터였다. 돌아눕는 작은오빠의 발길질에 발치께에 놓아둔 주발이 데구루루 구르고 뚜껑이 벗겨졌다. 뚜껑을 닫으려다 말고 나는 밥풀을 몇 알 뜯어 입에 넣었다. 희고 매끄러운 밥알은 알지 못할 사이 목구멍으로 슬쩍 넘어가버렸다. 나는 다시 부리나케 몇 알을 주워먹고는 표시가 안 나게끔 설핏설핏 펴놓았다.
  작은오빠는 이를 갈며 몸을 뒤척이다가 히잇 웃었다. 나는 급히 주발 뚜껑을 닫고 벽에 기대 앉았다. 어두운 방은 무서웠다. 자꾸 주발로 손이 갔다. 밥알의 들큰한 맛이 입에 남아 있는 동안은 무서움을 잊을 수 있었다.
  자신도 모르게 슬금슬금 손이 가는 사이 주발의 밥이 퍽 줄어들었다. 한 겹 살포시 덮은 쌀밥 밑은 우리들이 먹는 시커먼 보리밥뿐이었다. 할머니는 단번에 알아차릴 것이다. 나는 자꾸 주발 뚜껑으로만 가는 손과 싸우며 그곳에서 애써 눈을 돌렸다. 어머니는 술을 마신 날은 대개 밥을 먹지 않는다. 나는, 이번 한 번만, 이라는 단서로 염치 없는 손을 타일렀다. 살며시 뚜껑을 열어 한 움큼 쥐고는 떠낸 자국을 고르게 펴놓고 작은오빠 곁에 누웠다.

 자고 싶었다. 어머니가 돌아오기 전, 그리고 성난 기세로 저잣거리에서 돌아온 오빠가 함부로 우리들의 팔과 다리를 짓밟으며 건너 질러 벽에 대고 씨근거리는 것을 보기 전, 아니 언니의 머리채를 휘어잡기 전 잠들고 싶었다.

 안집 뒤뜰에서 익어가는 감 떨어지는 소리가 들렸다.

 부네도 자고 있을까. 어두운 밤 홀로 깨어 누워 있으면 무서운 생각만 잇달아 떠오른다. 무서움을 잊기 위해 한 알씩 아껴가며 오래도록 씹었는데도 한 웅큼의 밥은 거짓말처럼 없어졌다. 발가락만 움직이면 발치에서 기우뚱, 주발이 굴렀다.

 나는 일어나 더듬더듬 부엌으로 나갔다. 발돋움질을 하고 선반의 그릇과 찬장을 뒤졌다. 할머니가 삶아둔, 밤마다 우는 동생을 달래기 위한 고구마는 찬장의 냄비 속에 숨겨져 있었다. 고구마가 없어진 것을 알면 할머니는 한밤중에라도 자는 언니와 작은오빠를 흔들어 깨울 것이다.

 네가 처먹었지, 네가 처먹었지.

 나는 쥐가 그런 것처럼 냄비 뚜껑을 부엌 바닥에 떨어뜨려놓고 조금 쉰내나는 고구마를 한입 베어물었다.

 부엌의 판자벽 바깥으로 할머니의 발소리가 났다. 나는 급히 고구마를 삼켰다. 목이 메고 가슴이 빠개지는 듯 아팠으나 물을 찾아 마실 겨를도 없었다. 조금 전 떨어뜨린 냄비 뚜껑이 다급한 발길에 차여 데구루루 굴렀다.

 방으로 들어오다 문지방에 찧은 발이 몹시 아팠다.

 할머니는 긴 한숨을 쉬며 호야의 불을 밝혔다. 석윳내가 풍기고 그을음이 꺼멓게 피어오르다 방이 밝아졌다. 불빛이 퍽 밝아졌는데도 할머니는 눈이 침침한지 손을 더듬어 나를 벽 쪽으로 밀고 동생을 눕혔다.

나는 살그머니 주머니에 손을 넣었다. 주머니에 엉겨붙은 고구마가 손에 찐득찐득 묻어났다.

에미야, 시장하지? 어서 들어라.

밤늦어 어머니가 돌아오자 앉아서 꼬박꼬박 졸던 할머니가 밥상을 차려왔다. 나는 가슴이 쿵덕쿵덕 뛰었다.

관두세요, 밥집에서 끼니 거를까봐요.

어머니에게서는 쉰 술내가 물씬 풍겼다.

아니다, 속 버린다. 좀 들어라.

어머니가 버선을 한 짝씩 힘겹게 뽑아 윗목으로 던졌다.

에그머니, 밥이 왜 이러냐?

어머니에게 숟갈을 들려주며 주발 뚜껑을 열던 할머니가 기겁을 했다.

나는 오줌이 마려워 아랫배가 팽팽히 당겨왔지만 꼼짝할 수가 없었다.

이젠 에미 밥까지 손을 대니…… 노랑눈이년 짓이다. 쥐새끼처럼 무엇 하나 남겨두는 게 없어. 안집에선 떨어진 감꼭지 하나 눈 씻고 찾아볼 수 없다고 하지. 이거 원 남부끄러워서……

할머니는 과장된 노기로 목청을 높였다. 할머니의 어머니에 대한 말투에는 언제나 면목없어하는 듯한 아첨기가 있었고, 어머니 역시 그것을 당연히 받아들였다.

속이 쉬이 꺼져서 그래요. 보리밥이 무슨 맥이 있나요. 한참 먹을 나인데…… 아무거나 집어먹어 속을 채워야죠.

어머니가 아무렇게나 내뱉는 말은 흡사 술주정 같기도, 푸념 같기도 했다.

남 들으면 내가 굶기는 줄 알겠다. 큰애들보다 먹긴 더 먹어. 몸을 봐라. 즈 언니보다 더 실팍하지.

할머니는 당장이라도 나를 흔들어 깨울 듯한 서슬이었다.

관두세요.

어머니는 밥상을 고스란히 밀어놓았다. 그리고 옷도 벗지 않고 팔베개를 하고 모로 누웠다.

죄 될 소리지만…… 난 걔가 어쩐지 내가 낳은 애 같지 않아요.

잠이 드는가 싶었던 어머니가 술기 가신 목소리로 혼잣말처럼 중얼거렸다.

할머니는 돌아앉아 발에 들기름을 바르며 대꾸가 없었다. 석윳내와 들기름내가 뒤섞여 그을음처럼 거멓게 방을 채우고 있었다. 할머니는 난리 통에 파편을 밟아 덴 발에 밤마다 들기름을 바르고 기름종이로 쌌다.

어머니는 별반 대꾸를 기다리는 기색도 없이 말을 계속했다.

……웃지도 않고 말도 않고…… 다른 애들하곤 달라요. 멍청하고 걸귀가 들렸는지 노상 먹을 생각밖엔 없어요. 좀 모자라는 게 아닌가 몰라…… 일곱 살이 되도록 오줌을 싸고…… 그것도 내년에는 학교에 넣어야 하는데. 어린애가 자꾸 살이 찌니 병인지도 모르겠어요. 몸에 물이 차면 그렇게 붓는 수가 있대요.

노랑눈이보다 막내가 걱정이다.

할머니가 바삭바삭 기름종이 소리를 내며 어머니의 말을 잘랐다.

아무래도 제구실을 못 할 것 같아. 웬일로 날이 갈수록 까무라져가니…… 등에 업으면 꼭 검불 하나 얹힌 모양으로 맥이 없어. 고추가 아깝지.

어머니는 또다시 한숨을 쉬었다.

방안은 조용했다. 할머니도 어머니도 더 입을 열지 않았다. 아버지의 생각을 하는 것이리라. 날로 희미하고 멀어져가는 아버지의 모습은 어두운 밤, 망령처럼 성큼 벽 틈으로 스며 당당히 우리 사이를 비집고 드러눕는 것이었다.

나는 아버지의 얼굴을 기억할 수 없었다. 내가 떠올릴 수 있는 것은 땀으로 펑 젖은 셔츠의 등과 더 짙은 얼룩으로 젖어 있던 겨드랑이를 보이며 트럭에서 내리던 모습뿐이었다. 어머니는 그때 손을 내저으며 울부짖었다.

이 근방에서 자리잡고 있을게요. 곧 돌아와야 해요.

어머니가 몸을 일으켰다. 벽에 엄청나게 큰 그림자가 일렁였다. 어머니는 훅 남폿불을 불어 껐다. 그림자는 순간 펄럭이며 사라졌다.

큰애가 안 들어왔다.

할머니가 조심스럽게 말했다.

오겠죠.

나는 잠이 오지 않았다. 풀벌레가 찌륵찌륵 맑게 울고 그 소리에 가만히 귀를 모으노라면 내 몸은 아주 얇고 투명한 껍질이 되어 삿자리 밑을 빠르게 달려가는 그리마의 발소리도 들을 수 있었다.

밤이 깊어 오빠는 축축한 이슬내를 풍기며 돌아왔다. 알지 못할 욕설을 중얼거리며 우리들의 몸을 건너 벽 쪽에 누웠다.

나는 소리나지 않게 고구마를 조금씩 떼어 단맛을 혀로 녹이며 끈끈한 손가락을 뿌리까지 찬찬히 빨았다.
그리마의 수많은 발들이 더욱 분주히 어둠을 갉아대고, 베개를 베지 않고 자는 우리들은 맹렬히 이를 갈았다.
어머니는 잠결에 괴롭게 한숨을 쉬고 할머니는 알 수 없는 말을 중얼거렸다.
부엌에서는 배고픈 쥐가 간단없이 달그락거리며 빈 그릇을 뒤지고 있었다.
나는 눈을 말갛게 뜨고 조그맣게 말했다.
늬 집에 가아, 먹을 건 아무것도 없단다.
나는 나를 잠들지 못하게 하는 조바심이 무엇인지 잘 알고 있었다. 문지방에 찧은 발은 이미 아프지 않았다. 그러나 나는 몸을 오그려 발을 싸쥐고는 사납게 얼굴을 찡그렸다. 어둠 속에서 찡그리고 또 찡그렸다.
맹렬히 이빨 가는 소리 속에 우리들이 저마다 뿜어대는 땀 냄새, 떨어져내리는 살비듬내, 풀썩풀썩 뀌어대는 방귀 냄새, 비리고 무구한 정욕의 냄새, 이 모든 살아 있는 우리들의 냄새는 음험하게 끓어올랐다.
나는 가만히 손을 뻗어 어머니의 머리맡께를 더듬었다. 어머니는 취한 중에도 꼭 지갑을 요 밑에 찔러두고 잠이 드는 것이었다. 나는 지갑에서 지전을 한 장 꺼내고는 다시 그것을 요 밑에 넣었다. 어머니는 취한 탓인지 언제나 지갑에서 돈이 비는 것을 모르는 성싶었다. 그러나 나는 어쩌면 어머니가 알고도 일부러 모르는 체하는지도 모른다는 생각을 지울 수가 없었다. 때문에 결국 돈을 꺼내게 되고야 말 거라는 것을 알면서도 지갑에서 그것을 빼낼 때까지, 달디단 사탕을 다 녹일 때까지도 조마조마한 마음이었다.

　나는 돈을 아직도 끈적이는 주머니 깊숙이 넣어놓고 반듯이 누워 비로소 아슴아슴 잠에 빠져들어갔다.

　그저도 뒤뜰에서는 툭툭 감 떨어지는 소리가 간헐적으로 들려왔다. 풀벌레 우는 소리가 한결 가까웠다.

　부네가 울고 있다, 소리없이. 까무룩이 잠속으로 떨어져내리며 나는 두서 없이 문득 그런 생각을 했다. 꿈이었을까.

　늦더위는 좀체 물러가지 않았다. 아침부터 함석 지붕을 녹여 버릴 듯 불볕을 퍼부었다.

　노랑눈아, 애 좀 업어라.

　내게 동생을 업혀 띠로 찬찬히 감은 뒤 할머니는 끄응, 커다란 빨래 함지를 이었다.

　발가벗은 아이들이 물장구질치는 얕은 물을 지나 빨래를 하거나 푸성귀를 씻는 여자들을 지나 할머니는 개울을 거슬러 위로 위로 자꾸만 올라갔다.

　개울의 상류, 사람의 발길이 드문 정한 데를 찾아 할머니는 빨랫감을 담갔다. 나는 개울 기슭, 산수유나무의 엷은 그늘에 동생을 내려놓고 진무른 턱과 머리에 달라붙은 파리를 쫓았다.

　거미처럼 여윈 동생은 이파리 사이로 새어드는 햇빛에 쉴새없이 눈을 깜박이며 얼굴을 찡그렸다. 여름내 땀띠가 새빨갛게 솟아 곪아 터지면서도 긴 내의를 벗기면 푸릇하고 메마른 살갗에 단박 고름이 돋았다.

　파리 쫓는 일에 싫증이 난 나는 쇠비름 풀을 뽑아 풀각시를 만들어 물에 띄우고 냇물에 발을 담갔다.

　빨래를 다 한 할머니는 햇빛으로 하얗고 뜨겁게 달구어진 넓적바위에 빨래를 펴 널었다. 빠른 물살에 치마가 젖자 나는 발가벗고 물 속에 들어갔다. 개울 밑, 둥글게 닳은 조약돌 사이에서 발은 갑자기 돋아난 듯 아주 희고 깨끗해 보였다.

　할머니는 흐르는 물을 한 번 더 손으로 휘저어 검불과 풀잎들을 떠내려보내고는 비녀를 뽑았다. 쫑쫑 땋은 가느다란 머리 타래가 단번에 등허리로 늘어졌다. 할머니는 머리 밑에 바짝 잡아맨 댕기를 풀었다. 기름에 절어 자주 댕기는 검은색으로 윤이 났다.

　옛날 버릇이 남아서…… 기생이었단다.

　할머니의 꽃댕기를 가리키며 어머니는 다분히 경멸조로 말했다.

　할머니 이름은 봉지였다.

　어찌나 예뻤던지 봉지 봉지 꽃봉지라고 불렀단다.

　외할아버지는 아흔 칸 고래등 기와집을 지어주고 할머니를 소실로 들였다고 했다.

　할머니는 목욕이 잦았다. 한겨울에도 컴컴한 부엌에서 보얗게 김을 피워올리는 함지 속에 들어앉아 절벅절벅 물소리를 내며 몸을 닦았다. 물론 아무도 들여다보지 못하게 단단히 문을 잠그고서였다. 방안에서 할머니의 몸 닦는 소리를 들으며 어머니는 또 말했다.

　옛날 버릇이 남아서…… 청승이지 뭐냐. 잠자리 뫼실 영감님도 없는 터에……

　세 해 전인가 할머니가 처음 우리집에 오던 날의 광경은 지금도 한 장의 그림처럼 내 머릿속에 또렷이 박혀 있었다.

 그때를 전후한 일은 뭔가 몹시 어수선했다는 것밖에는 기억이 흐릿했다.

 아버지는 뜰의 한구석을 파고 있었다. 곁에는 사기와 유리 그릇들이 잔뜩 쌓여 있었다. 그릇들을 깨지지 않게 땅속 깊이 묻고 우리는 어디론가 떠난다고 했다. 아버지는 허리를 굽히고 쉴새없이 이마에 흐르는 땀을 닦으며 곡괭이질을 했지만 굳게 얼어붙은 땅은 파이지 않았다. 오히려 곡괭이날이 튕기듯 부러져나갔다.

 바람에 매운 눈발이 흩날렸다. 대문 밖에는 트럭이 서 있고 만삭의 어머니는 뒤뚱뒤뚱 오리 걸음으로 보퉁이를 하나씩 날라 트럭에 실었다.

 그때 활짝 열린 문으로 누군가 살풋이 들어섰다. 흰 눈에 묻어온, 때아닌 꽃잎 같다는 인상이었다.

 이마 위로 오색술을 늘인 검정색 조바위를 맵시 있게 쓰고 자줏빛 비단 두루마기를 입은 할머니는 씨암탉처럼 아기작아기작 얌전히 걸어 들어왔다(그러한 걸음이 파편에 덴 발의 절룩임을 감추려는 필사적인 노력인 것을 알기는 그 얼마 후 맨 처음 닿은 피난지에서 몸을 푼 어머니의 산구완을 할머니가 도맡게 되면서부터였다).

 우리는 할머니를 보는 순간 갑자기 어리둥절해서 한동안 대문께를 뚫어지게 바라보았다. 어머니마저도 그랬다.

 짐을 덜고 추위도 막자는 생각으로 겹겹이 옷을 껴입어 걷기도 어려울 만큼 옷 보따리가 되어버린, 그리고 이 부산을 떨어야 하는 이유가 갑자기 몰라질 만큼 해맑고 천연한 얼굴로 수줍은

태를 보이며 눈발 속에 서 있는 모양은 왠지 우리에게 섬뜩한 충격을 주었던 것이다.
 우리는 할머니가 우리집에 나타날 때까지 할머니를 보기는커녕, 우리에게 할머니가 있다는 사실도 모르고 있었다. 후에 어머니의 말을 들으면 할아버지가 재산을 탕진하고(어머니는 첩에게 빨렸다는 말을 썼다) 돌아간 후, 화류계 여자들이 흔히 그렇듯 자식을 낳지 못한 할머니는 쭉 혼자 살고 있었다고 했다.
 아버지 역시 할머니를 보자 잠시 멍청해지더니 그때까지 손에 쥐고 있던, 날이 부러져나간 곡괭이 자루를 집어던졌다. 그리고는 누구에게랄 것도 없이 퉁명스럽게 내뱉었다. 빨리 떠나자구.
 할머니는 면구스러운 낯으로 조심스레 두루마기 자락을 감싸 쥐고 트럭의 짐칸에 올라탔다. 즉시 할머니에게 넘겨진 나는 왜 그렇게 할머니의 머리에 얹힌 조바위가 무서웠을까. 내가 심하게 낯가림을 하며 울어대는 바람에 할머니는 조바위를 벗고 밤새 겨울 찬바람 속을 얼어붙을 듯 시린 맨머리로 정수리를 하얗게 보이며 가야 했다.
 할머니가 들고 온 조그만 보퉁이에는 청홍의 술을 늘인, 머리를 맞댄 봉황 두 마리가 금실과 은실로 찬란히 수놓인 붉은 비단 주머니가 있었는데, 그 속에는 돌아간 영감님과 자신의 은수저가 각기 한 벌씩 들어 있었다.
 할머니는 삼실처럼 희누르고 거친 머리를 물 속에 담그고 오래오래 감았다. 젖은 머리카락을 땋아 자주 댕기 물려 단정히 쪽 찐 후 내 벗은 몸을 잡아 겨드랑이에 끼고 물 속에 머리를 잡아넣었다.
 머리가 물 속에 들어가자 갑자기 머리 뚜껑이 열려 서서히 텅 비어가듯 그렇게 서늘하고 거뿟해졌다.
 여름이어도 첫물은 늘 시렸다. 하늘과 구름과 나무가 곤두박질치듯 빙 돌며 물구나무를 섰다. 느닷없이 물 속에 거꾸로 박힐 때 나는 본능적인 두려움과 거부감으로 발버둥을 쳤지만 머리 밑을 흐르는 물의 감촉에 곧 익숙해졌다.
 나는 팔을 늘어뜨리고 조용히 거꾸로 비치는 풍경을 바라보았다. 하늘과 그것을 떠받친 밋밋한 능선과 나무, 작은 풀숲 따위가 보일 듯 말 듯 흔들렸다. 작은 송사리떼가 쏜살같이 살눈썹 위로 지나갔다. 올올이 흩어진 머리칼은 물풀처럼 흐느적거리며 물 속 바위 틈으로 스미었다.
 이년, 이 쇠똥딱지 앉은 것 좀 봐라.
 할머니는 서걱서걱 사정없이 머리를 문질렀다.
 한낮의 햇빛이 조용히 뜨겁게 끓어오르고 있을 뿐 물 흐르는 소리조차 조을 듯 나른히 가라앉았다. 나는 느슨해진 할머니의 팔에서부터 더 깊이 물 속에 머리를 담갔다. 개울 바닥, 돌부리에 비로드처럼 부드럽고 푸른 이끼가 숨어 자라는 것이 보였다. 물 속에 잠긴 눈에 비친, 거꾸로 선 풍경은 언젠가 보았던 듯 몹시 친숙한 것이었다.
 저고리를 벗은 할머니의 겨드랑이에서는 시큼한 땀내가 풍기고 땀에 젖은 풍성한 한 줌의 털이 할머니가 머리를 문지를 때마다 어깨를 간질였다.
 내 머리를 다 감기고 나자 할머니는 돌아서서 치마를 벗었다. 그리고 미끄러운 돌에 기우뚱 위태롭게 발을 내디디며 물 속으로 들어왔다.
 할머니의 벗은 몸을 보는 것은 처음이었다. 시들고 메마른, 팔다리와는 달리 속살은 눈부시게 희고 특히 어머니처럼 다산(多産)의 흉한 주름이 없는 배는 둥글고 풍요했다. 할머니의 거뭇한 가랑이 사이에서 거품을 내던 물은 조금 아래쪽에 선 내 허리를 휘감고 흘러갔다.

나는 개울의 가운데 잠깐 망연해져 서 있는 할머니에게서 문득 흩날리는 눈발에 꽃잎처럼 묻어들어오던 날의 놀라움을 생생하게 되살렸다.

할머니는 아름다웠다. 내 눈길을 느낀 할머니는 잇몸을 내보이며 흐흐 웃었다. 햇빛 아래 입을 벌리고 웃는 할머니는 마른 꽃잎 같았다. 봉지 봉지 꽃봉지. 할머니는 정말 새까맣게 여문 씨앗이 배게 들어찬 주머니와도 같았다.

파편의 화상으로 밤마다 허물을 벗는 연한 분홍빛의 발은 물살에 따라 흘러와 쌓이는 모래 속에 묻혀갔다.

물 가운데 우뚝 선 할머니는 물감처럼 엷게 한없이 풀리고 내 주름지고 볼품없는 가랑이 사이에서 거품을 내고 흘러갔다.

얼굴 위로 개미라도 기어가는지 동생이 가냘픈 소리로 울기 시작했다. 물소리에 섞여 그것은 마치 개울 바닥에 모래가 쌓여가는, 혹은 풀벌레 소리처럼 심상하고 자연스럽게 들려 어서 가보아야 한다는 생각은 들지 않았다. 할머니 역시 마찬가지인 모양이었다. 동생이 있는 풀숲으로부터 나타난 팔뚝 굵기의 번지르르한 구렁이 한 마리가 대가리를 물에 묻고 느릿느릿 물을 따라 헤엄쳐가는 것을 물끄러미 보고 있다가 문득 생각난 듯 무심히 중얼거렸다.

애가 혼절을 했겠구나.

어머니는 늦잠을 잤다. 언니와 작은오빠가 학교에 간 지도 꽤 오랜 참이었다. 지분이 얼룩진 얼굴에 햇빛이 닿자 어머니는 지난밤의 숙취로 부석부석 부어오른 얼굴을 손등으로 가리며 돌아누웠다.

늘 그렇듯 오빠가 돌아앉아 소리 높여 영어책을 읽기 시작하자 나는 어머니의 머리맡을 돌아 방을 나왔다.

마을의 어귀, 읍으로 나가는 길의 반대쪽에 구멍가게가 있었다.

내가 문간에 서서 두릿두릿 가게 안을 들여다보노라면 치마를 걷고 앉아 부채질을 하거나 파리채로 뚜덕뚜덕 파리를 잡고 있던 젊은 아낙네는 말없이 입이 넓은 유리병의 꽃모양으로 오그린 양철 뚜껑을 열고 사탕을 두 알 꺼내주었다. 때로 무표정한 얼굴로 병 밑바닥에 수북이 떨어진 굵은 설탕 가루를 한 줌 덧쥐어주는 선심도 썼다. 나오기가 귀찮은지 쪽유리로 흘깃 내다보고는 게으르게 하품을 하며 돈 거기 놓고 꺼내가거라, 말하기도 했다. 그녀는 늘 내 주머니 속의 돈이 꼭 사탕 두 알 값이라는 것을 알고 있었고, 나는 이제껏 사탕 외에 다른 것을 산 적이 없었기 때문이었다.

그럴 때면 나는 사탕을 두 개 꺼낸 뒤에도 곧 뚜껑을 닫지 않고 머뭇거렸다. 이편을 내다보는 기척이 없으면 재빨리 한 개를 더 꺼내 주머니에 넣고 돈 여깄어요, 크게 소리치고는 나오는 것이었다. 소 눈깔만한 사탕을 입에 물면 볼이 미어지게 튀어나왔다. 나는 그 두 알의 사탕으로 점심때가 훨씬 이울 때까지 견디는 방법을 알고 있었다. 그것이 다 녹을 때까지는 집에 들어갈 수 없기도 했다.

나는 어슬렁어슬렁 신작로를 따라 걸었다. 길 옆 옥수수 이파리는 흙먼지를 보얗게 뒤집어쓴 채 축축 늘어지고 터질 듯 여물게 알을 실은 옥수수 수염이 노랗게 바래지고 있었다.

나는 사탕의 단맛을 아껴 되도록 천천히 빨며 먼지가 풀풀 이는 길을 걸었다. 쿵, 쿵, 먼데서 대포 소리가 들려왔다. 멀리 보이는 몇 개의 겹쳐진 능선 너머에서 들리는 소리라고 사람들은 말했다. 나는 자주 멈춰 서서 입 안의 사탕을 꺼내 눈앞에 들어올려 작아진 정도를 살피고는 주머니에 넣었다. 열 발자국 정도를 걸어 입 안에 남은 단맛이 말끔히 가신 후에야 다시 사탕을 빨았다. 때문에 손가락들은 끈끈한 사탕기로 물갈퀴처럼 달라붙어 잘 떨어지지 않았다.

신작로의 끝에 언니가 다니는 학교가 있었다. 나지막한 단층 목조 건물이었다. 운동장을 두른 탱자나무 울타리가 드리어진 교문 앞에서는 솜사탕 장수가 틀, 틀, 틀, 틀, 구름 같은 솜사탕을 피워올렸다. 깔때기 모양의 함석통 안에 흰 가루를 한 줌 넣고 가느다란 막대를 꽂은 뒤 발틀을 돌리면 막대에는 솜이 한 겹씩 감기고 금시 목화꽃처럼 하얗게 반짝이며 피어올랐다. 그것을 보는 일은 언제까지나 싫증이 나지 않았다. 한참을 서서 다섯 개, 열 개로 자꾸자꾸 불어나는 솜사탕을 물끄러미 바라보고 있으면 솜사탕 장수는, 먹고 싶으냐, 먹고 싶으면 돈 갖고 와 사먹어라, 하고는 보아란 듯 열한 개째의 솜사탕을 탁 꽂았다. 콜타르로 검게 칠한 낡은 목조 건물의 열린 창에서 쨍쨍히 노랫소리가 들려왔다.

학교 뒤 야산 중턱, 철조망이 쳐진 곳은 고아원이었다. 철조망 안에는 창고처럼 높직이 유리창이 달린 판잣집과 두어 개의 군용 천막이 세워져 있었다. 공사를 하려는지 각목과 벽돌도 군데군데 쌓여 있었다. 햇빛이 쨍쨍하고 그늘이 없어 계집애들은 각목을 엇갈려 세운 틈의 좁은 그늘에서 머리를 맞대고 서로 이를 잡아주었다. 웃통을 벗은 사내애들은 물지게로 물을 길어 날랐다.

 작은오빠는 늘 그애들을 부러워했다. 못으로 날선 칼을 만들고 상처의 피쯤이야 쓱 혀로 핥고 밤마다 서너 명씩 패를 지어 달아나면 또 그만한 숫자의 다른 아이들이 어디선가 잡혀온다고 했다. 언니는 그런 얘기를 들으면 진저리를 쳤다. 갈 때 보자, 나지막이 잇새로 내뱉는 그애들의 말을 무서워하지 않는 애들이란 오빠의 반에서 단 한 명도 없다고 했다. 그러한 경고를 들은 뒤, 집으로 돌아가는 으슥한 길목에는 영락없이 그애들의 패가 기다리고 있기 때문이라는 것이다. 맘만 먹으면 변소에 거꾸로 처넣는 것쯤이야 식은죽 먹기라는 것이다.

 우유 가루를 핥던 계집애가 철조망 가까이 다가왔다.
 먹고 싶니, 좀 줄까?
 나는 손을 내밀었다. 그러자 그애는 손바닥에 조금 남은 우유가루를 내 눈에 대고 훅 불어 날렸다.
 빨리 없어져, 이 뚱보야.
 판잣집 앞에 세운 산소통이 땡땡땡땡 여러 차례 울렸다.
 배고프다 땡땡땡.
 밥먹어라 땡땡땡.
 아이들은 재빨리 일어나 머리채를 흔들며 다투어 안으로 사라졌다.
 나는 나머지 사탕을 입에 넣고 왔던 길을 되짚어 마을을 지나

유년의 뜰

읍내로 갔다.

　장이 안 서는 날이라 한산한 한낮의 저잣거리에 땅, 땅, 대장간의 망치 소리만 생생히 울렸다.

　나는 거리의 끝까지 느릿느릿 걸으며 두어 사람을 내려놓고 떠나는 완행 버스 꽁무니를 따라가보기도 하고 죽은 듯 조용한 미장원과 술집·여인숙 골목을 기웃거리기도 했다.

　이 거리를 지나가노라면 늘 아버지 생각이 났다. 아버지가 전투복을 입은 사람들에 의해 트럭에서 끌어내려진 곳은 여기서 얼마쯤 떨어진 곳일까. 흐린 기억으로도 우리는 아버지를 내려놓은 곳에서 그닥 멀리 와 있는 것 같지는 않았다.

　대장장이는 이글이글 타는 참나무 숯불에 쇠를 달구고 힘찬 망치질로 날을 벼리었다. 망치를 내리칠 때마다 겨드랑이 안쪽의 살이 푸르륵푸르륵 부풀어올랐다. 대장간 앞에 드러누워 벌겋게 익은 얼굴로 잠든, 농기구를 손보러 온 농부들 곁을 지나치다가 나는 걸음을 멈추었다. 그들 중에 눈에 익은 연장 망태를 베고 모로 꼬부려 누운 안집의 외눈박이 목수가 있었기 때문이었다.

　해가 훨씬 이울었을 때야 나는 집으로 돌아왔다. 어머니가 읍내로 나갈 시간이었다.

　동생을 업고 텃밭에서 서성이던 언니가 애써 웃음을 숨기고 비쭉 입을 내밀었다. 뭔가 좋은 일이 있다는 암시였다.

　망할 년, 어딜 그렇게 쏘다니니.

　우물가에서 돌절구를 씻다가 할머니가 한마디 핀잔을 주었다. 방안의 오빠는 책을 읽으면서도 바깥의 동정을 낱낱이 살피고 있었던 듯 씻긴 절구를 단숨에 부엌으로 들어 날랐다.

찜통같이 덥고 어두운 부엌에는 이미 불 피운 화덕이 들어와 있고 물이 김을 내며 설설 끓었다. 무슨 일이 있는가는 이제 확실해졌다. 나는 벙긋벙긋 자꾸 웃음이 번지는 얼굴로 부엌과 뒤꼍을 들락거리다가 할머니에게 머리를 쥐어박혔다. 화장을 마치고 나가는 어머니에게 할머니가 은근하게 말했다.

에미야, 저녁은 꼭 집에서 먹어라.

할머니가 또 임자 없는 닭을 잡아온 것이다. 할머니의 빨래 함지는 빨랫거리에 비해 엄청나게 컸다. 그리고 가끔 그 큰 함지 속에는 커다란 묵은 닭이 죽은 듯 다리를 꺾고 앉아 눈을 뒤룩거리고 있곤 했다. 동네에서 떨어진 채마밭을 어정거리는 닭을 잡아온 것이다. 할머니는 끝내 임자 없는 닭이라고 우겼다.

할머니가 그 닭의 목을 죽지 속에 파묻은 후 돌절구에 넣고 공이로 찧으면 닭은 단 한마디의 비명도 없이 죽었다.

옷이 척척 들러붙게 더운 날인데도 할머니는 부엌문을 닫아걸고 흘러드는 땀에 눈을 섬벅이며 닭털을 뽑았다.

우리는 방문을 굳게 닫고 땀을 뚝뚝 흘리며 뜨거운 닭국을 마셨다.

할머니는 우리의 손이 닿기 전 먼저 닭의 다리와 똥집을 오빠의 밥 위에 얹었다.

뒤처리도 재빨랐다. 바람에 날리지 않게 재에 버무린 닭털을 오빠는 마당 구석 깊숙이 묻고 부엌 바닥의 검게 엉긴 피도 흙을 뿌려 쓸자 감쪽같았다.

할머니는 또 살이 말끔히 발린 닭뼈를 눈에 안 띄는 찬장 뒤에 놓았다. 지네를 잡아 약에 쓴다는 것이다.

우리는 기름기 번질한 입술을 손등으로 문지르며 방문을 열고 툇마루에 나앉았다.

처음 우리가 이사왔을 때 동네에서는 자꾸 닭이 없어진다는 소문이 돌고 닭 임자는 잃어버린 닭을 찾아 우리 방 쪽을 기웃거렸다. 외지에서 들어온 피난민들의 소행이 분명하다고 사람들은 수근거렸다. 그러나 할머니가 정작 커다란 빨래 함지를 이고 나가기 시작한 것은 일 년이나 지난 다음부터였다. 어차피 우리는 거지나 다름없는 뜨내기 피난민이었던 것이다.

오빠는 처음엔 닭을 입에 대지도 않았다. 자기 몫의 국을 보아란 듯 뜨물통에 쏟아 우리를 경악케 했다. 그러나 한참 자랄 나이의 왕성한 식욕을 오랫동안 외면할 수는 없었다.

할머니는 동생에게는 소다를, 내게는 호렴을 한 줌 먹였다. 안 먹던 음식을 먹고 체하면 큰일이라는 것이다. 호렴은 짜고 썼다. 목구멍을 넘어갈 때는 따갑고 쓰라렸다.

한밤중, 타는 듯한 갈증으로 잠을 깬 나는 잠든 몸들을 더듬더듬 타넘어 방문을 열었다.

소금 먹은 놈이 물켠다더니.

그때까지도 잠들지 않고 있었던 듯 어머니는 술내를 풍기며 후후 웃고, 오줌만 싸봐라, 키 씌워 동네 조리를 돌릴 테니, 할머니가 으름장을 놓았다.

우물은 깊었다. 둥그렇게 내려앉은 어두운 하늘은 두레박줄을 한없이 한없이 빨아들이고 방심하고 있던 어느 순간 마침내 철버덕 수천 조각으로 깨어져 흐트러졌다.

이슬이 잘디잔 유리 파편처럼 반짝이며 축축이 내리고 있었다. 한차례 물을 마시고 발등에 쏟아붓고 나는 다시 끝없이 두레박줄을 풀어내며 우물 속을 들여다보았다. 우물 속은 고요하고 알 수 없는 소리로 가득 차 있었다. 그 속에서 어쩌면 탄식과도 같은 누군가의 숨소리가 섞여 들리는 듯도 했다.

부네의 방, 툇마루 밑에서 쥐가 한 마리 재빠르게 달아났다. 마루의 벌어진 틈 사이로 달빛이 깊숙이 스미고 있었다. 나는 다가가 마루 밑을 들여다보았다. 마루 밑에는 방금 쥐가 장난을 치던 것인 듯 구두가 한 짝은 모로, 한 짝은 엎어진 채 있었다. 나는 그것을 꺼냈다. 흙먼지가 가득 속을 메운 구두는 굽과 코가 칼날처럼 날렵하게 빠진 하이힐이었다. 나는 흙을 털어내고 손바닥으로 문질러 반짝 윤을 내고는 가만히 젖은 발을 집어넣었다. 발목이 꺾일 듯 휘청 앞으로 고꾸라졌다. 나는 신을 벗어 댓돌 위에 나란히 놓은 뒤 방문에 눈을 갖다대었다. 안은 어두워 촘촘한 문의 간살 사이로 아무것도 눈에 잡히지 않았다. 이상하게도 여느 때의 두려움은 느껴지지 않았다.

붉은 물이 들기 시작한 감이 가끔 생각난 듯 툭툭 떨어져 굴렀다.

한밤중에 이렇게 나와 앉아 부네의 방을 바라보면, 너무 조용하기 때문일까, 낮의 일들이 꼭 꿈속의 일처럼 아주 몽롱하고 멀게 느껴지는 것이었다. 밤마다 술 취해 오는 어머니, 더러운 이불 속에서 쥐처럼 손가락을 빨아대는 일 따위가 한바탕의 긴 꿈만 같이 여겨졌다. 진짜의 나는 안타까이 더듬어보는 먼 기억의 갈피쯤에서 단편적인 감각으로 남아 있는 것이 아닐까. 아버지처럼. 아버지는 키가 몹시 컸다. 아니 그것은 덩치 큰 오빠를 향해 하던, 아버지를 쏙 빼었다는 할머니의 말에서 비롯된 연상인지도 몰랐다.

저녁을 먹은 후 바람이 서늘해지면 아버지는 나를 어깨 위에 태우고 밖으로 나갔다. 아버지의 무등을 타면 어찌나 높던지 나 자신 풍선처럼 공중에 둥실 떠오르듯 눈앞이 어지러이 흔들렸다.

곧 동생이 태어날 거다. 아버지는 내 넓적다리를 꽉 쥐며 노래 부르듯 말했다. 엄마 뱃속에 아기가 들었단다.

꼭 잡아. 아버지의 말에 따라 아버지의 머리를 잡으면 손에 찐 득찐득한 머릿기름이 묻어났다.

아버지는 내게 연약한 넓적다리, 혹은 발목을 잡던 악력(握力), 막연히 따스하고 부드러운 것, 보다 커다란 것, 땀으로 젖어 있던 등허리로 남아 있었다. 그러나 이 모든 기억 역시 내 상상이 꾸며낸 더 먼 꿈속의 일은 아니었을까.

전쟁이 끝나면 아버지가 돌아온다. 두 해가 지나도록 소식이 없었지만 할머니는 끈기 있게 기다렸다. 그러나 아버지에 대한 정다운 기억, 기다림에도 불구하고 아버지가 돌아온다는 사실에 우리는 모두 얼마쯤의 불안과 두려움을 갖고 있었다. 매일 술 취해 돌아오는 어머니를 향해, 아버지가 돌아오시면 뭐라고 하실까요, 차갑게 협박하는 오빠까지도.

우리가 임자 없는 닭의 맛에 길들여지듯, 어머니의 지갑을 더듬는 내 손길이 점차 담대해지고 빼내는 돈의 액수가 많아지듯, 할머니가 단말마의 비명도 없는 도살(屠殺)의 비기(秘技)를 익혀 가듯, 그리고 종내는 눈의 정기만으로도 닭들이 스스로 죽지 밑에 고개를 묻고 널브러지듯 아버지 역시 달라져 있을 것이다. 아버지가 우리를 떠나 있던 그 긴 시간의 갈피짬마다 연기처럼 모호히 서린 낯섦은 새로운 전쟁으로 우리 사이에 재연될 것이기에 차라리 그립고 정답게 아버지를 추억하며 희망 없는 기다림으로 우리 모두 아버지가 영영 돌아오지 않기를 바라거나 돌아오지 않을 사람으로 치부하고 있음을 변명하고 용서를 구하는 것이나 아니었는지.

 멀리 산등성이 너머에서부터 들려오는 대포 소리는 고즈넉이 가라앉은 이 마을에 문득 전쟁을 상기시켰고, 드문드문 흘러드는 피난민들은 아직도 바깥에서는 전쟁이 계속되고 있다고 말했다.

 빨간 고추잠자리 한 마리가 장독대 위를 날았다. 낮잠을 자는 사이 비가 그쳤나보았다. 따가운 볕에 청명한 바람기가 숨어 있었다.
 일년초가 심겨진 장독대 주위는 가을꽃으로 붉었다. 저녁답이었다.
 물이 괸 장독 뚜껑에 엷게 햇빛이 떠 있고 잠자리는 앉을 듯 말 듯 망설이며 뱅뱅 돌았다.
 할머니는 개울에서 아직 돌아오지 않았는지 보이지 않았다. 이맘때면 우물가에서 쌀을 씻던 안집 여자도 기척이 없었다.
 나는 빗물이 질척하게 괸 고무신에 발을 꿰고 툇마루에 앉았다. 멍하니 부네의 방 쪽을 바라보았다.
 가을 해는 짧았다. 어느새 부네의 방문은 엷은 햇빛에 눅눅히 잠겨들고 있었다. 나는 물에 잠기듯 잦아드는 부네의 방을 보면서 이유를 알 수 없는 서러움이 가슴에 차오르는 것을 느꼈다.
 불현듯 닫힌 방문의 안쪽에서 노랫소리가 들리는 듯했다. 어쩌면 약한 탄식 같기도, 소리 죽인 신음 같기도 했다.
 아아아아아아.

아아아아아아.
 어느 순간 방문의 누렇게 찌든 창호지가 부풀어오르고 그 안쪽에서 어른대는 그림자를 얼핏 본 것도 같았다.
 아아아아아아.
 그 소리는 다시 들리지 않았다. 분가루처럼 엷게 떨어져내리는 햇빛뿐이었다. 내가 들은 것은 환청인지도 몰랐다. 그러나 입 안쪽의 살처럼 따뜻하고 축축한 느낌이 내 몸을 둘러싸고 있음을, 내 몸 가득 따뜻한 서러움이 차올라 해면처럼 부드러워지고 있음을 느낄 수 있었다. 그것은 떠돌던 고추잠자리가 잠깐 물에 스치듯 꽁지를 담갔다 뺀 순간이었을까.
 달라진 것은 아무것도 없었다. 햇빛이 사위었다는 것뿐.
 부네의 방은 박명 속에 어슴푸레 잠겨들었다. 햇빛은 이제 우리 방 서쪽 창에만 조금 남아 있을 뿐이었다. 맴돌던 고추잠자리는 담장 너머 피마자 이파리로 옮겨앉았다.
 나는 방으로 들어와 옷을 벗고 거울 앞에 섰다. 거울 속의 불룩 튀어나온 배와 작고 주름진 가랑이를 물끄러미 보며 나는 흐득흐득 흐느꼈다.
 깊은 밤, 안채에서 느닷없이 곡성이 터졌다.
 딸이 죽었댄다. 혀를 물고 자살을 했대. 약을 달여 들어가니 글쎄 벌써 죽어 있더라지 뭐냐.
 나갔다 들어온 할머니가 쉬쉬하며 수군거렸다.
 그럼 정말 딸을 가둬두고 있었나요?
 어머니가 남포에 불을 붙이고 일어나 앉았다.
 다음날 아침, 우리는 마당에서 들리는 소리에 잠을 깼다.
 마당에서 부네의 늙은 아비가 대패질하는 소리였다.

널은 뭘 하러 짜오. 거적짐에 말아 저잣거리에 내다 문소. 오가는 사람 발길에 밟히게시리.

안집 여자가 꽉 잠긴 목소리로 말했지만 외눈박이 목수는 묵묵히 대패질을 했다. 옹이가 박힌 곳은 몇 번이고 힘들여 다시 밀었다. 읍내 대장간에서 벼리어온 톱과 망치, 대팻날은 첫물인 듯 날빛을 내며 매끄럽게 나뭇결을 가다듬었다.

우리는 눈곱 낀 눈을 섬벅이며 빙 둘러서서, 송진이 묻어나는 덜 마른 소나무의 속살이 한 꺼풀씩 벗겨지며 더욱 희어지는 것을 바라보았다. 마르지 않은 생나무의 향기가 독하게 코를 찔렀다. 목수의 얼굴은 술에 취한 듯 붉었고 손등과 이마에 지렁이처럼 굵은 힘살이 불거졌다. 대팻밥은 얼마든지 나와 금시 우리의 발 밑에 수북이 쌓였다.

저녁 무렵 널에 못 박는 소리가 꽝꽝 들렸다. 그리고 부네는 어둡기를 기다려 기진한 안집 여자의 흐느낌 속에 차일도 휘장도 술도 국수도 없이 집을 빠져나갔다. 저녁 내내 우리는 방에 갇혀 있었다. 할머니는 연신 문구멍으로 눈을 갖다대는 언니의 뒷덜미를 잡아채고 머리통을 쥐어박았다.

애들이 일찍부터 흉한 꼴을 보면 팔자가 세어져.

부네의 방문에서 자물쇠는 벗겨졌지만 여전히 굳게 닫혀 있었다.

부네의 죽음은 소나무 속살의 희디흰 향기로 남아 오래도록 떠나지 않았다.

남들이 뭐라는 줄 아세요?

하얗게 닦아 세워둔 고무신에 마악 발을 꿰려는 어머니의 앞을 오빠가 가로막았다.

뭐라고들 하든?

어머니는 치맛자락을 거머쥐고, 오빠는 바라보지 않고 건성 되물었다.

갈보래요, 늙은 갈보.

어머니의 눈가가 순간 확 붉어졌으나 곧 태연히 대꾸했다.

실컷 떠들라지.

아버지가 오시면 뭐라고 하실까요.

글쎄다.

오빠는 문을 박차고 나갔다. 부엌에서 바깥의 동정을 살피며 전전긍긍 발소리를 죽이던 할머니가 불안한 표정으로 슬쩍 얼굴을 내밀다가 다시 들어갔다.

다녀오겠어요.

어머니는 입술을 깨물고, 먼지 하나 묻지 않은 흰 고무신에 공연히 걸레질을 하는 시늉을 하고는 짐짓 아무 일도 없었다는 얼굴로 나갔다.

요즘 들어 어머니는 술을 덜 마시는 대신 안 돌아오는 밤이 잦았다. 오빠는 걸핏하면 언니를 때려 코피를 터뜨렸다. 죽은 듯 엎드려 얌전히 매질을 당한 언니는 코피가 멎을 때까지 고개를 젖혀 눈물 가득한 눈으로 하늘을 바라보곤 했다. 어머니와 오빠 사이의 긴장은 베일 듯 날로 위태롭게 팽팽해졌다.

여름이 지나자 읍내 저잣거리는 장이 서는 날 외에는 한결 쓸쓸하고 스산해졌다. 우리를 밤마다 알 수 없는 흥분과 열기로 들뜨게 하고 모여들게 하던 여름은 지나간 것이다.

가을의 끝 무렵, 도회지에 나가 있던 목수의 작은딸, 부네의 동생인 서분이가 돌아왔다.
 영어 공부하니?
 집으로 돌아온 첫날 그녀는, 들창으로 불룩한 가슴까지 들이밀며 오빠에게 스스럼없이 물었다. 오빠는 목덜미까지 시뻘개졌다.
 멋을 부려, 반짝이는 헝겊으로 파마머리를 질끈 묶고 얼굴에 보얗게 분가루가 얹힌 서분이는 열여덟 살이었다.
 순 한국식 발음이다, 애.
 그녀는 깔깔 웃었다. 어머니는 서분이가 미국인 집의 식모라고 우리에게 일러주었다.
 서분이의 말에 오빠의 얼굴은 또다시 홍당무가 되었다.
 내가 있는 집, 해리슨 씨 말야. 너 같은 애 여럿 미국 보냈어. 영어 공부 열심히 해라. 내가 말해줄게. 그 사람들, 너같이 불우하고 의지 강한 애들을 참 좋아해. 어떡허든 도와주려고 애쓴단다.
 오빠의 눈이 기대에 차서 반짝였다.
 서분이는 스스럼없이 우리 방을 드나들었다. 오빠는 거센 목소리로 묻는 말에나 더듬더듬 대답하고 곧잘 얼굴을 붉혔으나 서분이의 때없는 내방을 그닥 싫어하지 않았다.
 서분이는 멋쟁이였다. 밤마다 엉덩이를 흔들고 다니는 읍내 처녀들에 비할 바 아니었다. 집에서도 꼭 끼는 스커트에 환히 살이 비치는 양말을 신고 굽 높은 구두를 신었다. 서분이는 우리에게 껌과 초콜릿을 주고 어머니에게는 냄새 독한 향수를 주었다.
 어쩌면 손도……
 할머니는 서분의 분결 같은 손에 감탄했다. 물론 '식모를 한다면서'라는 뒤엣말은 목 안으로 삼키고서였다.
 일도 별로 없대요. 빨래도 기계로 하고 청소도 기계로 한다나요.
 안집 여자는 자랑스럽게 말했다.
 처음부터 신임을 얻기는 어려워. 일단은 다 도둑놈으로 보려 하거든. 처음엔 시험을 한단다. 우선 좋은 날씨군요 / 행복한 아침입니다 / 나는 절대로 훔치지 않았습니다 / 나는 거짓말쟁이가 아닙니다라는 말만 할 수 있으면 돼.
 해리슨 씨가 제일 싫어하는 것은 도둑질과 거짓말이라고 했다. 서분이는 근 보름께나 집에 머물러 있었다. 그 동안 오빠는 그녀에게서, 자신을 고용할지도 안 할지도 모르는 해리슨 씨의 성품·취미·가족 상황·식성 따위를 낱낱이 익혔다. 우리는 미군 문관인, 좀 비대한 중년의 백인 사내가 아침에는 홍차를 마시고 피가 흐를 듯 말 듯 슬쩍 익힌 비프 스테이크를 즐긴다는 사실까지 알게 되었다.
 오빠는 해리슨 일가에 관한 한 무엇이든 서분이의 말에 열심히 귀를 기울였다. 해리슨 씨가 반드시 자기를 고용하리라는 자신은 없었지만 그녀의 큰소리대로 불원간 미국인 집에 가게 될 것이고 모든 미국인은 친절한 해리슨 씨에 다름아니었으므로.
 우리 역시 곧 오빠가 미국에 가게 되리라고 생각했다. 그리고 성공해서 돌아올 것이다.
 서분이는 정말 오빠에게 친누이나 되는 것처럼 허물없이 굴었다. 오빠가 긴 장대로 익은 감을 따면 그녀는 스커트를 벌려 감을 받고, 때로는 주르르 감나무로 기어올라 가지 사이에 다리를 벌리고 걸터앉아 감을 따서 오빠에게 던지며 깔깔거렸다.

엉덩이에 바람이 잔뜩 들었어.

할머니는 혀를 차며 못마땅해했다. 밤이면 읍내 저잣거리에 나가는 대신 오빠는 그녀와 함께 어디론가 사라지고 밤 깊어 마른풀내를 풍기며 소리없이 들어와 누웠다. 보름 간의 휴가를 마친 서분이는 곧 연락을 하겠노라는 약속을 남기고 해리슨 씨의 집으로 떠났다.

아임 낫 라이어.

아임 어니스트 보이.

오빠는 미국인과의 생활에 꼭 필요하다는, 새로 익힌 몇 개의 문장을 열심히, 되도록 부드럽게 혀를 굴려 외웠다.

감은 대풍(大豊)이었다. 서너 그루의 늙은 감나무는 마지막의 엷인 듯 쇠잔한 기력을 모아 화려하고 풍성하게 열매를 익혔다. 뒤뜰은 붉게 익은 감들이 지천으로 구르며 썩어가고, 부네의 죽음으로 넋이 나간 안집 여자는 우리가 감을 주워 먹어도 말없이 멀거니 바라보기만 할 뿐이었다. 가으내 우리는 굳은 똥을 누느라고 애를 쓰고 이불이며 옷에 불그죽죽한 감물을 들여 할머니에게 혼이 났다. 안채에는 가끔씩 낯선 노파가 드나들었다. 사람을 놓아 사윗감을 물색한다는 소문이 쉬쉬하며 입에서 입으로 전해졌다.

가을이 깊어지고 날씨가 퍽 차가워졌다. 댓돌 위에 벗어둔 고무신은 밤새 쇠처럼 차갑게 굳어지고, 아침에 선하품을 깨물며 방문을 열면 안채 지붕과 마당에 서리가 하얗게 내린 것을 볼 수 있었다.

곧 부러질 듯 앙상한 감나무 꼭대기 가지에는 홍시 두어 개가 찬 서리 속에 터질 듯 밝은 홍색으로 익어 아침마다 까치가 날아들었다. 쪼아먹은 자리는 낮 동안 햇빛과 바람으로 거무스레 말라가고 다음날 아침이면 또다시 아파아파 생살을 보이며 붉게 물크러졌다.

죽은 지 백일이 되는 날, 부네는 청홍의 비단실로 묶은 사주를 받고 시집을 갔다.

저물 무렵, 화문석 깔린 대청 마루에 떡시루가 놓이고 모처럼 진솔의 비단옷을 차려 입은 안집 여자는 치마를 벌려 청·홍·황·백·흑, 다섯 가지 빛깔의 채단을 받았다. 신랑 자리는 지난해 여름 뱀에 물려 죽은, 산 너머 마을 묘위답 마름이었다. 지체가 기울어 색시 쪽에서 마다했다는 소문도 있었다.

마당에 차일이 쳐지고 안집 여자는 시종 옷고름으로 눈물을 찍어대며 술과 국수를 날랐다. 그녀의 많은 딸들은 하나도 모습을 보이지 않았다.

뭐 좋은 일이라고……

안집 여자가 말끝을 흐리며 눈물을 찍어내자 사람들도 그럴싸한 표정으로 고개를 끄덕였다. 혼례에 쓸 요량으로 중돝을 잡았기에 사내아이들은 돼지 오줌통에 물을 넣어 종일토록 김장걷이 끝낸 빈 밭에서 공을 찼다.

밤이 깊어 마당의 화톳불이 사위어지자 신방이 차려졌다. 녹의홍상으로 꾸민 부네와 신랑은 나란히 이불 속에 누웠다. 신방의 불이 꺼질 때 그때까지도 화톳불가에 모여 술잔을 돌리던 사람들은 문득 조용해졌다. 그리고는 약속이나 한 듯 청사초롱 불을 밝혀 드리운, 활짝 열린 대문께를 바라보았다. 등줄기로 서늘히 지나가는 것은 차가운 바람의 한 자락일까, 뭉텅이 내리는 흰 무서리일까.

안집 여자의 소리 죽여 흐느끼는 소리가 밤새 들려왔다. 외눈박이 목수는 술에 취해 초저녁부터 인사불성이었다.

이상한 일이야. 글쎄 아침에 신방에 들어가보니 지푸라기 인형 둘이 다리가 얽혀 있더란다.

아무렴, 그럴려구요.

아니다. 아무리 처녀로 죽은 딸년, 혼백이나 제대로 보내자고 하는 짓이라도 섬뜩해서 신랑 좀 떨어져 뉘었는데도 이불을 들쳐보니 바짝 붙어 다리가 얽혔더라고 쥐여편네, 그 경황에도 기함을 하고 넘어가더라.

아침 상머리에서 할머니와 어머니가 목소리를 낮춰 수군거렸다.

왜 짚각시 다리가 꼬이지?

언니가 고개를 갸우뚱하며 말참견을 했다.

어린애들은 알 거 없다.

할머니가 말했으나 언니는 알 만하다는 듯 사팔눈을 만들어 오빠를 흘깃 바라보았다. 오빠는 벌개진 얼굴로 바삐 숟갈질을 했다.

첫날밤을 치른 신랑 각시는 바람을 피해 야산의 골진 곳에서 불에 태워졌다. 첫날밤의 원앙금침과 녹의홍상도 태워졌다. 초겨울의 차갑고 맑은 날씨였다.

햇빛에 불꽃은 투명하게 흔들리고 구천에서 외롭게 떠돌던 혼백들은 검은 연기로 흐트러지며 어우러지며 가뭇없이 사라졌다.

다시는 짐승으로도 인간으로도, 몸을 받아 이승에 나오지 마라.

안집 여자는 소롯이 남은 재 위에 술을 뿌리며 울었다.
먼 하늘로 사라지는 한 줄기 연기됨의 까닭을 알 리 없는 아이들은 야산 등성이에서 돼지 오줌통을 높이높이 차올리며 와아와아 몰려다녔다.
가을이 다가고 겨울이 되도록, 곧 연락을 보내마던 서분이에게서는 아무런 소식이 없었다. 해리슨 씨에게는 오빠를 데려갈 의사가 없는 모양이었다.
어머니가 거푸 이틀을 돌아오지 않자 오빠는 오랜만에 언니의 코피를 터뜨렸다. 고스란히 엎드려 맞던 이제껏과는 달리 언니는 고개를 빳빳이 들고 소리쳤다.
그 바람둥이년, 거짓말을 한 거야. 난 오빠가 그 계집애하고 무슨 짓을 했는지 알아. 그 더러운 짓을 안단 말야.
한쪽 벽에 버티어 선 거울은, 줄줄이 피를 흘리고 있는 버짐투성이의 메마른 계집애를, 슬픔과 증오와 수치심으로 비참하게 일그러진 열여섯 살 사내아이의 초라한 모습을 비추며 오연히 번쩍였다. 오빠는 참담한 얼굴로 거울을 노려보다가 발길로 걷어찼다. 삽시간에 방은 발 디딜 자리도 없이 잘디잔 거울 조각으로, 번득이며 튀어오르는 빛으로 가득 찼다. 저녁마다 화장을 하던 어머니의 얼굴이 천 조각 만 조각으로 깨어졌다. 오빠는 그 천 조각 만 조각의 얼굴에 결별을 고하듯 슬프고 초라하게 어깨를 늘어뜨리고 물끄러미 바라보았다.

산등성이 너머에서는 여전히 대포 소리가 들려왔으나 전쟁은 곧 끝날 거라는 소문이 돌고 피난민들은 하나 둘 이 마을을 떠나기 시작했다.

다른 피난민들처럼 훌훌히 이 마을을 떠날 수 없었던 우리는 춥고 긴 겨울을 방안에 갇혀 지냈다.
　사방이 산으로 둘러싸인 분지인 탓에 겨울은 유독 춥고 길었다. 해가 지면 곧 밤이 왔다. 저녁을 먹고 나면 우리는 화로를 끼고 앉아 내복을 벗어 화로 위에 팽팽히 펴놓았다. 그러면 옷 솔기에 숨었던 이가 더운 기운에 게으르게 기어나오고 우리는 그것을 손쉽게 주워 화로에 떨어뜨렸다. 저녁내 방에서는 이를 태우는 누린내가 가시지 않았다.
　밤에 옷을 벗어 마루에 내놓고 자면 이들은 밤 추위에 발갛고 탱탱하게 얼어 죽어 있었다.
　겨울이 다 갈 무렵 우리는 이웃 동네로 이사를 했다. 부네의 부모가 딸들이 살고 있다는 도회지로 가기 위해 집을 팔았기 때문이었다.
　때늦은 함박눈이 퍼붓는 날이었다. 나는 눈 위에 또박또박 찍힌 발자국이 펄펄 내리는 눈에 소롯이 지워지는 것을 아쉽게 돌아보며 짐 실은 달구지를 따라 걸었다.
　이사하는 날 눈이 오면 부자가 되고 복 받는단다.
　파편에 다친 발이 동상으로 덧나 심하게 절룩이며 할머니가 말했다.
　글쎄요.
　어머니는 씁쓸히 웃었다.
　왜들 그러지 않든? 시집가는 날에도 눈이 오면 좋다고. 지난 일이 눈 속에 다 묻히니 왜 안 그렇겠냐.
　할머니는 강요하듯 안타깝게 또 말했다. 어머니는 대꾸 없이 삭막한 얼굴로 읍내 저잣거리께를 바라보았다. 화장기 없는 어머니의 푸르스름한 얼굴은 퍽 늙고 지쳐 보였다.
 저잣거리를 바라보던 어머니의 눈길이 우리가 트럭을 타고 왔다는 도회지로 가는 신작로, 그리고 멀리 겹쳐 보이는 능선 위로 옮겨가며 아득해졌다.
 새로 세들어간 방앗간집 안마당에는 손쉽게 두레박을 끌어올릴 수 있는 도르래가 장치된 크고 깊은 우물이 있었건만 할머니는 여전히 빨래 함지를 이고 개울로 나갔다.
 지난 겨울의 혹독한 추위로 얼어붙은 도르래가 움직이지 않고 역시 방앗간에 일이 없는 철이라 주인이 수리를 서두르지 않았던 것이다. 때문에 할머니가 빨갛게 곱은 손을 오그라뜨리고 돌아올 때까지 나는 방에 갇혀 동생을 돌보아야 했다.
 양지바른 앞마당에 파릇이 풀이 돋기 시작할 때도 우리가 살고 있는 북향의 사랑채 뒷문 밖은 두꺼운 얼음에 덮여 있었다. 꽃샘바람이 불고 그 두꺼운 얼음이 녹기 시작할 무렵 방앗간 주인은 겨울 동안 등겨 먼지와 거미줄에 묻힌 방아 기계를 털어내고 우물의 도르래에 기름칠을 했다. 나는 비로소 방에서 풀려날 수 있었다. 고깔 모양의 모자를 씌운 동생을 업고 할머니는 삐그덕삐그덕 도르래를 돌려 물을 긷고 우물가에서 빨래를 했다.
 방에서 풀려난 나는 또다시 어슬렁어슬렁 돌아다니기 시작했다. 내 발길이 마지막으로 닿는 곳은 대개 먼저 살던 동네였다.
 부네의 집 안채에는 이미 낯선 사람들이 들어와 살고 있었다. 마당에서 소꿉놀이를 하던 계집애들은 대뜸 경계하는 눈빛이 되어 나를 노려보았다.
 우리가 살던 방은 허물리고 있었다. 지신(地神)이 들떠 변소와 헛간을 옮겨 짓는다고 했다. 아직 남아 있는, 벽에 끄적거린 우리들의 낙서와 남몰래 만들었던 홈집들, 오빠의 책궤가 놓였던 창은 사라졌다. 오빠는 언제부터인가 더 이상 영어책을 읽지 않았다.

빈방은 엄청나게 작았다. 그처럼 작은 방에서 우리 모두가 어떻게 살 수 있었을까 이상하게 느껴졌다.

집의 새 주인은 삿자리를 걷어내고 방바닥의 흙을 파내기 시작했다. 우리가 살았던 자취는 어디에고 없었다. 나는 사내의 힘찬 삽질에 의해 점차 깊어지는 방 가운데의 구덩이를 보며 알 수 없는 부끄러움과 서러움으로 눈물이 돌았다. 새 주인의 삽질에 의해 뜰의 어느 구석에서인가 재 묻은 닭털이 끌려나오고 부서진 거울 조각들이 흙과 뒤섞일 것이다.

4월이 되자 나는 할머니 손에 이끌려 언니가 다니는 학교에 입학했다. 바람 불고 흙먼지 이는 날에도 솜사탕 장수는 틀, 틀, 틀, 틀 솜사탕을 피워올렸다.

어머니가 읍내 정육점 사내와 정분이 났다는 소문은 동네에 짜아하게 퍼졌다. 그 사내의 마누라에게 머리채를 잡혀 읍내를 몇 바퀴 돌았다던 날 밤 할머니는 처음으로 어머니를 다그쳤다.

새끼들 다 팽개치고 달아날 셈이냐. 이젠 얼굴 들고 다닐 수가 없구나.

오빠는 우리를 모아놓고 단호하게 말했다.

우린 이제 헤어지는 거다. 너희들은 고아원에 가 있어라. 내가 성공해서 데리러 오겠다. 구두도 닦고 신문도 팔겠다. 도둑질도 하겠다. 미국엘 가서 어떻게든 성공하겠다.

그러나 어머니는 여전히 저녁마다 읍내 밥집에 나가고 오빠는 봄내 여름내 저잣거리에서 살다시피 했다.

오빠는 이제 혀를 떨며 외롭게 하모니카를 부는 대신 차부의 조수들처럼 후익후익 멋지게 휘파람을 불었다. 나는 어머니의 지갑에서 점차 더 많은 액수의 돈을 꺼냈다.

여름이 오고 전쟁은 끝이 났다. 그때까지 남아 있던 피난민 두어 가족이 마지막으로 마을을 떠났다.

여름이 다 가도록 아버지는 돌아오지 않았다.

늦여름의 아침, 손바닥만한 거울을 창틀에 기대놓고 머리를 빗던 어머니가 할머니를 돌아보았다.

어젯밤 이상한 꿈을 꾸었어요. 머리를 빗는데 보리톨 같은 이가 자꾸 떨어지지 뭐예요.

할머니의 낯빛이 대번에 달라졌다.

머리를 푼 건 나쁘다만 꿈에 이를 보면 좋다는데…… 암튼 무슨 소식이 있을라나보다. 에미가 한번 올라가봐라. 죽었는지 살았는지……

할머니가 쇠잔한 목소리로 말했다.

어머니의 눈꺼풀이 잠깐 푸르르 떨렸다.

노랑눈이는 학교 안 가니?

침울하게 가라앉은 분위기에 덩달아 심란한 얼굴을 짓고 책보 싸던 손을 놓아버린 내게 할머니가 호통을 쳤다.

나는 얼른 허리에 책보를 두르고 뛰어나왔다. 해는 벌써 높다랗게 솟아 불볕을 쏟아붓고 있었다.

시작종을 친 지 오래인 듯 운동장에 아이들의 모습은 보이지 않았다.

달 달 무슨 달
쟁반같이 둥근 달

우리 반의 열린 창문으로 여럿이 소리를 합해 국어책 읽는 소리가 들려왔다.
뚱보야, 오늘은 안 사먹니?
솜사탕 장수가 불러세웠지만 나는 대답하지 않고 운동장으로 뛰어들어갔다. 그때 첫 시간 끝나는 종소리가 땡땡 울렸다.
마지막 수업인 넷째 시간은 미술이었다. 우리는 미술 교본에 있는 대로 화분에 심겨진 튤립을 그렸다.
초에 물감을 섞어 만든 크레용은 잘 칠해지지 않았다. 자꾸 동강동강 부러져나갔다. 아이들은 고개를 숙이고 코를 훌쩍대며 열심히 색칠을 했으나 나는 멍청히 앉아 앞에 앉은 아이의, 머리털이 뽑힐 듯 단단히 땋은 머리를, 팽팽히 당겨진 머리털 밑 흰 피부에 송송 맺혀 반짝이는 땀방울을 아무런 생각 없이 바라보고 있었다.
햇빛이 부옇게 칠판을 비추어 분필 글씨가 잘 보이지 않았다. 무더운 날씨였다. 나는 주머니 속에 손을 넣어 돈을 만지작거리며 괜한 걱정이라는 것을 알면서도 집에 갈 때까지 교문 앞에 솜사탕 장수가 있어줄 것인지를 생각했다.
창밖으로 내다보이는 신작로, 뙤약볕 아래 맥고모자를 쭈그려 뜨려 쓴 남자가 거렁뱅이처럼 다리를 끌며 지나갔다. 더위 때문인가, 아니면 낮술에 취해 있는 걸까, 벌건 얼굴에 키가 훌쩍 큰 남자였다. 어느 순간 나는 그와 눈이 마주친 것 같기도 했다. 그는 줄곧 무엇인가 찾아내려는 듯 열린 창문마다 찬찬히 살피며 걷고 있었던 것이다.
자, 시간 됐다. 다 그린 사람은 갖고 나와.
선생님이 교탁을 자막대기로 딱딱 두들겼다.

나는 그제야 비로소 코를 훌쩍 들이마시고 하얀 채로 남아 있는 반도 못 그린 그림에 빨강색과 초록색의 크레용을 문질렀다.
끝나는 종이 울릴 때 늙은 급사가 쪽지를 들고 교실로 조심스럽게 들어왔다. 선생님이 나를 불렀다.
교장 선생님이 부르신다. 어서 가봐.
나는 급사를 따라 복도 맨 안쪽의 교장실로 들어갔다.
교장 선생님은 때마침 손님을 배웅하고 있던 차였다.
육학년 김정님이 동생이지?
손님을 보내고 돌아온 교장 선생님의 물음에 나는 조그맣게 대답했다.
아버지가 오셨다. 집을 몰라 학교로 언니를 찾아오셨어. 교문 밖에서 기다리신다니 어서 모시고 집에 가거라.
햇빛이 교장 선생님의 안경을 가로지르고 그 뒤 흑판에 아아아아아아 떨며 금을 긋고 있었다.
아버지가 돌아오셨다. 모시고 가거라.
교장 선생님의 말을 나는 아무 뜻 없이 곱씹어 중얼거렸다.
내 눈길은 크림을 씌운 케이크 두어 조각이 담긴 접시가 놓인 탁자에 박혀 떠나지 않았다. 그 주위로 파리가 끈끈히 날고 있었다. 교장 선생님, 곧 회의가⋯⋯
늙은 급사가 문간에 서서 우물우물 말했다. 교장 선생님은 더 무슨 말을 할 듯 잠깐 내 어깨에 손을 얹었으나 어서 아버지에게 가보렴, 한마디 남기고는 앞서 방을 나갔다.
교장 선생님이 나가자 나는 얼른 탁자 위의 단 케이크를 한 조각 입에 우겨넣었다. 급히 삼키는 바람에 목이 메었다. 눈물이 쑥 비져나왔다. 나는 나머지 한 조각을 재빨리 주머니에 집어넣고 교장실을 나왔다. 그리고는 복도를 빠져나왔다.
 변소의 창으로 거위처럼 두 팔을 휘저으며 운동장을 가로질러 뛰어가는 언니의 모습이 보였다. 사내애들은 손가락 사이에 면도날을 끼워 계집애들이 팽팽이 마주잡고 있는 고무줄을 끊고 계집애들은 욕설을 퍼부으며 흙을 집어 뿌렸다. 그애들을 헤집으며 언니는 달려가고 있었다. 교문 밖에서 아버지가 기다리고 있는 것이다. 탱자나무 울타리 위로 솜사탕이 구름송이처럼 둥실 떠올랐다.
 나는 이러한 광경을 보며 주머니 속의 케이크를 꺼내 베어물었다. 그것을 다 먹고 났을 때 갑자기 욕지기가 치밀었다. 참을 수가 없었다. 나는 꾸역꾸역 토해냈다. 단 케이크는 한없이 한없이 목을 타고 넘어왔다. 까닭 모를 서러움으로 눈물이 자꾸자꾸 흘러내렸다.
 나는 다리 사이에 머리를 박고 구역질을 하며 똥통 속을 들여다보았다.
 어두운 똥통 속으로 어디선가 한 줄기 햇빛이 스며들고 눈물이 어려 어룽어룽 퍼져 보이는 눈길에 부옇게 끓어오르는 것이 보였다. 무엇인가 빛 속에서 소리치며 일제히 끓어오르고 있었다.

중국인 거리

　시를 남북으로 나누며 달리는 철길은 항만의 끝에 이르러서야 잘려졌다. 석탄을 싣고 온 화차는 자칫 바다에 빠뜨릴 듯한 머리를 위태롭게 사리며 깜짝 놀라 멎고 그 서슬에 밑구멍으로 주르르 석탄 가루를 흘려 보냈다.
　집에 가봐야 노루 꼬리만큼 짧다는 겨울 해에 점심이 기다리고 있는 것도 아니어서 우리들은 학교 수업이 끝나는 대로 책가방만 던져둔 채 떼를 지어 선창을 지나 항만의 북쪽 끝에 있는 제분 공장에 갔다.
　제분 공장 볕 잘 드는 마당 가득 깔린 멍석에는 늘 덜 건조된 밀이 널려 있었다. 우리는 수위가 잠깐 자리를 비운 틈을 타서 마당에 들어가 멍석의 귀퉁이를 밟으며 한 움큼씩 집어 밀을 입 안에 털어넣고는 다시 걸었다. 올올이 흩어져 대글대글 이빨에 부딪히던 밀알들이, 달고 따뜻한 침에 의해 딱딱한 껍질이 불고 속살은 풀어져 입 안 가득 풀처럼 달라붙다가 제법 고무질의 질긴 맛을 낼 때쯤이면 철로에 닿게 마련이었다.

우리는 밀껌으로 푸우푸우 풍선을 만들거나 침목 사이에 깔린 잔돌로 비사치기를 하거나 전날 자석을 만들기 위해 선로 위에 얹어놓았던 못을 찾으면서 화차가 닿기를 기다렸다.

드디어 화차가 오고 몇 번의 덜컹거림으로 완전히 숨을 놓으면 우리들은 재빨리 바퀴 사이로 기어들어가 석탄 가루를 훑고 이가 벌어진 문짝 틈에 갈퀴처럼 팔을 들이밀어 조개탄을 후벼 내었다. 철도 건너 저탄장에서 밀차를 밀며 나오는 인부들이 시커멓게 모습을 나타낼 즈음이면 우리는 대개 신발 주머니에, 보다 크고 몸놀림이 잽싼 아이들은 시멘트 부대에 가득 석탄을 훔쳐 담고 낮은 철조망을 깨금발로 뛰어넘었다.

선창의 간이 음식점 문을 밀고 들어가 구석 자리의 테이블을 와글와글 점거하고 앉으면 그날의 노획량에 따라 가락국수, 만두, 찐빵 등이 날라져왔다.

석탄은 때로 군고구마, 딱지, 사탕 따위가 되기도 했다. 어쨌든 석탄이 선창 주변에서는 무엇과도 바꿀 수 있는 현금과 마찬가지라는 것을 우리는 알고 있었고, 때문에 우리 동네 아이들은 사철 검정 강아지였다.

해안촌(海岸村) 혹은 중국인 거리라고도 불려지는 우리 동네는 겨우내 북풍이 실어나르는 탄가루로 그늘지고, 거무죽죽한 공기 속에 해는 낮달처럼 희미하게 걸려 있었다.

할머니는 언제나 짚수세미에 아궁이에서 긁어낸 고운 재를 묻혀 번쩍 광이 날 만큼 대야를 닦았다. 아버지의 와이셔츠만을 따로 빨기 위해서였다. 그러나 바람을 들이지 않는 차양 안쪽 깊숙이 넌 와이셔츠는 몇 번이고 다시 헹구어 푸새를 새로 하지 않으면 안 되었다.

망할 놈의 탄가루들. 못 살 동네야.
할머니가 혀를 차면 나는 으레 나올 뒤엣말을 받았다.
광석천이라는 냇물에서는 말이다. 물론 난리가 나기 전 이북에서지. 빨래를 하면 희다 못해 시퍼랬지. 어느 독(毒)이 그렇게 퍼렇겠니.
겨울 방학이 끝나자 담임인 여선생은 중국인 거리에 사는 아이들을 불러 학교 숙직실로 데리고 갔다. 숙직실 부엌 바닥에 웃통을 벗겨 엎드리게 하고는 미지근한 물을 사정없이 끼얹었다. 귀 뒤, 목덜미, 발가락, 손톱 사이까지 탄가루가 없는 것을 확인하고서야 왕소름이 돋은 등허리를 찰싹찰싹 때리는 것으로 검사를 끝냈다. 우리는 킬킬대며 살비듬이 푸르르 떨어지는 내의를 머리부터 뒤집어썼다.
봄이 되자 나는 3학년이 되었다. 오전반이었기 때문에 한낮인 거리를 치옥이와 나는 어깨동무를 하고 천천히 걸어 집으로 돌아오고 있었다.
나는 커서 미용사가 될 거야.
삼거리의 미장원을 지날 때 치옥이가 노오란 목소리로 말했다.
회충약을 먹는 날이니 아침을 굶고 와야 한다는 선생의 지시대로 치옥이도 나도 빈속이었다.
공복감 때문일까, 산토닌을 먹었기 때문일까, 해인초 끓이는 냄새 때문일까. 햇빛도, 지나다니는 사람들의 얼굴도, 치마 밑으로 펄럭이며 기어드는 사나운 봄바람도 모두 노오랬다.
길의 양켠은 가건물인 상점들을 빼고는 거의 빈터였다. 드문드문 포격에 무너진 건물의 형해가 썩은 이빨처럼 서 있을 뿐이었다.

제일 큰 극장이었대.

조명판처럼, 혹은 무대의 휘장처럼 희게 회칠이 된 한쪽 벽만 고스란히 남아 서 있는 건물을 가리키며 치옥이가 소근거렸다. 그러나 그것도 곧 무너질 것이다. 나란히 늘어선 인부들이 곡괭이의 첫 날을 댈 위치를 가늠하고 있었다. 어느 순간 희고 거대한 벽은 굉음으로 주저앉으리라.

한쪽에서는 이미 헐어버린 벽에서 상하지 않은 벽돌과 철근을 발라내고 있는 중이었다.

아주 쑥밭을 만들어버렸다니까.

치옥이는 어른들의 말투를 흉내내어 몇 번이고 쑥밭이라는 말을 되풀이했다.

사람들은 개미처럼 열심히 집을 지어 빈터를 다스렸다. 길의 곳곳에 놓인 반 자른 드럼통마다 해인초가 끓고 있었다.

치옥이와 나는 자주 멈춰 서서 찍찍 침을 뱉어냈다.

회충이 약을 먹고 지랄하나봐.

아냐, 회충이 오줌을 싸는 거야.

그래도 메스꺼움은 가라앉지 않았다. 끓어오르는 해인초의 거품도, 조개탄에서 피어오르는 연기도, 해조(海藻)와 뒤섞이는 석회의 냄새도 온통 노란빛의 회오리였다.

왜 사람들은 집을 지을 때 해인초를 쓰지? 난 저 냄새만 맡으면 머리털 뿌리까지 뽑히는 것처럼 골치가 아파.

치옥이는 내 어깨에 엇걸린 팔을 무겁게 내려뜨렸다. 그러나 나는 마냥 늑장을 부리며 천천히 걸어 해인초 냄새, 그 노란빛의 냄새를 들이마셨다.

우리 가족이 이 도시로 이사를 온 것은 지난해 봄이었다.
늬 아버지가 취직만 되면…… 어머니는 차곡차곡 쌓은 담뱃잎에다 푸우푸우 입에 가득 문 물을 뿜으며 말했다. 담뱃잎을 꼭꼭 눌러 담은 부대에 멜빵을 해서 메고 첫새벽에 나가는 어머니는 이틀이나 사흘 후 초주검이 되어 돌아오곤 했다.
간이 열이라도 담배 장사는 이제 못 해먹겠다. 단속이 여간 심해야지. 늬 아버지 취직만 되면……
미리 월남해서 자리를 잡았거나 전쟁을 재빨리 벗어난 친구, 동창들을 찾아다니며 구직 운동을 하던 아버지가 석유 소매업소의 소장직으로 취직을 하고, 우리를 실어갈 트럭이 온다는 날 우리는 새벽밥을 지어 먹고 이불 보따리와 노끈으로 엉글게 동인 살림 도구들을 찻길에 내다놓았다. 점심때가 되어도 트럭은 오지 않았다. 한없이 길게 되풀이되는 동네 사람들과의 작별 인사도 끝났다.
해질 무렵이 되자 어머니는 땅뺏기놀이나 사방치기에도 진력이 나 멍청히 땅바닥에 주저앉은 우리들을 일으켜세워 읍내의 국수집에서 국수를 한 그릇씩 사먹였다. 집을 나서기 전 갈아입은 옷이건만 한없이 흐르는 콧물로 오빠와 나 그리고 동생의 옷소매와 손등은 반들반들하게 길이 들었다.
날이 완전히 어두워졌어도 어머니는 젖먹이를 안고 이불 보따리 위에 올라앉은 채 트럭이 나타날 다릿목께만을 뚫어지게 노려보고 있었다.
트럭이 나타난 것은 저물고도 한참이 지난 후였다. 헤드라이트를 밝힌 트럭이 요란한 엔진 소리와 함께 다릿목에 모습을 드러내자 어머니는 차가 왔다, 라고 비명을 질렀다. 저마다 보따리

하나씩을 타고 앉았던 우리 형제들은 공처럼 튀어 일어났다. 트럭은 신작로에 잠시 멎고, 달려간 어머니에게 창으로 고개만 내민 조수가 무어라고 소리쳤다. 어머니는 되돌아오고 트럭은 다시 떠났다. 우리는 어리둥절해서 서로의 얼굴을 마주보았다. 난간을 높이 세운 짐칸에 검은 윤곽으로 우뚝우뚝 서 있던 것은 소였다. 날카롭게 구부러진 뿔들과 어둠 속에서 흐르듯 눅눅하게 들려오던 되새김질 소리도 역력했다.

  소를 내려놓고 올 거예요. 짐을 부려놓고 빈 차로 올라가는 걸 이용하면 운임이 절반이니까 아범이 그렇게 한 거예요.

  어머니의 설명에, 아버지와 어머니에게 한 번도 이의를 나타내 본 적이 없는 할머니는 뜨악한 표정으로, 그러나 어련히들 잘 알아서 하겠느냐는 듯 몇 번이고 고개를 주억거렸다.

  그러나 트럭이 정작 우리 앞에 다시 나타난 것은 두어 시간택이나 지난 후였다. 삼십 리 떨어진 시의 도살장에 소들을 부려놓고 차 바닥의 오물을 닦아내느라고 늦었다는 것이었다.

  이삿짐을 다 싣고 마지막으로 어머니가 젖먹이를 안고 운전석의, 운전수와 조수의 틈에 끼여 앉자 트럭은 출발했다. 멀리 남행 열차의 기적 소리가 들리는 것으로 보아 자정 무렵이었다.

  나는 이삿짐들 틈에서 고개만 내밀어 깜깜하게 묻힌, 점점 멀어져가는 마을을 보았다. 마을과 마을 뒤의 야산과 야산의 잡목숲은 한데 뭉뚱그려져 더 짙은 어둠으로 손바닥만하게 너울대다가 마침내 하나의 점으로 트럭의 꽁무니를 따라왔다.

  읍을 벗어나자 산길이었다. 길이 나쁜 데다 서둘러 험하게 몰아대는 통에 차는 길길이 뛰고 짐들 틈바구니에 서캐처럼 박혀 있던 우리는 스프링 장치가 된 자동 인형처럼 간단없이 튀어올랐다.

할머니는 아그그그 뼈마디 부딪치는 소리를 어금니로 눌렀다. 길 아래는 강이었다. 차가 튀어오를 때마다 하마하마 강물로 곤두박질치겠지 생각하며 나는 눈을 꼭 감고 네 살짜리 동생을 힘주어 끌어안았다.

봄이라고는 해도 밤바람은 칼끝처럼 매웠다. 물살을 가르며 사납게 웅웅대던 바람은 그 날카로운 손톱으로 비듬이 허옇게 이는 살갗을 후비고 아직도 차 안에 질척하게 고여 있는 쇠똥 냄새를 한소끔씩 걷어내었다.

아까 그 소들, 다 죽었을까.

나는 문득 어둠 속에서 들려오던 소들의 눅눅한 되새김질 소리를 떠올리며 언니에게 물었다. 언니는 세운 무릎 사이에 얼굴을 깊이 묻은 채 대답이 없었다. 물론 지금쯤이면 각을 뜨고 가죽을 벗기고 내장을 훑어내기에 충분한 시간일 것이다.

달은 줄곧 머리 위에서 둥글었고 네 살짜리 동생은 어눌한 말씨로 씨팔눔아아, 왜 자꾸 따라오는 거여어, 소리치며 달을 향해 주먹질을 해대었다.

차는 자주 섰다. 다섯 명의 아이들이 차례로 오줌이 마려웠기 때문이었다. 짐칸과 운전석 사이의 손바닥만한 유리를 두들기면 조수가 옆창문을 열고 고개를 내밀어 돌아보며 뭐야, 하고 소리쳤다.

오줌이 마렵대요.

조수는 손짓으로 그냥 누라는 시늉을 해보였으나 할머니가 펄쩍 뛰었다. 마지못해 차가 멎고 조수는 아이들을 하나씩 안아내리며 한꺼번에 다 눠버려, 몽땅, 하고 퉁명스럽게 말했다. 우리는 길바닥에 쭈그리고 앉기가 무섭게 푸드득 몸을 떨며 오래 오줌을 누었다.

　행정 구역이 바뀌거나 길이 굽이도는 곳에는 반드시 초소가 있어 한차례씩 검문을 받아야 했다. 전투복을 입은 경찰이 트럭 위로 전짓불을 휘두를 때면 담배 장사로 간이 손톱만큼밖에 안 남았다는 어머니는 공연히 창밖으로 고개를 빼어 소리쳤다.

　실컷 보시요, 암만 뒤져도 같잖은 따라지 보따리와 새끼들뿐이요.

　트럭은 기름을 넣기 위해 한차례 멎고 두 번 고장이 났으며 굽이굽이 수많은 검문소를 지나쳐 강과 산과 잠든 도시를 밤새도록 달려 날이 밝을 무렵 이 도시로 진입해 들어왔다. 우리가 탄 트럭의 낡은 엔진의 요란한 소리에 비로소 거리는 푸득푸득 깨어나기 시작했다.

　바다를 한 뼘만치 밀어둔 시의 끝, 해안 동네에 다다라 우리는 짐들과 함께 트럭에서 내려졌다. 밤새 따라오던 달은 빛을 잃고 서쪽 하늘에 원반처럼 납작하게 걸려 있었다. 트럭이 멎은 곳은 낡은 목조의 이층집 앞이었는데 아래층은 길가에 연해 상점들처럼 몇 쪽의 유리문으로 되어 있었다. 그리고 흙먼지가 부옇게 앉은 유리에 붉은 페인트로 석유 배급소라고 씌어 있었다.

　앞으로 우리가 살게 될 집이었다.

　나는 새삼스럽게 달려드는 차가운 공기에 이빨을 마주치며 언제나 내 몫인 네 살짜리 사내동생을 업었다.

　우리가 요란하게 가로질러 온, 그리고 트럭의 뒤꽁무니 이삿짐들 틈에서 호기심과 기대로 목을 빼어 바라본 시는 내가 피난 지인 시골에서 꿈꾸어오던 도회지와는 달랐다. 나는 밀대 끝에서 피어오르는 오색의 비누방울 혹은 말로만 듣던 먼 나라의 크리스마스 트리처럼 우리가 가게 될 도회지를 생각하곤 했었다.
　폭이 좁은 길을 사이에 두고 조그만 베란다가 붙은, 같은 모양의 목조 이층집들이 늘어선 거리는 초라하고 지저분했으며 새벽 닭의 첫 날개질 같은 어수선한 활기에 차 있었다. 그것은 이른 새벽 부두로 해물을 받으러 가는 장사꾼들의 자전거 페달 소리와 항만의 끝에 있는 제분 공장의 노무자들의 발길 때문이었다. 그들은 길을 메우고 버텨 선 트럭과 함부로 부려진 이삿짐을 피해 언덕을 올라갔다.
　지난밤 떠나온 시골과는 모든 것이 달랐음에도 불구하고 나는 잠시, 우리가 정말 이사를 온 것일까, 낯선 곳에 온 것일까, 이상한 혼란에 빠졌다. 그것은 공기중에 이내처럼 짙게 서려 있는, 무척 친숙하고, 내용은 잊혀진 채 분위기만 남아 있는 꿈과도 같은 냄새 때문이었다. 무슨 냄새였던가.
　석유 배급소의 유리문을 밀어붙이고 나온 아버지는 약속이 틀리다고 운전수에게 고래고래 소리를 지르고 운전수는 호기심과 어쩔 수 없는 불안으로 눈을 두릿두릿 굴리고 서 있는 우리들과 이삿짐들을 번갈아 가리키며 아버지에게 삿대질을 해댔다.
　목덜미에 시퍼렇게 면도 자국을 드러낸 됫박머리에 솜이 비져 나온 노랑 인조 저고리를 입은, 아홉 살바기 버짐투성이 계집애인 나는 동생을 업고 이상하게 안절부절못하는 심사로 우리가 살게 될 동네를 둘러보았다.
　우리의 이사 소동에 동네는 비로소 잠을 깨어 사람들은 들창을 열거나 길가에 면한 출입문으로 부스스한 머리를 내밀었다.
　길을 사이에 두고 각각 여남은 채씩 늘어선 같은 모양의 목조 이층집들은 우리집을 마지막으로 갑자기 끝났다. 그리고 우리집에서부터 완만한 경사로 이루어진 언덕이 시작되었는데 그 언덕에는 바랜 잉크 빛깔이나 흰색 페인트로 벽을 칠한 커다란 이층집들이 길을 사이에 두고 나란히 마주보고 서 있었다.

우리집 앞을 지나는 길은 언덕으로 이어져 있고 언덕이 시작되는 첫째 집은 거의 우리집과 이웃해 있었다. 그러나 넓은 벽에 비해 지나치게 작은 창문이나 출입문들은 모두 나무 덧문이 완강하게 닫혀져 있어 필시 빈집이거나 창고이리라는 느낌이 짙었다.

큰 덩치에 비해 지붕의 물매가 싸고 용마루가 밭아서 이상하게 눈에 설고 불균형해 뵈는 양식의 집들이었다. 그 집들은 일종의 적의로 냉담하고 무관심하게 언덕 아래를 내려다보며 서 있었다. 언덕을 넘어 선창으로 향하는 사람들의 발길에도 불구하고 언덕은 섬처럼 멀리 외따로 있었으며 갑각류의 동물처럼 입을 다문 집들은 대개의 오래된 건물들이 그러하듯 다소 비장하게 바다를 향해 서 있었다.

이삿짐을 다 부려놓고도 트럭은 시동만 걸어놓은 채 떠나지 않았다. 요구한 액수대로 운임을 받지 못한 운전수는 지구전에 들어간 듯 운전대에 두 팔을 얹고 잠깐 눈을 붙였다.

아이 시끄러워, 또 난리가 쳐들어오나, 새벽부터 웬 지랄들이야.

젊은 여자의 거두절미한 쳇소리가, 시위하듯 부릉대는 찻소리를 단번에 눌러 끄며 우리의 머리 위로 쨍하니 날아왔다. 어머니는, 그리고 우리는 망연해서 고개를 쳐들었다. 허벅지까지 맨살을 드러낸 채 겨우 군복 윗도리만을 어깨에 걸친 젊은 여자가 노랗게 염색한 머리털을 등뒤로 너울대며 맞은편 집 이층 베란다에서 마악 들어가려던 참이었다.
 아버지는 차 바퀴 사이를 들락거리며 뺑뺑이를 치는 오빠의 덜미를 잡아 끌어내어 알밤을 먹였다. 그리고는 오르르 몰려선 우리들을 보며 일개 소대 병력이로구나 하며 기막히다는 듯 헛웃음을 쳤다.
 새벽 구름이 걷히고 햇살이 조금씩 투명해지기 시작할 무렵에도 언덕 위 집들은 굳게 문을 닫은 채 잠에서 깨어나지 않았다. 시의 곳곳에서 밀려난 새벽의 푸르스름한 어두움은 비를 품은 구름처럼 불길하게 언덕 위의 하늘에 몰려 있었다.
 어둠이 완전히 걷히자 밤의 섬세한 발 틈으로 세류(細流)가 되어 흐르던 냄새는 억지로 참았던 긴 숨처럼 거리 곳곳에서 피어오르기 시작했다.
 아, 그제야 나는 그 냄새의 정체를 알 수 있었다. 그것을 알아채는 순간 그때까지 나를 사로잡고 있던 낯선 감정은 대번에 지워지고 거리는 친숙하고 구체적으로 내게 다가왔다. 그것은 나른한 행복감이었고 전날 떠나온 피난지의 마을에 깔먹여진 색채였으며 유년(幼年)의 기억이었다.
 민들레꽃이 필 무렵이 되면 나는 늘 어지럼증과 구역질로, 툇돌에 앉아 부격부격 거품이 이는 침을 뱉고 동생은 마당을 기어다니며 흙을 집어먹었다. 할머니는 긴 봄 내내 해인초를 끓였다. 싫어싫어 도리질을 해대며 간신히 한 사발을 마시고 나면 천지를 채우는 노오란빛과 함께 춘곤(春困)과도 같은 이해할 수 없는 나른한 혼미 속에 빠져 할머니에게 지금이 아침인가 저녁인가를 때없이 묻곤 했다. 할머니는 망할 년, 회 동하나부다라고 대꾸하며 호호 웃었다.

　나는 잊혀진 꿈속을 걸어가듯 노란빛의 혼미 속에 점차 빠져들며 문득 성큼 다가드는 언덕 위의 이층집들과 굳게 닫힌 덧창 중의 하나가 열리고 젊은 남자의 창백한 얼굴이 나타나는 것을 보았다.

　어머니는 일곱번째 아이를 배고 있어 나는 아침마다 학교에 가기 전 양재기를 들고 언덕 위 중국인들의 집 앞길을 지나 부두로 갔다. 싱싱한 굴과 조개만이 어머니의 뒤집힌 속을 달래주었기 때문이었다. 나는 알 수 없는 두려움과 호기심으로 흘끗거리며 굳게 닫힌 문들 앞을 달음박질쳤다. 언덕바지로부터 스무 발자국 정도만 뜀박질하면 갑자기 중국인 거리는 끝나고 부두가 눈 아래로 펼쳐졌다. 내가 언덕의 내리받이에 이르러 가쁜 숨을 몰아쉬며 돌아볼 즈음이면 언덕의 초입에 있는 가게의 덧문을 여는 소리가 들려왔다.

　일주일에 한 번쯤 돼지고기를 반근, 혹은 반의 반근 사러 가는 푸줏간이었다. 어머니는 돈을 들려 보내며 언제나 같은 주의를 잊지 않았다.

　적게 주거든, 애라고 조금 주느냐고 말해라. 그리고 또 비계는 말고 살로 주세요, 해라.

　푸줏간에서는 한 쪽 볼에 여문 밤톨만한 혹이 달리고 그 혹부리에, 상기도 보이지 않는 손에 의해 끄들리고 있는 듯 길게 뻗힌 수염을 기른 홀아비 중국인이 고기를 팔았다.

　애라고 조금 주세요?

　키가 작아 발돋움질로 간신히 진열대에 턱을 올려놓고 돈을 밀어넣는 것과 동시에 나는 총알처럼 내뱉었다.

벽에 매단 가죽끈에 칼을 문질러 날을 세우던 중국인은 미처 무슨 말인지 몰라 뚱한 얼굴로 나를 바라보았다. 나는 비계는 말고 살로 달래라 하던 어머니의 말을 옮기기 전에 중국인이 고기를 자를까봐 허겁지겁 내쏘았다.

고기로 달래요.

중국인은 꾸룩꾸룩 웃으며 그때야 비로소 고기를 덥석 베어내었다.

왜 고기만 주니, 털도 주고 가죽도 주지.

푸줏간에 잇대어 후추나 흑설탕, 근으로 달아주는 중국차 따위를 파는 잡화점이 있었다. 이 거리에 있는 단 하나의 중국인 가게였다. 우리 동네 사람들은 가끔 돼지고기를 사러 푸줏간에 갈 뿐 잡화점에는 가지 않았다. 우리에게는 옷이나 신발에 다는 장식용 구슬, 염색 물감, 폭죽놀이에 쓰이는 화약 따위가 필요치 않았기 때문이었다.

햇빛이 밝은 날에도 한 쪽 덧문만 열린 가게는 어둡고 먼지가 낀 듯 침침했다.

그러나 저녁 무렵이 되면 바구니를 팔에 건 중국인들이 모여들었다. 뒤통수에 쇠똥처럼 바짝 말아붙인 머리를 조금씩 흔들며 엄청나게 두꺼운 귓불에 은고리를 달고 전족한 발을 뒤뚱거리면서 여자들은 여러 갈래로 난 길을 통해 마치 땅거미처럼 스름스름 중국인 거리로 향했다.

남자들은 가게 앞에 내놓은 의자에 앉아 말없이 오랫동안 대통 담배를 피우다가 올 때처럼 사라졌다. 그들은 대개 늙은이들이었다.

우리는 찻길과 인도를 가름짓는 낮고 좁은 턱에 엉덩이를 붙이고 나란히 앉아 발장단을 치며 그들을 손가락질했다.
아편을 피우고 있는 거야, 더러운 아편쟁이들.
정말 긴 대통을 통해 나오는 연기는 심상치 않은 노오란빛으로 흐트러지고 있었다.
늙은 중국인들은 이러한 우리들에게 가끔 미소를 지었다.
통틀어 중국인 거리라고 불리는 동네에, 바로 그들과 인접해 살고 있으면서도 그들 중국인에게 관심을 갖는 것은 아이들뿐이었다. 어른들은 무관심하게 그러나 경멸하는 어조로 '되놈들'이라고 말했다.
우리는 그들과 전혀 접촉이 없었음에도 언덕 위의 이층집, 그 속에 사는 사람들은 한없이 상상과 호기심의 효모(酵母)였다.
그들은 우리에게 밀수업자, 아편쟁이, 누더기의 바늘땀마다 금을 넣는 쿠리, 그리고 말발굽을 울리며 언 땅을 휘몰아치는 마적단, 원수의 생 간(肝)을 내어 형님도 한 점, 아우도 한 점 씹어 먹는 오랑캐, 사람 고기로 만두를 빚는 백정, 뒤를 보면 바지도 올리기 전 꼿꼿이 언 채 서 있다는 북만주 벌판의 똥덩어리였다. 굳게 닫힌 문의 안쪽에 있는 것은, 십 년을 사귀어도 좀체 내뵈지 않는다는 깊은 흉중에 든 것은 금인가, 아편인가, 의심인가.

우리집에서 숙제하지 않을래?
집 앞에 이르러 치옥이가 이불과 담요가 널린 이층의 베란다를 올려다보며 나를 끌었다. 베란다에 이불이 널린 것은 매기언니가 집에 없다는 표시였다. 매기언니는 집에 있을 때면 늘 담요를 씌운 침대 속에 들어가 있었다. 나는 맞은편의 우리집을 흘끗

거리며 망설였다. 할머니나 어머니는 치옥이네를 양갈보집이라고 불렀다. 그러나 이 거리의 적산 가옥들 중 양갈보에게 방을 세주지 않은 곳은 우리집뿐이었다. 그네들은 거리로 면한 문을 활짝 열어놓고 거리낌없이 미군에게 허리를 안겼으며, 볕 잘 드는 베란다에 레이스가 달린 여러 가지 빛깔의 속옷들과 때묻은 담요를 널어 지난밤의 분방한 습기를 말렸다. 여자의 옷은 더욱이 속엣것은 방안에 줄을 매고야 너는 것으로 알고 있는 할머니는, 천하의 망종들이라고 고개를 돌렸다.

  치옥이의 부모는 아래층을 쓰고 위층의 큰방은 매기언니가 검둥이와 함께 세들어 있었다. 치옥이는 큰방을 거쳐가야 하는 협실과도 같은 좁고 긴 방을 썼다. 때문에 나는 아침마다 치옥이를 부르러 가면 그때까지도 침대 속에 머리칼을 흩뜨리고 누워 있는 매기언니와 화장대의 의자에 거북스럽게 몸을 구부리고 앉아 조그만 은빛 가위로 콧수염을 가다듬는 비대한 검둥이를 만났다. 매기언니는 누운 채 손을 까닥거려 들어오라는 시늉을 했으나 나는 반쯤 열린 문가에 비켜서서 방안을 흘끔거리며 치옥이를 기다렸다. 나는 검둥이가 우울한 남자라고 생각했다. 맥없이 늘어진 두꺼운 가슴팍의 살, 어둡고 우묵한 눈, 또한 우물거리는 말투와 내게 한 번도 웃어 보인 적이 없다는 것이 그러한 느낌을 갖게 한 것이다.

  학교 갈 때는 길에서 불러라. 검둥이는 네가 아침에 오는 게 싫대.

  치옥이가 말했으나 나는 매일 아침 삐걱대는 층계를 밟고 올라가 매기언니의 방문 앞을 서성이며 치옥이를 불렀다.

  매기언니는 밤에 온다고 그랬어. 침대에서 놀아도 괜찮아.

입덧이 심한 어머니는 매사가 귀찮다는 얼굴로 안방에 드러누워 있을 것이고 오빠는 땅강아지를 잡으러 갔을 것이다. 할머니는 기다렸다는 듯 내게 막 젖이 떨어진 막내동생을 업혀 내쫓을 것이었다.

커튼으로 햇빛을 가리운 어두운 방의 침대에 매기언니의 딸인 제니가 자고 있었다. 치옥이는 벽장 문을 열고 비스킷 상자를 꺼내어 꼭 두 개만 집어들고는 잘 닫아 다시 넣었다. 비스킷은 달고, 연한 치약 냄새가 났다.

이거 참 예쁘다.

내가 화장대의 향수병을 가리키자 치옥이는 그것을 거꾸로 들고 솔솔 겨드랑이에 뿌리는 시늉을 하며 미제야, 라고 말했다. 치옥이는 다시 벽장 속에 손을 넣어 부스럭대더니 사탕을 두 알 꺼냈다.

이거 참 맛있다.

응, 미제니까.

치옥이가 또 새침하게 대답했다. 제니가 눈을 말갛게 뜨고 우리를 보고 있었다.

제니, 예쁘지. 언니들은 숙제를 해야 하니까 조금만 더 자렴.

치옥이가 부드럽게 말하며 손바닥으로 눈꺼풀을 쓸어 덮자 제니는 깜빡이 인형처럼 눈을 꼭 감았다.

매기언니의 방에서는 무엇이든 신기했다. 치옥이는 내가 매양 탄성으로 어루만지는 유리병, 화장품, 패티코트, 속눈썹 따위를 조금씩만 만지게 하고는 이내 손댄 흔적이 없이 본대대로 해놓았다.

좋은 수가 있어.

치옥이 침대 머릿장에서 초록색의 액체가 반쯤 남겨진 표주박 모양의 병을 꺼냈다. 병의 초록색이 찰랑대는 부분에 손톱을 대어 금을 만든 뒤 뚜껑을 열어 그것을 따라 내게 내밀었다.
먹어봐. 달고 화하단다.
내가 한 모금 홀짝 마시자 치옥이는 다시 뚜껑을 가득 채워 꿀꺽 마셨다. 그리고 손톱을 대고 있던 금부터 손가락 두 마디만큼 초록색 술이 줄어들자 줄어든 만큼 냉수를 부어 뚜껑을 닫아 머릿장에 넣었다.
감쪽같잖니? 어떻니? 맛있지?
입 안은 박하를 한 입 문 듯 상쾌하게 화끈거렸다.
이건 비밀이야.
매기언니의 방에서는 무엇이든 비밀이었다. 서랍장의 옷갈피짬에서 꺼낸 비로드 상자 속에는 세 줄짜리 진주 목걸이, 여러 가지 빛깔로 야단스럽게 물들인 유리알 브로치, 귀걸이 따위가 들어 있었다. 치옥이는 그 중 알이 굵은 유리 목걸이를 걸고 거울 앞에서 단호하게 말했다.
난 커서 양갈보가 될 테야. 매기언니가 목걸이도 구두도 옷도 다 준댔어.
손끝도 발끝도 저리듯 나른히 맥이 풀려왔다. 눈꺼풀이 무겁고 숨이 차오는 건 방안이 너무 어둡기 때문일까, 숨을 내쉴 때마다 박하 냄새가 하얗게 뿜어져나왔다. 나는 베란다로 통한 유리문의 커튼을 열었다. 노오란 햇빛이 다글다글 끓으며 들어와 먼지를 떠올려 방안은 온실과도 같았다. 나는 문의 쇠장식에 달아오른 뺨을 대며 바깥을 내다보았다. 그리고 다시 중국인 거리의 이층집 열린 덧문과 이켠을 보고 있는 젊은 남자의 얼굴을 보왔다. 그러자 알지 못할 슬픔이 가슴에서부터 파상(波狀)을 이루며 전신으로 퍼져나갔다.

왜 그러니? 어지럽니?

이미 초록색 물의 성질을, 그 효과를 알고 있는 치옥이가 다가와 나란히 문에 매달렸다. 나는 고개를 저었다. 그럴 수밖에 없는 것이 나는 이층집 창문에서부터 비롯되는 감정을 알 수도 설명할 수도 없었으며, 그 순간 나무 덧문이 무겁게 닫혀지고 남자의 모습이 사라졌기 때문이었다.

유리 목걸이에 햇빛이 갖가지 빛깔로 쟁강쟁강 튀었다. 그 중 한 알을 입술에 물며 치옥이가 말했다.

난 양갈보가 될 거야.

나는 커튼을 닫고 돌아와 침대에 누웠다. 그는 누구일까, 나는 기억나지 않는 꿈을 되살려보려는 안타까움에 잠겨 생각했다. 지난 가을에도 나는 그를 보았다. 이발소에서였다. 키가 작아 의자에 널빤지를 얹고 앉아 나는 어머니가 일러준 대로 말했다.

상고머리예요. 가뜩이나 밉상인데 뒷박머리는 안 돼요.

그런데 다 깎은 뒤 거울 속에 남은 것은 여전히 뒷박머리였다.

이왕 깎은 걸 어떡하니, 다음번에 다시 잘 깎아주마.

그러길래 왜 아저씨는 이발만 열심히 하지 잡담을 하느냔 말예요.

나는 바락바락 악을 썼다. 마침내 이발사는 덜컥 의자를 젖히며 말했다.

정말 접시처럼 발랑 되바라진 애구나, 못쓰겠어, 엄마 뱃속에서 나올 때 주둥이부터 나왔니?

못 쓰면 끈 달아 쓸 테니 걱정 말아요. 아저씨는 뱃속에서 나올 때 손모가지에 가위 들고 나와서 이발쟁이가 됐단 말예요?

이발소 안이 와아 웃음바다가 되었다. 나는 의기양양해서 사람들을 둘러보았다. 웃지 않는 건 이발사와 구석 자리의 의자에 턱수건을 두르고 앉은 젊은 남자뿐이었다. 그는 거울 속에서 물끄러미 나를 보고 있었다. 나는 문득 그가 중국인 남자라고 생각했다. 길 건너 비스듬히 엇비낀 거리에서만 보았을 뿐 한 번도 가까이서 본 적이 없었으나 그 알 수 없는 시선의 느낌이 그러했다. 나는 목수건을 풀어 탁 거울 앞에 던져놓았다. 그리고 또각또각 걸어나가 두 손으로 허리를 짚고 문께에 서서 말했다.

죽을 때까지 이발쟁이나 해요.

그러고는 달음질쳐 집으로 돌아왔다. 아버지는 피난 시절의 셋방살이 혹은 다리 밑이나 천막에서 아이들을 끌어안고 밤을 새우던 기억에 복수라도 하듯 끊임없이 집 손질을 했다. 손바닥만한 마당을 없애며, 바느질을 처음 배운 계집애들이 가방의 안쪽이나 옷의 갈피짬마다 비밀 주머니를 만들어 붙이듯 방을 들이고 마루를 깔았다. 때문에 집 안에는 개미굴같이 복잡하게 얽힌 좁고 긴 통로가 느닷없이 나타나고, 숨으면 아무도 찾아낼 수 없는 장소가 꼭 한 군데는 있게 마련이었다.

나는 집으로 뛰어들어와 헌 옷가지나 묵은 살림살이 따위 잡동사니가 들어찬 변소 옆의 골방에 숨어 들어갔다. 골방 구석에 놓인 빈 항아리의 좁은 아구리에 얼굴을 들이밀어도 온몸의 뼈가 물러앉는 듯한 센 물살과도 같은 슬픔은 사라지지 않았다.

그뒤로도 나는 여러 차례 창을 열고 이켠을 보고 있는 그 남자의 시선을 느낄 수 있었다. 대개 배급소의 문밖에 쭈그리고 앉아 석간 신문을 기다리고 있을 때였다.

제니, 제니, 일어나. 엄마가 왔다.

치옥이가 꾸며낸, 부드럽고 달콤한 목소리로 제니를 부르자 제니가 눈을 뜨고 일어나 앉았다. 치옥이가 아래층에서 대야에 물을 떠왔다. 제니는 비눗물이 눈에 들어가도 울지 않았다. 우리는 제니의 머리를 빗기고 향수를 뿌리고 옷장을 뒤져 옷을 갈아입혔다. 백인 혼혈아인 제니는 다섯 살이 되었어도 말을 못 했다. 혼자 옷을 입는 것은 물론 숟갈질도 못 해 밥을 떠넣어주면 입 한 귀로 주르르 흘렸다. 검둥이가 있을 때면 제니는 늘 치옥이의 방에 있었다.

짐승의 새끼야.

할머니는 어쩌다 문밖이나 베란다에 있는 제니를 신기하다는 듯 혹은 할머니가 제일 싫어하는, 털 가진 짐승을 볼 때의 눈으로 보며 말했다. 나는 제니를 보는 할머니의 눈초리가 무서웠다. 언젠가 집에 쥐가 끓어 고양이를 한 마리 기른 적이 있었다. 고양이가 골방에서 새끼를 일곱 마리나 낳자 할머니는 고양이에게 미역국을 갖다주었다. 그리고는 똑바로 고양이의 눈을 쳐다보며 나비가 쥐 새끼를 낳았구나, 쥐 새끼를 일곱 마리나 낳았구나 하고 노래의 후렴처럼 몇 번이고 되풀이했다. 그날 밤 고양이는 새끼를 모조리 잡아먹고 대가리만 남겨 피 칠한 입으로 야옹야옹 밤새 울었다. 할머니는 기다렸다는 듯 일곱 개의 조그만 대가리들을 신문지에 싸서 하수구에 버렸다. 할머니가 유난히 정갈하고 성품이 차가운 것은 한 번도 자식을 실어보지도 못했기 때문이라고 어머니는 말하곤 했다. 할머니는 어머니의 생모가 아닌, 멀지 않은 친척이었다. 시집온 지 석 달 만에 영감님이 처제를 봤다지 뭐예요. 글쎄, 그래서 평생 조면(阻面)하시고 조카딸에게

중국인 거리 85

의탁하신 거지요. 어머니는 가깝게 지내는 이웃 아주머니에게 소리를 낮춰 수근거렸다.
　제니는 치옥이의 살아 있는 인형이었다. 목욕을 시켜도, 삼십 분마다 한 번씩 옷을 갈아입혀도 매기언니는 나무라지 않았다. 제니는 아기가 되고 때로 환자가 되고 때로 천사도 되었다. 나는 진심으로 치옥이가 부러웠다.
　너도 동생이 있잖아.
　치옥이가 의아하게 물었다.
　의붓동생인걸.
　그럼 늬네 친엄마가 아니니?
　나는 마른침을 꿀꺽 삼켰다.
　응, 계모야.
　치옥이의 눈에 담박 눈물이 괴었다.
　그렇구나, 어쩐지 그럴 거라고 생각했었어. 이건 비밀인데 우리 엄마도 계모야.
　치옥이는 비밀이라고 했지만 치옥이가 의붓자식이라는 것을 모르는 사람은 동네에서 아무도 없었다. 우리는 비밀을 서로 지켜주기로 손가락을 걸고 맹세했다.
　그럼 너의 엄마도 널 때리고, 나가 죽으라고 하니?
　응, 아무도 없을 때면.
　치옥이는 바지를 내려 허벅지의 피멍을 보이며 단호하게 말했다. 난 나가서 양갈보가 되겠어.
　나는 얼마나 자주 정말 내가 의붓자식이었기를, 그래서 맘대로 나가버릴 수 있기를 바랐는지 몰랐다.
　어머니는 일곱번째 아이를 배고 있었다. 가난한 중국인 거리에 사는 우리들 중 아기는 한밤중 천사가 안고 오는 것이라든지 방긋 웃으며 배꼽으로 나오는 것이라는 것을 믿는 아이는 아무도 없었다. 여자의 벌거벗은 두 다리 짬에서 비명을 지르며 나온다는 것쯤은 누구나 다 알고 있었다.

러닝 셔츠 바람의 미군 병사들이 부대 안의 테니스 코트에 모여 칼던지기를 하고 있었다. 동심원이 그려진 과녁을 향해 칼은 은빛 침처럼, 빛의 한 순간처럼 날카롭게 빛나며 공기를 갈랐다.
휙휙 바람을 일으키며 휘파람처럼 날아드는 칼이 동심원 안의 검은 점에 정확히 꽂힐 때마다 그들은 우우 짐승 같은 함성을 질렀고 우리는 뜨거운 침을 삼키며 아아 목젖을 떨었다.
목표를 정확히 맞추고 한 걸음씩 물러나 목표물과의 거리를 넓히며 칼을 던지던 백인 병사가, 칼이 손 안에서 팅겨져나오려는 순간 갑자기 발의 방향을 바꾸었다. 칼은 바람을 찢는 날카로운 소리로 우리를 향해 날았다. 우리는 아악 비명을 지르며 철조망 아래로 납작 엎드렸다. 다리 사이가 뜨듯하게 젖어왔다. 그리고 잠시 후 고개를 들어 킬킬대는 미군의 손짓이 가리키는 곳을 하얗게 질린 얼굴로 바라보았다. 우리의 뒤 두어 걸음쯤 떨어진 곳에서 가슴에 칼을 맞은 고양이가 네 발을 허공에 쳐들고 반듯이 누워 있었다. 거의 작은 개만큼이나 큰 검정 고양이였다. 부대의 쓰레기통을 뒤지는 도둑고양이였을 것이다. 우리가 다가가 둘러설 때까지도 사납게 뻗친 수염발을 바르르 떨고 있었다. 갑자기 오빠가 고양이를 집어올렸다. 그리고 뛰었다. 우리도 뒤를 따라 덩달아 뛰기 시작했다. 젖은 속옷이 살에 감겨 쓰라렸다.
미군 부대의 막사가 보이지 않는 곳에 이르자 오빠가 헉헉대며 걸음을 멈추었다. 그리고 비로소 손에 들린 것이 무엇인지 깨달은 듯 진저리를 치며 내동댕이쳤다. 검은 고양이는 털썩 둔탁한 소리를 내며 땅바닥에 떨어졌다.

그걸 왜 갖고 왔니?

한 아이가 비난하는 어조로 말했다. 도전을 받은 꼬마 나폴레옹은 분연히 고양이의 가슴패기에 꽂힌, 끝이 송곳처럼 가늘고 날카로운 칼을 빼어 풀섶에 쓱쓱 피를 닦았다. 그리고 찰칵 날을 숨겨 주머니에 넣었다.

막대기를 가져와.

한 아이가 지난 봄 식목일의 기념 식수 가지를 잘라왔다.

오빠는 혁대를 끌러 고양이의 목에 감고 그 끝을 나뭇가지에 매었다. 그리고 우리는 묵묵히 거리를 지났다.

고양이는 한없이 늘어져 발이 땅에 끌리고 그 무게로 오빠의 어깨어 얹힌 나뭇가지는 활처럼 휘었다.

중국인 거리에 다달았을 때 여름의 긴긴 해는 한없이 긴 고양이의 허리를 자르며 비껴 기울고 있었다.

머리에 서릿발이 얹힌 듯 히끗히끗 밀가루를 뒤집어쓴 제분 공장 노무자들이 빈 도시락을 달그락거리며 언덕을 넘어 우리 곁을 지나쳐갔다.

고양이의 검고 긴 몸뚱어리, 우리들의 끝없이 길고 두려운 저녁 무렵의 그림자를 밟으며 우리는 부두를 향해 걸었다. 그때 나는 다시 보았다. 이층의 덧문을 열고 그는 슬픈 듯, 노여운 듯 어쩌면 희미하게 웃는 듯한 알 수 없는 눈길로 우리의 행렬을 보고 있었다.

부두에 이르러 우리는 나뭇가지를 내려놓고 고양이의 목에서 혁대를 풀었다. 오빠는 퉤퉤 침을 뱉으며 자꾸 흘러내리려는 바지 허리를 혁대로 단단히 죄었다.

그리고 쓰레기와 빈 병과 배를 허옇게 뒤집고 떠 있는 썩은 생선들이 떠밀려 범람하는 방죽 아래로 고양이를 떨어뜨렸다.

해가 지고 있었으므로 우리는 공원으로 가기로 했다.

여느 때 같으면 한없이 올라가는 공원의 층계에 엎드려 층계를 올라가는 양갈보들의 치마 밑을 들여다보며, 고래 힘줄로 심을 넣어 바구니처럼 둥글게 부풀린 페티코트 속이 온통 맨다리뿐이라는 데 탄성을 지르거나 혹은 풀섶에 질펀히 앉아서 "도라아보는 발거름마다 눈무울 젖은 내애 처엉춘, 한 마아는 과거사를 도리켜보올 때에 아아 산타마리아의 종이이 우울리인다" 따위 늙은 창부 타령을 찢어지게 불러대었을 텐데 우리는 묵묵히 하늘 끝까지라도 이어질 것 같은 층계를 하나씩 올라갔다.

공원의 꼭대기에는 전설로 길이 남을 것이라는 상륙 작전의 총지휘관이었던 노장군의 동상이 있었다. 그곳에서는 시가지 전체가 한눈에 들어왔다.

선창에 정박해 있는 크고 작은 배들의 깃발이 색종이처럼 조그맣게 팔랑이고 있는 사이 기중기는 쉬지 않고 화물을 물어 올렸다. 선창에서 멀찍감치 물러나 섬처럼, 늙은 잉어처럼 조용히 떠 있는 것은 외국 화물선일 것이다.

공원 뒤쪽의 성당에서는 끊임없이 종을 치고 있었다. 고양이를 바다에 던질 때부터 아니 그 이전부터 우리 뒤를 따라오며 머리칼을 당기던 소리였다. 일정한 파문과 간격으로 한없이 계속되는, 극도로 절제되고 온갖 욕망과 성질을 단 하나의 동그라미로 단순화시킨 그 소리에는 한밤중 꿈속에서 깨어나 문득 듣게 되는 여름 밤의 먼 우렛소리, 혹은 깊은 밤 고달프게 달려가는 기차 바퀴 소리에서와 같은, 이해할 수 없는 두려움과 비밀스러움이 있었다.

수녀가 죽었나봐.

누군가 말했다. 끊임없이 성당의 종이 울릴 때는 수녀가 고요히 죽어가는 것이라는 것을 우리는 모두 알고 있었다.

철로 너머 제분 공장의 굴뚝에서 울컥울컥 토해내는 검은 연기는 전쟁으로 부서진 도시의 하늘에 전진(戰塵)처럼 밀려들고 있었다.

전쟁사에 길이 남을 것이라는 치열했던 함포 사격에도 제 모습을 고스란히 지니고 있는 것은 중국인 거리라고 불리는, 언덕 위의 이층집들과 우리 동네 낡은 적산 가옥들뿐이었다.

시가지 쪽에는 아직 햇빛이 머물러 있는데도 낙진처럼 내려앉는, 북풍에 실린 저탄장의 탄가루 때문일까, 중국인 거리는 연기가 서리듯 눅눅한 어둠에 잠겨들고 있었다.

시의 정상에서 조망하는 중국인 거리는, 검게 그을린 목조 적산 가옥 베란다에 널린 얼룩덜룩한 담요와 레이스의 속옷들은, 이 시의 풍물(風物)이었고 그림자였고 불가사의한 미소였으며 천칭의 한 쪽 손에 얹혀 한없이 기우는 수은이었다. 또한 기우뚱 침몰하기 시작한 배의, 이미 물에 잠긴 고물〔船尾〕이었다.

시의 동쪽 공설 운동장에서 때 이른 횃불이 피어올랐다. 잔양(殘陽) 속에서 그것은 단지 하나의 흔들림, 너울대는 바람의 자락이었다. 사람들은 와아와아 함성을 질렀다. 체코, 폴란드, 물러가라. 꼭두각시, 괴뢰 집단 물러가라, 와아와아. 여름 내내 햇빛이 걷히면 한 집에서 한 명씩 뽑혀나간 사람들은 공설 운동장에 모여 발을 구르며 외쳤다. 할머니는 돌아와 밤새 끙끙 허리를 앓았다.

중립국 감시 위원단 중 공산측이 추천한 체코와 폴란드가(그들은 소련의 위성 국가입니다) 그들의 임무를 저버리고 유엔군측의 군사 기밀을 캐내어 공산측에 보고하는 스파이가 되었기 때문입니다.

전체 조회에서 교장 선생님은 말했다.

무릎을 세우고 앉아 그 사이에 깊이 고개를 묻으면 함성은 병의 좁은 주둥이에 휘파람을 불어넣을 때처럼 아스라하게 웅웅대며 들려왔다. 땅속 깊숙이에서 울리는, 지층이 움직이는 소리, 해일의 전조로 미미하게 흔들리는 물살, 지붕 위를 핥으며 머무르는 바람.

집으로 돌아왔을 때 어머니는 수채에 쭈그리고 앉아 으윽으윽 구역질을 하고 있었다. 임신의 징후였다. 이제 제발 동생을 그만 낳아주었으면 좋겠다고 생각하며 나는 처음으로 여자의 동물적인 삶에 대해 동정했다. 어머니의 구역질은 비통하고 처절했다. 또 아이를 낳게 된다면 어머니는 죽게 될 것이다.

밤이 깊어도 나는 잠을 잘 수가 없었다. 마악 생기기 시작한 젖망울을 할머니가 치마 말기를 뜯어 만들어준 띠로 꽁꽁 동인 언니는 홑이불의 스침에도 젖이 아파 가슴을 싸쥐며 돌아누워 앓았다. 밤새도록 간단없이 들려오는 야경꾼의 딱딱이 소리, 화차의 바퀴 소리를 낱낱이 헤아리다가 날이 밝자 부두로 나갔다. 여전히 물결에 떠밀려 방죽에 부딪는 더러운 쓰레기와 썩은 생선들 사이에도, 닻 없이 떠 있는 폐선의 밑창에도 고양이는 없었다.

어느 먼 항구에서 아이들의 장대질에 의해 뼈가 무너진 허리 중동이를 허물며 끌어올려질지도 몰랐다.

가을로 접어들어도 빈대의 극성은 대단했다. 해가 퍼지면 우리는 다다미를 들어내어 베란다에 널어 습기를 말리고 빈대 알을 뒤졌다. 손목과 발목에 고무줄을 넣은 옷을 입고 자도 어느 틈에 빈대는 옷 속에서 스멀대며 비린 날콩 냄새를 풍겼다. 사람들은 전깃불이 나가는 열두시까지 대개 불을 켜놓고 잠이 들었다. 불빛이 있으면 빈대가 덜 끓었기 때문이었다. 그러나 열두시를 기점으로 그것들은 다다미 짚 속에서, 벌어진 마루 틈에서 기어나와 총공격을 개시했다.

옅은 잠속에서 손톱을 세워 긁적이며 빈대와 싸우던 나는 문득 나무 토막이 부서지는 둔탁하고 메마른 소리에 눈을 떴다. 오빠는 어느새 바지를 주워입고 총알처럼 계단을 뛰어내려가고 있었다. 바깥에서는 갑작스런 소음이 끓었다. 무슨 사건이 일어났구나, 나는 가슴을 두근대며 베란다로 나갔다. 불이 나간 지 오래되어 깜깜한 거리, 치옥이네 집과 우리집 앞을 메우며 사람들이 가득 와글와글 떠들고 있었다. 뒤미처 늘어선 집들의 유리문이 드르륵 열리고 베란다로 나온 사람들이 무슨 일이냐고 소리쳤다. 죽었다는 소리가 웅성거림 속에 계시처럼 들렸다. 모여 선 사람들은 이어 부르는 노래를 하듯 입에서 입으로 죽었다는 말을 옮기며 진저리를 치거나 겹겹의 둘러싼 틈으로 고개를 쑤셔 넣었다. 나는 턱을 달달 떨어대며 치옥이의 집 이층, 시커멓게 열린 매기언니의 방과 러닝 셔츠 바람으로 베란다의 난간을 짚고 아래를 내려다보고 있는 검둥이를 보았다.

잠시 후 요란한 사이렌을 울리며 미군 지프가 달려왔다. 겹겹이 진을 친 사람들이 순식간에 양쪽으로 갈라졌다. 헤드라이트의 쏟아질 듯 밝은 불빛 속에 매기언니가 반듯이 누워 있었다. 염색한, 길고 숱 많은 머리털이 흩어져 후광처럼 얼굴을 감싸고 있었다. 위에서 던져버렸다는군.

검둥이는 술에 취해 있었다. 엠피가 검둥이의 벗은 몸에 군복을 걸쳐주었다. 검둥이는 단추를 풀어헤치고 낄낄대며 지프에 실려 떠났다.

입의 한 귀로 흘러내리는 물을 짜증을 내는 법도 없이 찬찬히 닦아주며 치옥이는 제니에게 물을 먹이고 있었다. 아무리 물을 먹여도 제니의 딸꾹질은 멎지 않았다.

고아원에 가게 될 거야.

치옥이가 말했다. 봄이 되면 매기언니는 미국에 가게 될 거야, 검둥이가 국제 결혼을 해준대라고 말하던 때처럼 조금 시무룩한 말투였다. 그 무렵 매기언니는 행복해 보였다. 침대에 걸터앉은 검둥이의 발을 닦아주는 매기언니의, 물들인 머리를 높이 틀어올려 깨끗한 목덜미를 물끄러미 보노라면 화장을 지운, 눈썹이 없는 얼굴로 나를 돌아보며 상냥하게 손짓했다. 들어와, 괜찮아.

제니는 성당의 고아원에 갔어.

이틀 후 치옥이는 빨갛게 부은 눈을 사납게 찡그리며 말했다. 매기언니의 동생이 와서 매기언니의 짐을 모조리 실어가며 제니만을 달랑 남겨놓았다는 것이다. 치옥이네 이층은 꽤 오랫동안 비어 있었다. 그러나 나는 치옥이네 집에 숙제를 하러 가거나 놀러 가지 않았다.

아침마다 길에서 큰 소리로 치옥이를 불렀다.

또 아이를 낳게 된다면 어머니는 죽을 것이라는 예감이 신념처럼 굳어가고 있었지만 어머니의 배는 치마 밑에서 조심스럽게 불러가고 있었다. 대신 매운 손맛과 나지막하고 독한 욕설로 나날이 정정해지던 할머니가 쓰러졌다. 빨래를 하다가 모로 쓰러진 후 제정신이 돌아오지 않는 것이다. 할머니의 등에 업혀 살던 막내동생은 언니의 차지가 되었다.

대소변을 받아내게 되자 어머니와 아버지는 할머니를 남편인 친척 할아버지가 있는 시골로 보내는 것에 합의를 보았다.

이십 년도 가는 수가 있대요. 중풍이란 돌도 삭인다니까요.

어머니는 작게 소곤거렸다. 그리고는 조금 큰 소리로, 미우니 고우니 해도 늙마에는 영감님 곁이 제일이에요 했고, 이어 택시를 대절해서 모셔야 해요 하고 크게 말했다.

할머니는 다시 아기가 되었다. 나는 치옥이가 제니에게 하듯 아무도 없을 때면 할머니의 방에 들어가 머리를 빗기고 물을 입에 떠넣기도 하고 가끔 쉬를 했는지 속옷을 헤치고 기저귀 속에 살그머니 손끝을 대어보기도 했다.

할머니가 떠나는 날 어머니는 할머니의 옷을 벗기고 새 옷으로 갈아입혔다.

평생 자식을 실어보지도 못한 몸이라 아직 몸매가 이렇게 고우시구나.

친척 할아버지가, 할머니의 동생인 작은할머니와 그 사이에 낳은 자식들과 살고 있는 시골에 할머니를 데려다놓고 온 아버지는 한숨을 쉬며 더듬더듬 말했다.

못할 짓을 한 것 같아, 그 집에서 누가 달가워하겠어, 개 밥에 도토리지. 그런데 부부라는 게 뭔지…… 글쎄 의식이 하나도 없는 양반이 펄떡펄떡 열불이 나는 가슴을 풀어헤치고 영감님 손을 끌어당겨 거기에 없더라니깐……
 그러게 내가 뭐랬어요, 역시 보내드리길 잘했지. 평생 서리서리 뭉쳐둔 한인 걸요.
 어머니는 할머니가 쓰던 반닫이의 고리를 열었다. 평소에 할머니가 만지지도 못하게 하던 것이라 우리들의 길게 뺀 목도 어머니의 손길을 따라 움직였다. 어머니는 차곡차곡 쌓인 옷가지들을 하나씩 들어내어 방바닥에 놓았다. 다리 부분을 줄여 할머니가 입던 아버지의 헌 내의, 허드레로 입던 몸뻬 따위가 바닥에 쌓였다. 그리고 항라, 숙고사 같은 옛날 천의 옷이 나왔다. 어머니의 손길에 끌려나온, 지난날 할머니가 한두 번쯤 입고 아껴 넣어두었을 옷가지들을 보는 사이 비로소 이제 할머니는 돌아오지 않는다, 이런 옷들을 입을 날이 없을 것이라는 생각이 들어 가슴 밑바닥에 바람이 지나가듯 서늘해졌다. 할머니는 언제 저 옷들을 입었을까, 언제 다시 입기 위해 아끼고 아껴 깊이 넣어둔 걸까.
 마지막으로 어머니는 수달피 배자를 들어내고 밑바닥을 더듬었다. 그리고 손수건에 단단히 싼 조그만 물건을 꺼냈다. 어머니의 손길이 움직이는 동안 우리 형제들은 숨을 죽여 뚫어지게 그것을 바라보았다.
 어머니는 의아한 얼굴로 눈살을 찌푸려 손수건 속을 들여다보았다. 그 속에는 동강이 난 비취 반지, 퍼렇게 녹이 슬어 금방 부스러져버릴 듯한 구리 버클, 왜정 때의 백동전 몇 닢, 어느 옷에 달았던 것인지 모를 크고 작은 몇 개의 단추, 색실 토막 따위가 들어 있었다.
 노친네도 참, 깨진 비취는 사금파리나 다름없어.

어머니는 혀를 차며 그것을 다시 손수건에 싸서 빈 반닫이에 던져놓았다. 내의 따위 속옷은 걸렛감으로 내어놓고 옷가지들은 어머니의 장에 옮겨놓았다. 수달피는 고급품이어서 목도리로 고쳐 쓰겠다고 했다.

다음날 나는 아무도 몰래 반닫이를 열고 손수건 뭉치를 꺼냈다. 그리고는 공원으로 올라가 장군의 동상에서부터 숲 쪽으로 할머니의 나이 수만큼 예순다섯 발자국을 걸어 숲의 다섯번째 오리나무 밑에 깊이 묻었다.

겨울의 끝 무렵 우리는 할머니의 부음을 들었다. 택시에 실려 떠난 지 두 계절 만이었다.

산월을 앞둔 어머니는 새삼스럽게 할머니가 쓰던, 이제는 우리들의 해진 옷가지들이 뒤죽박죽 되는 대로 쑤셔박힌 반닫이를 어루만지며 울었다.

저녁 내내 아무도 찾아내지 못할, 골방의 잡동사니들 틈에서 숨을 죽이고 있던 나는 밤이 되자 공원으로 올라갔다. 아주 깜깜했지만 나는 예순다섯 걸음을 걷지 않고도 정확히 숲의 다섯번째 오리나무를 찾을 수 있었다.

깊은 땅속에서 두 계절을 묻혀 있던 손수건은 썩은 지푸라기처럼 축축하게 손가락 사이에서 묻어났다. 동강난 비취 반지와 녹슨 버클, 몇 닢 백동전의 흙을 털어 가만히 손 안에 쥐었다. 똑같았다. 모두가 전과 다름없었다. 잠시의 온기와 이내 되살아나는 차가움.

나는 다시 손 안의 물건들을 나무 밑에 묻고 흙을 덮었다. 손의 흙을 털고 나무 밑을 꼭꼭 밟아 다진 뒤 일정한 보폭을 유지하는 데 신경을 쓰며 장군의 동상을 향해 걸었다. 예순 번을 세자 동상이었다. 나는 고개를 갸웃했다. 분명히 두 계절 전 예순 다섯 걸음의 거리였다. 앞으로 다시 두 계절이 지나면 쉰 걸음으로도 닿을 수가 있을까, 다시 일 년이 지나면, 그리고 십 년이 지나면 단 한걸음으로 날 듯 닿을 수 있을까.

아직 겨울이고 깊은 밤이어서 나는 굳이 사람들의 눈을 피하지 않고도 쉽게 장군의 동상에 올라갈 수 있었다. 키를 넘는, 위가 잘려진 정사면체의 받침돌에 손톱을 박고 기어올라 장군의 배 위에 모아 쥔 망원경 부분에 발을 딛고 불빛이 듬성듬성 박힌 시가지를 내려다보았다. 지난해 여름 전진(戰塵)처럼 자욱이 피어오르던 함성은 이제 들려오지 않았다. 다만 조용했다. 귀기울여 어둠 속에 부드럽게 흐르는 소리를 좇노라면 땅속 가장 깊은 곳에서 숨어 흐르는 수맥이라도 손 끝에 닿을 것 같은 조용함이었다.

나는 깜깜하게 엎드린 바다를 보았다. 동지나해로부터 밤새워 불어오는 바람, 바람에 실린 해조류의 냄새를 깊이 들이마셨다. 그리고 중국인 거리, 언덕 위 이층집의 덧문이 열리며 쏟아져나와 장방형으로 내려앉는 불빛과 드러나는 창백한 얼굴을 보았다. 차가운 공기 속에 연한 봄의 숨결이 숨어 있었다.

나는 따스한 피 속에서 돋아오르는 순(筍)을 참을 수 없는 근지러움으로 감지했다.

인생이란……

나는 중얼거렸다. 그러나 뒤를 이을 어떤 적절한 말도 떠오르지 않았다. 알 수 없는, 복잡하고 분명치 않은 색채로 뒤범벅된 혼란에 가득 찬 어제와 오늘과 수없이 다가올 내일들을 뭉뚱그릴 한마디의 말을 찾을 수 있을까.

다시 봄이 되고 나는 6학년이 되었다. 오빠는 어디서인지 강아지를 한 마리 얻어와 길을 들이는 중이었다. 할머니가 없는 집안에 개는 멋대로 터럭을 날리고 똥을 쌌다.

나는 일 년 동안 키가 한 뼘이나 자랐고 언니가 쓰던, 장미가 수놓여진 옥스포드천의 가방을 들게 된 것은 지난해부터였다.

우리는 겨우내 화차에서 석탄을 훔치고 밤이면 여전히 거리를 쥐떼처럼 몰려다니며 소란을 떨었으나 때때로 골방에 틀어박혀 대본집에서 빌려온 연애소설 따위를 읽기도 했다.

토요일이어서 오전 수업뿐이었다. 회충약을 먹는 날이니 아침을 굶고 와요, 배가 부른 회충은 약을 받아 먹지 않아요.

사람들은 이제는 집을 훨씬 덜 지었으나 해인초 끓이는 냄새는 빠지지 않는 염색 물감처럼 공기를 노랗게 착색시키고 있었다. 햇빛이 노랗게 끓는 거리에, 자주 멈춰 서서 침을 뱉으며 나는 중얼거렸다.

회충이 지랄을 하나봐.

치옥이는 깡통에 파마약을 풀고 있었다.

제분 공장에 다니던 치옥이의 아버지가 피댓줄에 감겨 다리가 끊긴 후 치옥이의 부모가 치옥이를 삼거리의 미장원에 맡기고 이 거리를 떠난 것은 지난 겨울이었다. 나는 매일 학교를 오가는 길에 미장원 앞을 지나치며 유리문을 통해 치옥이를 보았다. 치옥이는 자꾸 기어올라가는 작은 스웨터를 끌어당겨 바지 허리 위로 드러나는 맨살을 가리며 미장원 바닥에 떨어진 머리칼을 쓸고 있었다.

나는 미장원 앞을 떠났다. 수천의 깃털이 날아오르듯 거리는 노란 햇빛으로 가득 차 있었다. 언제였지, 언제였지, 나는 좀체로 기억나지 않는 먼 꿈을 되살리려는 안타까움으로 고개를 흔들며 집을 향해 걸었다. 집 앞에 이르러 언덕 위의 이층집 열린 덧창을 바라보았다. 그가 창으로 상체를 내밀어 나를 손짓해 부르고 있었다.

내가 끌리듯 언덕 위로 올라가자 그는 창문에서 사라졌다. 그리고 잠시 후 닫힌 대문을 무겁게 밀고 나왔다. 코허리가 낮고 누른 빛의 얼굴에 여전히 알 수 없는 미소를 띠고 있었다.

그는 내게 종이 꾸러미를 내밀었다. 내가 받아들자 그는 몸을 돌려 안으로 들어갔다. 열린 문으로 어둡고 좁은, 안채로 들어가는 통로와 갑자기 나타나는 볕 바른 마당과, 걸음을 옮길 때마다 투명한 맨발에 찰랑대며 묻어오르는 햇빛을 보았다.

나는 골방에 들어가 문을 잠근 뒤 종이 뭉치를 끌렀다. 속에 든 것은 중국인들이 명절 때 먹는 세 가지 색의 물감을 들인 빵과, 용이 장식된 엄지손가락만한 등이었다.

나는 그것들을 금이 가서 쓰지 않는 빈 항아리 속에 넣었다. 안방에서는 어머니가 산고(産苦)의 비명을 지르고 있었으나 나는 이층으로 올라갔다. 그리고 숨바꼭질을 할 때처럼 몰래 벽장 속으로 숨어 들어갔다. 한낮이어도 벽장 속은 한 점의 빛도 들이지 않아 어두웠다. 나는 차라리 죽여줘라고 부르짖는 어머니의 비명과 언제부터인가 울리기 시작한 종소리를 들으며 죽음과도 같은 낮잠에 빠져들어갔다.

내가 낮잠에서 깨어났을 때 어머니는 지독한 난산이었지만 여덟번째 아이를 밀어내었다. 어두운 벽장 속에서 나는 이해할 수 없는 절망감과 막막함으로 어머니를 불렀다. 그리고 옷 속에 손을 넣어 거미줄처럼 온몸을 끈끈하게 죄고 있는 후덥덥한 열기를, 그 열기의 정체를 찾아내었다.
　　초조(初潮)였다.

겨울 뜸부기

"잠이나 들면 세상사 좀 잊을까 해도, 원, 꿈자리까지 시끄럽구면."

요즘사말고 부쩍 새벽잠이 없어진 어머니가 일어나 앉아 이부자리맡의 담배를 더듬어 찾느라 부시럭대는 소리를 환히 들으면서도 나는 잠 깬 기척을 내지 않았다.

따악, 성냥 긋는 소리와 불꽃이 피긋, 잠깐 설감은 눈으로 비쳐들었다.

"기축생(己丑生)이 삼재 나가는 해지, 아마."

혼자 푸념만은 아닌, 분명 이켠더러 들으라는 듯한 어머니의 말에 나는 역시 다만 잠버릇인 양 입맛을 다시며 돌아누웠다.

"원체 나가는 발길이 센 법이야. 들어올 땐 곱게 들어와도 나갈 때는 벼락치듯 뒷발질로 안 처닫는감."

말끝에 어머니는 푸우, 담배 연기를 내뿜었다.

아마 오빠의 꿈을 꾼 모양이라고 짐작되었으나 나는 짐짓 모른체 잠을 청했다. 늙은 어미와 딸이 신새벽부터 구시렁대며 일어나 앉아 결국 한숨과 신세 한탄으로 끝을 맺게 될 얘기를 나누기에는 새벽 단잠이 미진했다. 더욱이 오빠 얘기에 이르러서야. 한두 마디 어머니의 넋두리를 받는 사이 나 자신도 어쩔 수 없이 엊그제 받은 오빠의 편지 얘기를 하게 될 것이고, 그런 후에는 어떤 수습할 수 없는 사태로까지 일이 벌어질지 몰랐다. 하긴 같은 땅의 저쪽에서 오빠가 아프다, 쑤신다 비명을 질러대고 있는데 어머니의 꿈자리가 편안할 까닭이 있을까. 앞뒤 눈치 재어 슬쩍 쳐보는 변죽에 말려들어 공연시리 맞장구를 치다 보면 근래 들어 부쩍 늙고 분별이 없어진 어머니는 대뜸 그 원수녀려 새끼 어쩌구 하며 눈물 바람으로 오빠네 식구를 끌어올리자고 종용할 것이고 그러면 오빠네 식구든 우리 모녀든 양단간에 눈비 뿌리는 한데로 나앉을 도리밖에 없을 것이다.

한 뿌리에서 돋아난 나무도 어느 시기에 이르러서는 줄기가 갈라져 제각기 잎을 피우는 법이에요. 우린 이제 아무런 힘이 없잖아요, 속으로 대꾸하며 줄기차게 눈을 감고 있었지만 나는 담배 두 개비를 잇달아 피운 어머니가 장탄식으로 꽁초를 비벼 끌 때야 설핏한 잠속으로 빠져들었다.

어지러운 꿈속에서 예닐곱 살 계집애는 한낮이 이울도록 고무줄을 넘었다. 화랑 담배 연기 속에 전우야 잘 가거라. 골목의 전봇대와 판자 대문 기둥의 밑동에 맨 고무줄을 치마를 펄럭이며 한없이 넘었다. 조그만 사내 아이는 기계충이 허옇게 먹어들어 간 머리를 숙이고 자빠진 채, 웽웽웽 프로펠러 소리를 내며 뱅뱅이를 치는 풍뎅이를 보고 있었다.

혼자 고무줄을 넘으며 쨍쨍히 노래를 부르던 계집애가 제풀에 흥이 식어 판자문 앞에 팔짝 주저앉자 사내아이는 이미 움직임을 멈춘 풍뎅이를 손바닥 위에 얹어 계집애의 눈앞에 들이대며 딱딱한 갑각 속에 감추인 연기빛 날개를 들춰보였다.
 이걸 땅속에 묻고 일곱 밤이 지나면 예쁜 나비가 될 거야.
 계집애는 심드렁한 낯으로 고개를 흔들었다. 매번 사내아이의 말에 따라 죽은 풍뎅이, 잠자리 따위를 헝겊에 싸서 묻었건만 일곱 밤의 금기 후에도 나비는 날아오르지 않고 축축한 땅속에서 냄새 나는 진물과 곰팡이로 썩어가고 있었던 것이다.
 "밖에 나가설랑 그저 차 조심, 인간 조심해라."
 아침 밥상머리에서 어머니는 또 말했다.
 "어린앤 줄 아세요?"
 나는 퉁명스레 대꾸하며 묵묵히 수저를 놀렸다.
 "꿈자리가 사납더라, 가뜩이나 세상사 험한데…… 일진이 나쁘면 도리 있니?"
 어머니는 아무래도 간밤의 꿈에 대한 운을 떼고 싶은 충동에 집요하게 시달리는가보았다. 이마에 끈질기게 와 닿는 시선에도 끝내 묵묵부답인 내 태도에, 어머니의 부옇게 정기 없는 눈이 어찌 그리 인간이 모질고 야멸차냐는 비난으로 오랜만에 빛을 띠고 있을 것이다. 그러나, 내겐 그렇다 치고 그래도 피붙이인 네겐 뜸뜸이 소식이라도 있을 게 아니냐, 하나밖에 없는 오라비에게 그렇게 범연할 수 있느냐, 아무렴 늙은 나보다야 발 재고 물정 밝은 네가 나서서 수소문을 해봐얄 게 아니냐라는 말 대신 길게 뻗치고 앉은 왼쪽 다리의 무릎 부분을 힘주어 꾹꾹 눌렀다.
 나는 거의 식욕을 느끼지 못하면서도 밥 한 그릇을 고집스럽게 비우고, 어머니의 뻗친 다리를 건너 돌아서서 옷을 갈아입었다.

겨울 뜸부기 103

부뚜막에 얹어놓았던 부츠를 꺼내 마른 걸레로 찬찬히 닦고 다리를 죄어 지퍼를 올리는 동안 어머니는 부엌의 연탄 가스 냄새에 연신 쿨룩쿨룩 기침을 해대며 방 문턱을 짚고 앉아 지켜보고 있었다.
 "오늘은 병원엘 다녀오세요."
 부츠 신은 발을 가볍게 굴러보고 별반 바쁠 것도 없는 출근길을 서두르는 몸짓으로 코트 깃을 올리며 나는 천원짜리 다섯 장을 어머니에게 내밀었다. 무릎이 쑤시고 붓는다는 게 벌써 여러 날째였던 것이다. 내 말이 떨어지길 기다렸다는 듯 어머니는 돈은 못 본 체 냉큼 말을 받았다.
 "인간이 늙마에 팔자가 좋으려면 자식을 잘 두어야 한다는데…… 내 팔자 기박한 줄은 애저녁에 짐작했다만……"
 분명 그것이 오빠와 나, 그리고 일찍 돌아가신 아버지까지 얼러묶어 하는 소리라는 걸 알면서도 나는 다녀오겠어요, 한마디 말로 집을 나섰다.
 집을 나서자 잠깐 등짐을 벗어버린 듯 홀가분한 기분이었으나 곧 다시 어둑신한 방안에서, 신경질이 심하고 게으른 안집 젊은 여편네가 아이들 때리는 소리를 들으며 하릴없이 담배나 피우고 무릎을 주무르고 보낼 어머니의 하루와 이제는 분명한 윤곽조차 잊어버린 채 어찌 보면 우는 듯, 턱없이 천진하게 웃는 모습만 기억에 남은 오빠의 얼굴이 떠올라 나는 으쓱 어깨를 치켜올리며 고개를 저었다.
 차가운 날씨였다. 숨을 쉴 때마다 하얗게 뿜어져나오는 입김은 공기 중에 그대로 물방울로 맺혀 유리처럼 얼어붙는 듯했다.
 열기도 시원치 않으면서 냄새만 요란한 석유 스토브를 에워싸고 잡담을 하거나 화투패로 운수를 떼어보던 외판원, 수금원들이 둘씩 셋씩 짝을 지어 몰려나가자 사무실 안에는 언제나처럼 주임과 나만 남았다.

어제 저녁 미처 입금시키지 못한 수금액을 장부에 기입하고, 들어온 돈 중 3만 원을 떼어 가불 청구서와 함께 주임의 책상 위에 내밀었다.

이러구러 근 십 년을 바라보게 근무한 직장이면서도 가불은 늘 난처하고 거북했다. 하루에도 열두 번, 무시로 드나드는 사장은 그때마다 경리 장부를 들여다보았고 붉은 볼펜으로 기재된 가불액에 오만상을 찌푸리곤 했다.

출판사의 성문화되지 않은 사시(社是)는 제1칙도, 2칙도 가불 금지였다.

소문난 박봉을 보름치씩 쪼개 주는 것은 사원들의 생활 보호라는 명분이었지만 기실 가불을 막자는 것이었다.

오늘 간조 나옵니까?

보름마다 받는 급료를 사원들은 간조라고 불렀다. 나 역시 명세서 한 장 없이 이름만 적힌 얄팍한 누런 편지 봉투를 받을 때마다 자신이 막노동자 같은 기분이 들어 그것이 어차피 보름 간의 생활을 약속해주는 것임에도, 하나도 대견할 것 없는 심사였던 것이다.

알코올 중독기가 있어 뒷전에서는 딸기코로 불리는 주임은 엊저녁에도 술을 마셨는지 연신 위를 쓸고 거푸 보리차를 마시며 무료히 서너 가지 조간을 뒤적이다가 내가 내민 가불 청구서를 흘긋 보고는 선심이나 쓰듯 별말 없이 도장을 찍었다.

처녀 봉급이라는 게 어차피 커피값이나 영화 구경, 조그만 적금을 들고 옷이나 구두 따위를 맞추는 데 충당하는 게 아니냐는 통념에서 비켜설 수 있다는 점에서 노처녀란 편하군, 나는 자조하며 사무실을 나왔다.

　겨울 햇살에 눈이 시었다.

　우체국으로 가는 동안 나는 내내 땅만 보며 걸음을 재게 놀렸다. 마침 점심 시간이어서 학원들이 즐비하게 자리잡은 골목은 재수생들로 꽉 메워져 있었고, 그들과 부딪치지 않기 위해서는 몸을 조그맣게 웅크리고 빨리빨리 걸음을 옮기는 수밖에 없었다.

　속칭 '재수로(再修路)'라고 불리는 이 골목의 풍경은 눈을 감아도 환했다. 한줌 볕이 아쉬운 봄날 낮이면 수인처럼 창가에 매달려 하얗게 세고 겉늙은 얼굴로 바깥을 내다보는 얼굴들이라든가 장마철이면 건물의 틈틈이, 층층이 들어앉은 당구장에서 우울한 얼굴로 큐에 초크를 칠하는 모습, 책가방을 다리 사이에 끼우고 양지쪽에 죽 늘어서 개비 담배를 돌려 피우는 모습들도 내가 처음 이 길에 발을 들여놓던 십 년 전 이래 달라진 것이 없었다. 출퇴근 길에 늘상 보아오는 풍경이면서도 나는 이 길목에 들어서면 언제나 고개를 숙이고 걸음을 빨리하곤 했다. 아마 그들의 얼굴이 꼭 3년 동안 이 바닥에서 살았던 오빠의 모습과 너무도 닮아 있었기 때문인지도 몰랐다.

　직장 생활 십 년에 속절없이 서른 살의 노처녀가 되어 딴에는 세상살이의 쓴맛 단맛 다 아는 양 제법 달관한 표정을 지어도 때로 잠 안 오는 밤, 어두운 천장을 바라보노라면 잠결에 내뱉는 어머니의 괴로운 한숨 소리, 알 수 없는 웅얼거림이 물리칠 수 없는 업원(業冤)처럼 내리누르고 나는 사는 게 이런 것인가, 이

것의 끝은 무엇일까를 막막하게 생각하곤 했다.
 어느 날이었던가, 봄, 어쩌면 가을날의 저물 무렵이었다. 장사를 나간 어머니는 아직 돌아오지 않고 오빠와 나는 세들어 살던 집의 판자 울에 올라앉아 밀개떡을 먹고 있었다. 오빠는 군용 담요에 검정물을 들여 만든 내 세일러복을 입고 나는 오빠의 스웨터와 바지를 입고 있었다. 우리는 퍽 자랄 때까지도 서로 옷을 바꿔 입는 놀이를 했던 것이다.
 동네 뒤터에 천막을 친 서커스단에서 종일 떠들어대던 풍각쟁이, 만담가도 쉴 참인 저녁답이라 가끔 땅거미를 재우며 스쳐가는 바람 소리뿐, 사위는 조용했다.
 "어디만큼 와왔니?"
 "고개 하나 넘어섰다."
 "어디만큼 와왔니?"
 "개울까지 와왔다."
 "어디만큼 와왔니?"
 "신작로까지 와왔다."
 이것은 오빠가 생각해낸 놀이였다. 집을 향해 부지런히 걸음을 재촉하고 있을 어머니의 모습을 따라 고개를 넘고 개울을 건너고 신작로 길을 따라 재울재울 걷는 동안 배고픔과, 어쩌면 어머니가 아주 우리를 버리고 달아나버렸는지도 모른다는 걱정을 잊을 수 있어 우리는 거의 매일 저녁 이런 문답놀이를 했다.
 "어디만큼 와왔니?"
 "다 와왔다."
 그러면 우리는 담장에서 뛰어내려 어슬어슬한 땅거미 속에 솟아오르듯 나타나는 어머니를 향해 뛰는 것이 놀이의 끝이었다.

때로 우리가 한 번도 가본 적이 없는 먼 낯선 곳에서부터 집까지 쉬엄쉬엄 다리를 쉬기도 하며 떡도 사먹고 한껏 늑장을 부리며 수십 차례 왕래를 하고도 어머니는 돌아오지 않고 오빠는 개울에 빠졌다거나 산굽이에서 호랑이에게 물려갔다는 대답으로 내 울음을 터뜨리게 하곤 했다. 땅거미는 제법 짙어져 동구 밖의 신작로가 널어놓은 광목천처럼 희게 떠올랐다. 어디까지 와왔니, 어디까지 와왔니, 내가 짜증스럽게 잇달아 채근을 해도 오빠는 '정자나무까지 와왔다'라는 대답을 잊은 듯 숨을 죽이고 눈을 크게 떴다.

어디선가 나팔 소리가 들려오고 있었다. 노을도 사위어 검푸르게 저물어가는 하늘을 찢을 듯 높고 높은 소리였다. 나 역시 숨을 죽이고 느닷없이 울리는 소리에 귀를 기울였다. 소리가 지나간 하늘과 땅에는 이미 아무것도 남아 있지 않은 듯 그 소리는 슬프고 적막했다. 어쩌면 그것은 우리가 살고 있는 곳이 아닌 깊은 땅속, 어쩌면 멀리 떨어진 다른 별로부터 들려오는 소리 같기도 했다. 그리고 그 소리는 말하고 있었다. 네 어머니를 기다리지 마라, 네 어머니는 오지 않는다. 그것은 또 간단없이 우리 앞에 찾아올 슬픔과 죽음과 이별의 예시처럼 여겨지기도 했다.

황량한 저문 들판에 그 소리는 끊임없이 울려퍼지며 갈퀴처럼 산과 들을 훑어내려 벗겼고 우리의 조그만 가슴속으로 차갑게 스며들었다.

"우리 달아나자."

오빠가 한 자락 바람처럼 서늘하게 내게 말했다. 나는 무서움을 감추고 어린애다운 교활함으로 짐짓 천진하게 웃으며 크게 물었다. 어디까지 와왔니.

사실 그때의 일은 빛 바랜 천연색 사진처럼 대단히 암시적이고 몽상적인 분위기로 남아 있어, 대개 어린 시절의 기억이 그러하듯 실제로 있었던 일인지 아니면 한갓 공상이었는지 분명치 않았다. 그런대로 그날 저녁을 생각하면 지금까지도 이상하게 마음이 쓸쓸함과 정다움으로 호젓이 젖어들곤 했다.

오빠는 참 많은 것을 알고 있었다. 죽은 풍뎅이를 땅에 묻고 일곱 밤이 지나면 나비가 된다고 했고 또 꽃씨를 먹고 햇빛에 나와 앉아 있으면 뱃속에서 꽃나무가 자란다고 했다.

미역 다발이나 김 따위를 잔뜩 이고 행상을 나간 어머니가 돌아오지 않는 여름 저녁 나는 무논에 돌 떨어지듯 툼벙툼벙 울어대는 뜸부기 소리를 들으며 뜸북뜸북 뜸북새, 노래를 불렀다. "비단 구두 사가지고 오신다더니" 하는 구절을 몇 번이고 되풀이해 부르며 어서어서 오빠가 커서 엄마가 장사를 다니지 않아도 되고 이 노래처럼 내게 비단 구두를 사오게 될 날을 꽤나 절박하게 소원했던 것이다.

속초 우체국의 소인이 찍힌 오빠의 편지가 회사로 날아온 것은 그저께 오후였다.

비슷하게 어려운 처지의 사람들끼리 서로 외로움을 나누기로 했다는 극히 피상적이고 짧은 내용 끝에 돈을 부치라는 추신이 붙은 엽서를 받은 후 거의 2년 동안 한 자 소식도 없어 나는 오빠에 관한 소식이라면 부고거나 유서쯤이 아닐까 각오했던 터여서 봉투를 뜯는 손이 떨렸다.

그러나 편지는 유서도 부고도 아니었다. 스물이 갓 넘은 올케는 아이를 낳고 젖몸살로 앓아 누웠고 뱃속에서부터 영양이 부실했던 아이는 그나마 젖구경도 못 해 팔개월이 지나도록 뒤채지도 못한다는 것, 오징어 철이 되면 틀림없이 갚을 테니 5만 원만, 아니 3만 원만이라도 급히 보내달라는 내용이 비명처럼 적혀 있었다.

"시간을 내어 내가 한번 가거나 널더러 다녀가라는 것이 도리인 줄을 알지만……" 오빠는 덧붙였다. 직장에 매인 몸이니 굳이 시간을 낼 것은 없고 또한 구차하게 사는 모양을 보이고 싶지 않으니 돈만 부치라는 것이다. 그리고 언제나처럼 "네게 도움은 못 줄망정 괴로운 부탁만 늘어놓는 못난 오빠를 용서해라" 하는 추신이 붙어 있었다.

오랜만에 쓰는 편지인 탓인지 술을 마신 탓인지 꽤 긴 내용은 술꾼의 주정처럼 두서가 없었다. 3년 전 마지막으로 어머니가 지니고 있던 금반지를 받아쥐고 나간 이래 나는 오빠에게서 세 번의 편지를 받았는데 내용은 매번 그렇게 절박했다.

나는 균형을 잃고 흔들거리는 글씨에서, 몇 밤을 망설인 끝에 술기운을 빌려 비로소 엎드려 끄적거렸을, 자괴지심에 가득 찬 오빠의 얼굴과, 손에 쥔 볼펜이 거북스러울 정도로 물질에 거칠어졌을, 예전에는 유난히 가늘고 곱던 손을 떠올리며 가슴이 막혀왔던 것이다.

어머니 말을 빌리자면 오빠는 "머리는 좋은데 과거 운이 없어" 중학 입시에서 떨어지고 고등학교 입시에서도 떨어졌다.

그럴 수밖에 없는 것이 학급에서 중간 정도의 성적을 유지하고 있는 오빠가 겨냥하는 목표는 수재들만 모인다는 세칭 일류 학교들이었던 것이다.

대학의 경우는 좀 달랐다. 큰 배의 선장이 되어 먼 바다로 나가겠다는 것이 오빠의 꿈이었다. 그러나 해양대학에 응시한 오빠는 두 해 거푸 신체 검사에서 걸려 필답 고사도 치르지 못하고 낙방을 했다. 어머니는 2차 대학의 비교적 약한 과를 택해 응시하기를 종용했으나 오빠는 막무가내로 3수에 들어갔다. 그렇다고 별반 공부를 하는 것 같지도 않았다. 밤늦게 술내를 풍기며 들어오는 일이 잦았다. 당구가 3백이니 4백이니 하는 걸 보면 학원보다 당구장에서 보내는 시간이 더 많은 것 같기도 했다. 아직 훤한 대낮에 이미 한잔 걸친 벌건 얼굴로 내가 근무하는 출판사 부근에서 빙빙 돌다가 돈을 몇 푼 받아쥐고 패거리들이 기다리고 있는 술집으로 들어가는 일도 자주 있었다. 주판을 놓다가, 수금원들과 입금액 때문에 가벼운 실랑이를 벌이다가 문득 고개를 들 때 설핏 창가를 스치는 오빠의 얼굴을 발견하는 것은 드문 일이 아니었다.

　그 결과 세 해째는 누군가 일러준 묘책대로 팬티 속에 저울추를 숨겨 그럭저럭 신체 검사는 통과했으나 필답 고사에서 떨어지고 말았던 것이다.

　어머니는 이러한 오빠를 두고 "제 실력과 적성에 맞는 과, 말하자면 약학 대학쯤 들어가 졸업하면 약방을 차리고 역시 약사나 교사를 만나 결혼해서 두 손 맞잡고 벌면 곧 안정된 생활을 할 수 있을 텐데 엉뚱한 귀신이 씌워 인생 망쳤다"라고 가슴을 쳤다.

　이러한 어머니에게 오빠는 차마 마주 대거리를 하지 못하고 내게 옆구리를 찌르듯 슬며시 말하곤 했다.

　인생이 다만 그런 것뿐이라면 허전하고 쓸쓸해서 어떻게 살겠니.

　사람마다 분수라는 게 있다는 것, 사는 일이 어렵다는 것, 무

겨울 뜸부기　111

엇보다 생활의 안정이 우선적으로 이루어져야 한다는 어머니의 생각에 대체로 동의하고 있는 나였지만 그러나 또한 오빠는 그렇게는 살 수 없을 것 같은 느낌에 애매하게 웃어보이는 수밖에 없었다. 그 느낌이라는 게 기실 책임 있게 말할 수 있는 확신도 아니고 뚜렷한 근거를 가진 것도 아닌, 다만 스무 살 나이에 이미 헌 옷가지처럼 남루히 널린 기존의 삶 중 하나를 둘러쓰기 시작한 나 자신의 오빠에 대한 바람——막연한 생각이지만 우리네 사는 삶과는 좀 다른 형태, 다른 색채의 인생을 살아주기를 바라는——에 지나지 않는 것인지도 몰랐다.

어머니가 말하는 엉뚱한 귀신이라는 것은 오빠가 고등학교에 입학하면서부터 이미 씌우기 시작했던 것이다. 그 무렵의 오빠를 생각하면 허리에 단도를 여섯 개씩이나 차고 다녔다는 연개 소문, 혹은 지나간 시대, 노혁명가의 자전(自傳) 속의 소년을 연상케 되어 슬며시 웃음이 나올 지경이었다.

어머니의 무지 탓도 있었지만 학령기를 한 해 넘기고야 초등학교에 입학할 수 있었을 만큼 체구가 작았던 오빠는 고등학교에 들어갈 무렵에도 여전히 작고 얌전하기만 했다. 그런데 어느 날부터인가 오빠는 제 몸집의 두 배는 됨직한 굵직굵직한 아이들과 묶여다니기 시작했고 히틀러, 무솔리니, 스탈린, 스카르노 등의 전기를 모으고 형장으로 끌려가는 전봉준과 백범 김구의 사진을 틀에 넣어 책상 위에 버티어놓았다. 그 무렵 오빠가 그 패거리들과 함께 무슨 결사대 비슷한 것을 꾸몄던 것도, 국가와 민족을 위해 일생을 바치겠다는 의미의 혈서를 품에 넣고 다녔던 것도 나는 알고 있었다.

그러나 이러한 일들은 내가 오빠에게 대해 갖고 있던 어떤 운명적인 느낌의 근거는 결코 아니었다. 그것은 오히려 내용과 걸맞지 않는 엉뚱하고 어색한 삽화, 한 순간의 스냅에 지나지 않았다. 함께 자라면서 수없이 보아온 오빠의 얼굴과 변모를 대번에 지우고 오빠를 생각할 때마다 뚜렷한 색채로 떠오르는 것은 어느 날 오후의 한 장면이었다.

　오빠가 초등학교 4학년 때였을 것이다. 한 학년 아래였던 나는 오빠와 같은 오후반이었지만 한 시간 일찍 수업이 끝나 4학년 교실 복도에 서서 오빠를 기다렸다. 복도 쪽에도 창이 나 있어 교실 안이 환히 보였다.

　석양 무렵이어서 저녁 해가 교실 안쪽까지 깊숙이 들어와 있었다. 오빠의 자리는 맨 앞줄 창가였다. 담임인 여선생은 오빠의 자리에서 결코 서너 걸음을 떠나는 법이 없이 왔다갔다하며 책을 읽고 있었다. 아마 햇빛 때문이었을 것이다. 마지막 수업 시간인지라 조개탄 난로는 불이 사윈 지 오래고 교실은 써늘해서 아이들은 책상 밑에서 한껏 발가락을 옴츠리거나 소리나지 않게 발을 동동 구르고 있었다. 그때는 너나없이 춤바람이 풍미하고 '춤 잘 추는 인텔리'라는 말이 유행할 시절이었다. 오빠의 책상 곁을 오락가락하는 선생의 스텝은 4분의 4박자, 느린 블루스였다. 스텝에 따라 까맣게 윤이 나는 비로드 치마가 조용히 출렁거렸다. 그런데 오빠의 손이 그 치마를 따라 움직이고 있었다. 아주 조심스러운 손짓으로 비로드의 부드러운 털을 쓰다듬고 있었다. 내 눈에는 그리도 수상쩍고 불경스러워 보이는 손짓이 결코 충동적인 행동이 아니라 얼마나 오래 망설이며 기다려왔던 것이었던가를 나는 오빠의 긴장과 기쁨으로 빛나는 얼굴로 알 수 있었다. 오빠는 살그머니 치맛자락을 들어올려 뺨에 대었다. 비로드 자락에 마치 병아리의 솜털 가슴에 귀를 대고 숨소리라도 들을 때처럼 얼굴을 묻었다. 들려진 치마 밑으로 뼈가 불거진 무릎과 흰 속치마가 드러났다. 다리에 써늘한 바람을 느꼈던가, 느린 블루스 스텝이 멎고 선생이 재빨리 걸음을 옮겼다. 그때까지도 오빠는 반쯤 졸음에 취한 듯한 얼굴로 치마 한 자락을 뺨에 대고 있었다. 선생이 사납게 치마를 나꾸어채고 거의 본능적인 몸짓으로 그것을 놓지 않으려는 힘 사이에 잠깐 팽팽한 긴장이 일었다. 선생의 비로드 치마 말기가 맥없이 뜯어지고 선생은 한 손으로 엉겁결에 드러난 겨드랑이를 가리고 들고 있던 책으로 서너 차례 오빠의 머리를 후려쳤다.

오빠는 한마디 비명도 없이, 다만 매를 피할 몸짓일 뿐이라는 듯 흉물스럽게 머리통을 감싸쥐었다. 석양 때문인가, 오빠와 선생의 얼굴은 타오르듯 붉은빛이었다. 정작 선생과 오빠는 한마디도 없었는데 교실 안은 물이 끓어오르듯 술렁대기 시작했다. 떠들지 마. 쨍한 선생의 고함을 칼날처럼 뒤통수에 받으며 나는 재빨리 복도를 빠져나왔다.

얼굴에 손톱 자국이 가실 날이 없을 만큼 닥치는 대로 달려들어 물어뜯고도 싸움 상대 계집애의 집에 쫓아가 대문간에 침이라도 뱉고 와야 성이 풀리던, 암팡지고 오달진 계집애로 자라던 내 눈에 한 조각 비로드의 부드러움에서 위안을 찾고자 연연해하는 오빠의 모습은 딱하고 슬프고 비겁하게조차 비쳐들었던 것이다. 그리고 그때의 오빠가 구하던 부드러움이나 따뜻함이 일종의 꿈, 그리움 같은 것이라고 이해하게 된 것은 퍽 자란 후의 일이었다. 오빠는 세 해 거푸 낙방을 했고 그것을 지켜보는 나는 때때로 오빠가 몹시 망가져간다는 느낌을 버릴 수 없었다.

언젠가 나는 친구와 함께, 지금은 증권 회사 건물이 된 국립 극장에 간 적이 있었다. 표를 사기 위해 줄을 서 있다가 포스터 따위가 붙여진 건물 모퉁이 어두운 곳에서 담배를 피우고 있는 오빠를 발견했다.

그닥 추운 날씨도 아니었는데 코트 깃을 바짝 올려 목덜미를 가렸기 때문에 작은 체구가 옷에 묻힌 듯 더욱 작아 보였다. 나는 오빠에게 다가가 오빠를 불러놓고는 허둥대기 시작했다. 코트 깃에 서울대학교의 고풍스러운 배지가 그것도 제법 관록 있게 낡아 붙어 있었던 것이다.

그것은 아주 작았으나 누구의 눈에도 확실하게 띄는 것이었다. 내 시선이 그것으로부터 떠나고자 황망해하는 것을 눈치챈 오빠는 잠시 낭패한 기색이더니 갑자기 엉뚱한 호기를 보이며 말하는 것이었다.

"어차피 인생은 연극이 아니냐."

나는 정말 연극 대사 같은 말에 픽 웃고 말았다. 그러자 오빠는 다시금 우울하게 말했다.

"계집앨 만나기로 했어. 곧 올 거야. 이것도 하나의 방법론이지."

무엇을 위한 방법론? 나는 되묻고 싶었으나 이내 공범자가 된 듯한 기분이 되어, 불빛 밝은 곳으로부터 내 나이 또래의 여자아이가 손을 까닥이며 오빠를 향해 뛰어오는 것을 보자 잘해보슈, 라고 소곤대며 다시 줄 속으로 끼여들었다.

연극이 끝나 극장문을 나서면서 나는 오빠가 자기보다 한 뼘만큼은 키가 큰 여자의 어깨에 겨웁게 팔을 두르고 사라지는 모습을 오래 지켜보았으나 알은체하지 않았다.

겨울 뜸부기 115

나는 오빠를 가끔 신문지상에 오르내리는 가짜 대학생과 연결 지어 생각해본 적은 없었다. 가짜 배지란 오빠에게 잠시의 호기, 타인에게 대한 동질화의 속임수, 속임수가 주는 거짓된 위안과 일시적 보상감일 뿐 타인에 직접적이고 구체적인 피해를 의도한 것은 아니라고 생각했기 때문이었다. 그러나 이러한 부정에도 불구하고 나는 오빠가 타락해간다는 느낌을 지울 수 없었다. 타락한다는 것은 당시의 내 생각으로는 죽은 풍뎅이에서 나비가 날아오르리라는 꿈, 잘못 삼킨 꽃씨가 뱃속에서 싹을 틔우고 잎과 꽃을 피우리라는 믿음, 세상의 모든 아름다움에 대한 포기가 아닌가 하는 것이었다. 그래서 나는 어서 징집 영장이라도 나와 오빠가 더 타락할 기회가 없어지기를 기다렸다.

대학 입시에 낙방을 하고 죽은 듯이 두어 달을 방에 틀어박혀 지내던 오빠는 아랫녘에서 슬금슬금 꽃소식이 올라오기 시작하자 기어이 배낭을 지고 집을 떠났다. 으레 오빠는 봄이 오는 것을 견디지 못해 잔설이 녹을 무렵이면 집을 떠나곤 했었으나 그 시절 한참 소설 읽기에 빠져 있어 인생이나 사람을 보는 눈이 까닭 없이 허허롭기만 했던 내 눈에 집 떠나는 오빠의 모습은 등산용 배낭과 물들인 작업복 차림에도 불구하고, 자신도 어쩌지 못하는 운명의 힘에 이끌려 무명 동저고릿바람에 엿목판을 지고 바람처럼 떠돌아야만 했던 소설 속의 사내처럼 보이기만 했다. 이편의 그러한 감상이 작용해서인지 오빠에게서는 그 전해와 전전해에 보이던, 다시는 돌아오지 않으리라는 뜻의 비장함 대신 한없는 표표로움이 엿보이기도 했다. 어머니 역시 마찬가지인 모양이었던지 여느 때처럼 펄쩍 뛰며 배낭을 빼앗아 치우는 대신 그 녀석, 또 지랄병이 솟는가보다라는 정도의 예사로운 태도를 취함으로써 내심의 불안을 애써 지우려는 듯 보이기도 했다. 게다가 이러한 불안감을 확실한 예감으로 못박은 것은, 어머니가 꼭꼭 접어 속옷에 꿰매주는 이른바 비상금이라는 것도 넣어두쇼, 라는 한마디 말로 거절해버린 오빠의 태도였다. 그러니 어머니로서는 오빠가 정말 세상을 영 하직하려나보다라고 생각할 밖에. 어머니 말을 빌리면 돈을 개처럼 끌어다 물처럼 쓰던 오빠가 빈손으로 여행을 떠나겠다니 내게도 뭔가 심상치 않은 기미로 와 닿는 게 당연했다.

오빠는 그 전해와 마찬가지로 행선지도 말하지 않고(기실 자신도 모를 테니까) 죽지 않으면 볼 날이 있겠지요, 라는 말로 우리 모녀의 가슴을 또 한번 덜렁 떨어뜨려놓은 뒤 훌훌 떠났다.

나는 다시금 소설책 읽기에 몰두했고, 퇴근 후면 그 무렵 발견한 조용한 찻집에서 한잔의 차를 시키고 상업학교 졸업, 경리 직원 2년 경력의 내 앞에 놓인 미래를 창밖의 풍경처럼 쓸쓸히 내다보며 인생에서 얻을 수 있는 위안이란 다만 비바람 치는 날 손안에 간직한 찻잔의 온기 정도가 아닐까 하는 생각에 찻잔이 싸늘히 식을 때까지 멍하니 앉아 있곤 했다. 그리고는 가끔 비어 있는 오빠 방을 열어 책꽂이에 꽂혀 먼지를 입어가는 '완전 수학' '정통 영어' '60일 완성' '30일 완성' 따위 책들을 일별하는 것으로 오빠는 지금쯤 무얼 하고 있을까를 생각하고 또는 어느 낯선 지방의 소인이 찍힌 엽서에 담겨올 감상적인 문면(文面)을 기다렸다. 오빠는 아마 한 달을 못 배기고 돌아올 것이다. 갓 입학한 대학생들이 빛나는 배지를 가슴에 달고 거리와 술집과 찻집을 메울 무렵이면 오빠는 새로운 결의에 차서, 역시 결론은 다시 한번 도전해야 된다는 것이었어, 라고 말하며 '완전 수학'

'정통 영어'들을 챙겨들고 학원가로 진출하게 될 것이라고 나는 생각했다.

그러나 오빠는 이미 스물두 살, 꽉찬 나이였다. 곧 오빠가 저승사자처럼 비상(砒霜)처럼 두려워하는 징집 영장이 나오게 될 것이다. 그러나 오빠는 한 달이 지나고 개나리꽃이 질 무렵이 되어도 편지 한 장 없었다.

혼자 몸으로 우리 남매를 키운, 대가 세기로는 남자보다 더하다는 정평이 있는 어머니는 곧 영장이 나올 텐데, 하며 영장을 빙자하여 오빠를 기다렸다.

내가 어쩌다 늦은 저녁, 술내를 숨기며 들어와도 어머니는 별반 나무라는 기색이 없었다. 행상을 그만두면서부터 시작한 술장사 십 년의 어머니가 술기를 놓칠 리 있었겠는가만 그만큼 오빠 소식에 애가 타 있었던 것이다.

그해 오빠가 돌아온 것은 봄이 다 가고 여름으로 접어들 무렵이었다. 서너 달 동안 소식 한 자 없이 무당집으로 소경집으로 점을 치러 다니는 어머니의 애간장을 새카맣게 태워놓고 난데없이 군 수사 기관으로부터 통지가 왔던 것이다.

어머니는 먼 친척 아저씨와 함께 오빠의 신분을 증명할 만한 서류를 몇 통 해가지고 급히 오빠를 찾으러 떠났다.

오빠는 아주 묻혀버릴 생각으로 설악산에 들어갔던 것이다. 땅꾼을 따라다니기도 했고 화전민촌에 머물며 심마니패에도 끼였었다는 것이다. 삭발 직전에 끌려왔노라는 것을 보면 절에서 불목하니 노릇도 했던 모양이었다.

나중에 내가 왜 그랬었는지 몰라, 라는 전제를 달고 하는 말을 들어보니 한밤중 배낭을 멘 채 무턱대고 출입 금지 지역인 깊은 산골짜기까지 기어오른 것이 간첩 혐의를 받게 된 동기였다. 나무를 하러 왔던 주민의 신고로 출동한 군인들에게 체포되었는데 자신이 보아도 우리가 간첩을 경계하자, 간첩은 표시 없다라는 제목하에 상영되는 계몽 영화에서의 간첩의 모습, 즉 새벽에 산에서 내려오는 사람, 구두나 농구화에 흙이 묻어 있는 사람, 트랜지스터 라디오를 가진 사람, 등의 모습을 신통히도 고루 갖추고 있더라는 것이다. 게다가 오빠는 자신을 증명할 만한 근거가 하나도 없었다. 주민등록증은 분실되었고 학생증이나 제대증 따위가 있을 리 없었다. 소속한 곳이 없다는 게 치명적이었다.

이때의 충격 때문이었을까, 가을에 영장이 나오자 오빠는 곧장 군에 뛰어들었다. 비슷한 사정으로 겉늙어버린 재수생들끼리의 심각한 공론(公論), 즉 어떻게 해야 징집을 면할 수 있을까. 잉크를 마셔 폐를 시커멓게 만들까, 조막손을 만들어 절대로 펴지를 말까, 아니면 뱅글뱅글 돌아가는 도수 높은 안경을 써서 차라리 장님 행세를 할까 따위는 그대로 공론(空論)이 되어 오빠는 신체 검사 갑을 맞고 팬티에 비상금을 꿰매고, 도시락이 든 가방을 메고 새벽 어스름 속을 조그만 아이처럼 그렇게 갔다.

논산 훈련소로부터 오빠가 입고 떠났던 옷이 오던 날 어머니는 몹시 울었다. 과부된 지 이십 년 만에 처음 우는 울음이라고 했다. 낡은 옷은 더욱 작아 보였고, 이미 그것을 입었던 사람의 체취를 잃어 마치 쓰레기통에 펼쳐진 채 버려진 옷가지처럼 흉하고 불길하며 이물스러웠다.

3년은 나이를 세 살 더 먹는다는 것, 부쩍 늙은 어머니의 술장사가 더욱 경기가 없다는 것 외엔 이렇다 할 사건이 없이 지나가 버렸다.

군에서 제대한 오빠는 그 무렵 정부에서 한창 장려하던 양돈에 손을 대었다. 늙도록 주정뱅이 술치다꺼리나 하며 힘하게 살겠느냐는 오빠의 설득에 따라 어머니는 술집을 정리하고 집을 팔아 작은 집으로 옮기고 안양 교외의 오백여 평의 부지를 샀다.

부족한 자본은 몸고생으로 때우리라고 새벽 통금 해제가 되기 무섭게 용달차를 몰고 오빠는 서울로 올라왔다. 음식점에서 나오는 속칭 '짬빵'이라는 음식 찌끼를 실어 나르기 위해서였다. 육개월 계약으로 계약금을 건네고 교제비를 두둑이 쓰고도 한 드럼통 단위로 값이 매겨진 음식 찌끼는 제대로 차례가 오지 않았다. 양돈업자들끼리의 경쟁이 심했던 것이다. 번성한 일가붙이가 있는 것도, 두둑한 뒷돈이 있는 것도 아니어서 앞뒤가 적막한 오빠는 같이 군대밥 먹은 친구의 친척의 아는 사람 하는 식으로 다리를 놓아 줄을 대느라 애를 태우며 동분서주했다. 게다가 오빠는 재수를 하느라 허송한 삼 년을 만회하기 위해 재빨리 돈을 벌겠다는 욕심으로 먹이 대책도 없이 허발이 들린 듯 수입종 돼지들을 사들였다. 체구답지 않게 통이 크고 배짱이 세다는 것은 장사꾼들 사이에서는 무모하고 어리석다는 뜻이었다. 그러나 쓸어모은 새끼 돼지들은 자라지 않고 먹이가 시원치 않은 어미 돼지는 젖이 나오지 않았다. 오빠는 돼지 먹이가 떨어지면 어머니에게 와서 손을 벌렸고 어머니는 미친놈, 죽일 놈 하면서도 이 잣돈을 끌어대었다.

안양 돈사를 가로질러 도로가 나게 된 것과 양돈업이 대기업화하면서 영세업자들이 사양길에 접어들게 된 것은 거의 비슷한 시기였다. 오빠는 마지막 도박으로 그들이 정리하는 돼지들마저 사들였다. 그러나 사료값은 오르고 짬빵은 독점이 되어 차례에도 닿지 않았다. 더 이상 버틸 힘을 잃고 정작 팔려고 내놓았을 때는 거저 내버리거나 차라리 죽여버리는 게 억울하지 않을 정도로 돼지값이 떨어졌다. 돼지를 정리하고 시의 보상금을 받아 땅을 처분했어도 빚은 반도 가려지지 않았다. 어머니와 나는 도리 없이 집을 팔고 전셋집으로 옮겨앉는 수밖에 없었다.

　가진 것이 없어지자 오빠는 더욱 허황해졌다.

　하루에도 몇 가지씩 사업 계획을 세웠다가 허물고 다시 세우면서 별반 알아듣지도 못하는 나나 어머니에게 설명을 늘어놓거나 사장을 육촌아저씨로 둔 친구를 만나 다시 계획을 짜며 우리 형편으로는 꿈같은 오백만 원, 천만 원 소리를 거침없이 해대는 것이었다.

　나는 이러한 오빠를 고교 시절 혈서를 품고 다니는 따위, 제 몫이 아닌 짓을 하고 있을 때처럼 어느 정도 경멸이 깃들인 위구심으로 바라보곤 했다.

　하긴 오빠가 갑작스레 떼돈을 벌겠다고 나서고 허발이 들린 듯 무모하게 돼지들을 쓸어모을 때에도, 돈을 구하느라 초췌해지고 눈에 핏발이 서서 뛰어다니는 것을 보면서 그 참담한 사정에도 불구하고 오빠의 걸맞지 않는 정열이 내게는 어느 정도 희극적으로 보여졌던 것이 사실이다. 때문에 오빠 자신은 굳게 믿고 있었지만 오빠가 그토록 좇고 바라고 있는 것은 돈이 아닌 다른 어떤 것이다, 오빠는 세상의 어떤 것으로도 채울 수 없는 기갈에 허덕이고 있는 것이다, 오빠 역시 자신이 원하는 것이 진실로 무엇인지 알지 못하는 것이다라고 남몰래 생각하곤 했었다.

　마침내 어머니는, 살다 못 살면 죽기밖에 더하겠느냐는 비장한 결의로 전셋집에서 사글세방으로 옮기고 오빠는 계획했던 몇 가지 중 수익성은 낮지만 가장 안전하다는 사업을 벌였다. 공단 부근에 재봉사를 하나 고용해서 내재봉소 비슷한 양장점을 차린 것이다.

그러나 석 달 할부로 옷을 해 입은 공단 처녀들은 대부분 코빼기도 뵈지 않았다. 따라서 외상만 잔뜩 깔리고 수금이 되지 않으니 공단 출입을 할 수 없는 오빠로서는 조장들의 마음을 사고 낯을 익혀 수금을 의뢰할 수밖에. 나이 찬 처녀들과의 교제는 거짓된 약속과 허언과 적지 않은 시간과 비용을 요하는 일이었다.

때때로 오빠는 내가 일하고 있는 사무실에 불쑥 찾아와 근처 다방에서 차를 한잔 마시고는 두어 시간 가까이나 그의 사업 진행 과정, 즉 하루에 평균쳐서 주문이 몇 벌이니 인건비와 재료비를 뺀 순수익은 얼마, 일 년이면 또 얼마가 된다는 식의 얘기나, 가게를 확장하고 재봉틀을 더 들이고 재봉사도 더 채용해야지 일이 밀려 못 견디겠다는 얘기 끝에는 늘 머뭇거리며 손을 내밀었다.

"혹시 너 돈 가진 거 있니? 있으면 만 원만 빌려다우. 사실은 내일 옷을 찾으러 올 텐데 감도 못 끊었다. 지금 들어가는 길에 옷감을 끊어 가서 밤새 대강 말라라도 놓아야지 공장 계집애들이 얼마나 악머구리 같은 줄 아니. 닷새 후면 수금이 되니 꼭 갚으마."

대단찮은 이야기라는 듯 오빠는 앞니를 드러내며 싱긋 웃었으나 면구스러움과 거절당할 두려움으로 눈꺼풀이 파들파들 떨리고 있었다. 분명 열흘쯤 전에도 같은 말로 돈을 가져간 것을 떠올리고 있는 것이리라.

나는 쓰다 달다 말도 없이 만 원을 가불해서 무표정한 얼굴로 건네주었다.
"정말 미안하다."
　그러면서 발길을 돌린 오빠는 출판사가 들어 있는 건물 모퉁이 돌아가기까지를 참지 못해 사무실의 내 자리에서 빤히 보이는 길 건너편 담배 가게 창구에 허겁지겁 방금 내게서 건네받은 만 원권을 들이미는 것이었다.
　결국 양장점은 육개월을 버티지 못하고 문을 닫았다.
　두 달 치 급료를 못 받은 재봉사가 재봉틀을 팔아치우고 종적을 감추어 받을 길 없는 외상만 잔뜩 깔아놓은 채였다.
"전생에 내가 개한테 빚을 많이 지고 죽은 모양이야."
　어머니는 긴 한숨을 쉬며 넋이 나간 듯 말했다. 공단의 빈 가겟방에서 굶느니 먹느니 하던 오빠는 부황 든 얼굴로 다시 어머니를 찾아왔다. 스물아홉 나이로는 누구도 보지 않을 만큼 겉늙고 지쳐 보였으며 남루한 차림이었다.
　오빠는 말했다.
"이번 한 번만 한밑천 해주시면 일 년 안에 몇 배로 갚아드리겠습니다. 많은 돈은 아니에요, 단돈 오십만 원이란 말씀이에요. 이번에 다시 실패하면 그때에는 정말 수도 검침원이든 버스에서 잡상인이 되든 어머니 말씀대로 하겠습니다."
　그러면서 수전증이 있을 리 없건만 덜덜 떨리는 손으로 품에서 4절로 접은 종이 쪽지를 펴보였다.
　용산 야채 시장에서 벌일 사업 계획서였다.
"새벽 네시에 문 열어 여덟시면 파장이에요, 밤새워 지방으로부터 올라온 야채는 부르는 게 값, 매기는 게 값이에요."
　두둑한 배포와 빠른 눈치 작전이면 불과 서너 시간 장사로 '쇼

부'를 치고 남들 하루종일 뼈빠지게 일하는 몇 배를 번다고 했다.

그때 우리가 들어 있던 사글세방 보증금이 이십만 원이었다.
어머니는 숫제 돌아앉아 있었다. 그러한 어머니의 등에 대고 오빠는 흡사 장터의 야바위꾼처럼 유창한 달변으로, 그러나 꼭 설득시켜야 한다는 초조감과 안간힘으로 쉴새없이 눈을 굴리며 사업의 밝은 전망에 대해 늘어놓았다. 그 동안에도 얇은 눈꺼풀은 마파람에 떠는 문풍지처럼 쉬지 않고 파르락파르락 경련을 일으키고 있었다.

어머니는 오빠의 말을 차갑게 잘랐다.
"입만 가지고 하는 장사는 사기밖에 없다. 행여 어미가 있거니 동생이 있거니 생각지 마고 지게벌이를 하더라도 혼자 살아갈 방책을 세우도록 해라, 나는 이제 아무 힘이 없다."

그리고 어머니는 왼손 무명지에 끼고 있던 세 돈쭝 금반지를 뽑아 오빠 앞에 밀어놓았다.

어머니로서는 유일하게 지닌 패물로, 죽을 때까지 끼고 있다가 마지막 저승 갈 노자나 하겠다던 거였다.

멈칫멈칫 그것을 챙겨넣고, 저녁을 먹고 가라고 붙드는 나를 뿌리치고 집을 나가는 오빠는 울고 있었다.

그것이 오빠를 본 마지막이었다.

거의 이 년 전 울릉도에서 오징어잡이 배를 타고 있다는 엽서를 받았을 뿐으로는 도대체 그 왜소하고 허약한 체구로 어부가 되어 살아갈 모습이 잡히지 않았다.

갖춰야 할 식도 치르지 않고 그냥저냥 만나 살아간다는 스무살이 갓 넘은 어린 올케도, 8개월이 지나도록 뒤채지도 못할 정도의 영양 실조에 걸려 있다는 조카의 모습도, 그들이 얽혀 살아갈 그 '생활'이라는 것도 도시 짐작이 가지 않았다. 하지만 또한 모를 것이 어찌 '그들의 생활' 뿐일까.

연말인 탓에 우체국은 창구마다 사람들이 들끓었다. 송금 업무 창구에도 거의 출입문까지 줄이 이어져 있었다. 한 삼, 사십 분은 좋이 기다려야 할 것 같다고 속으로 한숨을 쉬며 코트 주머니에 손을 찌르고 줄의 끝에 이어 섰다.

손에 천원권 지폐 서른 장의 부피가 가핏하게 느껴졌다. 우편물이 밀릴 때이니 사나흘 후에나 오빠에게 닿을 것이다. 어쩌면 일주일 후가 될지도 모르고 오빠는 그 동안 누이동생에게서 올 변변치 않은 액수의 송금을 걸고 둘러쓴 빚을 감당치 못해 벌써 어디론가 달아나버렸을지도 몰랐다.

오빠의 편지를 받은 후, 이틀 간의 늑장에도 불구하고 갑자기 나는 마음이 급해져 연신 고개를 빼어 앞을 기웃거렸다.

나는 한고비 한고비, 전락이라고나 말해야 할 오빠의 변모를 볼 때마다, 지금보다는 돼지를 기를 때가, 그보다는 혈서를 품고 다닐 때가, 아니 그보다는 여선생의 비로드 치마에 얼굴을 묻을 때가 더욱 좋았다고 생각하곤 했다.

아니 차라리 나팔 소리 쓸쓸히 울려퍼지던 저문 날, 오빠의 속삭임에 따라 어디론가 알 수 없는 먼 곳으로 손 맞잡고 달아나자던 때가 얼마나 더 좋았으랴. 지구는 둥글어 한없이 가노라면 결국 떠난 자리에 되돌아올 수밖에 없다는 것을 모르는 어린 시절, 아이들은 누구나 다 그렇게 달아나기를 꿈꾸는 것일까.

그러나 이 모든 것보다는 차라리 수산업에 손을 대어 한때 재

겨울 뜸부기 125

미를 보았으나 왕창 망해버렸다는 호기와 허언으로 어느 날 불쑥 내 앞에 나타날 오빠와 맞닥뜨릴 것을 나는 바라는 것이 아닐까.

저녁의 게임

 꼭 내장까지 들여다보이는 것 같잖아. 밥물이 끓어 넘친 자국을 처음에는 젖은 행주로, 다음에는 마른 행주로 꼼꼼히 문지르며 나는 새삼 마루와 부엌을 훤히 튼, 소위 입식 구조라는 것을 원망하는 시늉으로 등을 보이는 불안을 무마하려 애썼다. 그래도 가스 레인지 주변의, 점점이 뿌려진 몇 점의 얼룩은 여전히 희미한 자국으로 남았다. 아마 지난 겨울 아버지가 약을 끓이다가 부주의로 흘린 자국일 것이다. 승검초의 뿌리와 비단개구리, 검은콩과 두꺼비 기름을 넣고 불 위에 얹어 갈색의 거품이 끓어오를 즈음 꿀을 넣고 천천히 휘저어 검은 묵처럼 만든 그것을 겨우내 장복하며 아버지는, 피가 맑아지고 변비가 없어진단다라고 말했었다. 내의 바람으로 군용 항고에 콜타르처럼 꺼멓게 엉기는 액체를 긴 나무젓가락으로 휘젓고 있는 아버지는 영락없이 중세의 연금술사였다.
 약을 달이는 동안 내내 누릿하고 매움한 냄새는 집안 곳곳에 스며들고 비단개구리의 살과 뼈는 독한 연기로 피어올라 마침내 낙진처럼 무겁고 끈끈하게 내려앉았다. 나는 빈혈증과 구역질로 헐떡이며 건성의 피부에 더럽게 피어나는 버짐과 잔주름으로 거울 앞에 매달렸다. 얼룩은 변질된 스테인리스로 기억보다 독하고 오래 남아 있을 것이다.

모든 것은 어제와 다름없이 잘되었다. 부엌 선반의 시계는 다섯시 반을 가리키고 밥은 한참 뜸이 들어가는 중이고 노릇노릇 구워진 생선에서는 비늘 타는 연기가 희미하게 피어올랐다.

서향의 창으로 비껴든 햇빛은 젖은 도마의 잘게 파인 홈마다 낀 찌끼를 뒤져내고 칼빛을 죽이며 개수대의 물에 굴절되어 물속의 뿌연 앙금을 떠올렸다.

가로로 길게 낸 부엌창을 통해, 사역을 마치고 빈터를 가로질러 돌아가는 소년원생들의 행렬이 보이는 것도 여느 날과 다름없었다.

칠팔십 명 정도는 좋이 될 그들은 한결같이 바랜 듯한 회색 작업복에 같은 색 모자를 쓰고 있었는데 수의라는 이쪽의 선입견이 작용한 탓일까, 아니면 빈터에 흐름직한 바람을 짐작한 탓일까, 나는 늘상 헐겁게 걸친 작업복 아래 소름이 돋은 깔깔한 맨살을 만지는 듯한 쓸쓸함을 느끼곤 했다. 귀가 맞지 않게 잘라진 낡은 천조각처럼 펄럭이며 느리게 움직이는 그 행렬은 거대한 수레바퀴가 느리고 둔중하게 굴러가는 모습이나 어쩌면 길고 긴 라단조의 휘파람 소리 같기도 했다.

행렬의 앞과 뒤에는 각각 한걸음 정도 떨어져 감시원인 듯한, 점퍼 차림의 사내가 호위하고 있었다.

그들을 가까이에서 본 적이 없다면 나는 부근 어딘가에 아마 군인들의 막사가 있는 모양이라고 무심히 보아넘길 뿐 낮고 음울한 휘파람 소리나 인과(因果)의 보이지 않는 손에 의해 한없이 돌아가는 지옥의 연자맷돌 따위 어린아이와 같은 공상으로 하염없이 바라보는 일 따위는 없었을 것이다.

언젠가 나는 개를 끌고 저녁 산책에 나갔다가 그들을 처음 만났다. 문득 멀지 않은 야산을 끼고 돌아앉은 소년원을 떠올리며, 아, 뜻 모를 탄성으로 고개를 주억거리다가 본능적인 수치심으로 개줄을 팽팽히 끌어당기며 외면을 했다. 행렬의 가운데에서 깜짝 놀랄 만큼 앳된 얼굴이 나를 바라보고 있었다. 나이를 짐작할 수 없는 소년의 눈빛은 선연하도록 맑았다. 단지 제복에서 문득 느껴지는 청신함 때문이었을까, 둥근 볼에 떠오른 차가운 핏기에서 문득 자각되어진 자신의 노추(老醜)에 대한 의식 때문이었을까.

소년은 곧 한 떼의 무리로 뒤섞여 내 곁을 지나쳤다. 나는 그애의 얼굴을 전혀 떠올릴 수가 없었다. 만약 그들 전체를 한 줄로 세워놓고 살핀대도 나는 그애를 찾아낼 수 없을 것이다. 그런데도 선연하도록 맑은 눈빛은 하나의 느낌으로 남아 매일 그 시간이면 부엌 창문을 통해, 그애가 있음직한 위치를 어림해보는 헛된 노력을 하는 것이었다.

그들이 들판을 거의 다 지날 무렵 무리의 중간쯤에서 조그만 동요가 생겼다. 한 소년이 벗겨진 신발을 고쳐 신기 위해 엎드린 것이다. 소년의 뒤로 갑자기 행렬이 주춤하고 곧 뒤에서 따라가던 점퍼 차림의 사내가 다가갔다. 나는 무언가 반짝이는 것을 그 소년이 집어올려 소매 속에 재빨리 집어넣었다고 생각했다. 아니면 신발 속에 감추었을지도. 소년은 사내가 다가가자 허리를 펴고 손바닥을 털었다. 그들은 더 무어라고 이야기를 하고 있었으나 이곳에서는 마치 수화를 하고 있는 듯 보였다.
　사내는 다시금 제자리로 돌아가고 그들은 잠시 벌어졌던 거리를 메우느라 조금 빠르게 움직였다. 역시 아무것도 아니었을 것이다. 햇빛이 스러진 들판에 반짝거릴 무엇이 있을 것인가.
　들판이 끝나는 산등성이, 드문드문 이미 공사가 반쯤 되었거나 추위가 오기 전 마지막 손길을 서두르는 집들이 서 있던 택지를 끼고 그들은 시계에서 사라졌다. 길고 긴 휘파람 소리도, 둔중한 수레바퀴도 사라졌다.
　나는 개수대 마개를 뽑았다. 그리고 부글부글 거품을 만들며 소용돌이쳐 순식간에 빠져나가는 물을 만족스럽게 바라보았다. 그렇다, 막힌 구멍은 낮에 수선공이 와서 뚫었다. 개수대 구멍에서는 물이 빠지지 않아 늘 썩은 냄새가 났다. 깔때기 모양의 압축기로 몇 번 펌프질을 하자 끌어올려진 것은 섬유질만 남은 야채 줄기와 뒤엉킨 머리칼 뭉치였다. 어느새 등뒤에 온 아버지는 거 봐라 하는 표정으로 그것을 오랫동안 바라보았다.
　여섯시가 되어가고 있다. 부엌의 한쪽 벽에 붙여놓은 식탁에 습관적으로 세 벌의 수저를 놓다가 깜짝 놀라 한 벌을 다시 수저통에 넣었다. 수선을 떨 건 없어, 오빠는 오늘도 돌아오지 않으리라는 사실을 확실히 알면서도 손은 관성의 법칙을 이행한 것뿐이니까.
　"얘야, 까치가 어느 쪽을 보고 우니?"
　아버지의 물음에 나는 소년원생들이 사라진 빈터의 키 높은 포플러를 올려다보았다. 누릿누릿 물들기 시작한 이파리 사이, 나무의 우듬지 끝에서 까치가 울고 있었다.
　"렌즈를 빼버렸어요."

나는 그릇 소리를 내며 대답했다. 콘택트 렌즈가 없으면 장님이나 다를 바 없다는 것을 알면서도 아버지는 고집스럽게 되풀이했다.
"까치가 우는 쪽으로 침을 뱉어라. 저녁 까치는 재수가 없단다."
"잘 안 보인다니까요."
"렌즈를 어쨌니, 또 잃어버렸구나. 그러길래 안 쓸 때는 꼭 물에 담가두랬잖니?"
렌즈를 빼버렸다는 것은 거짓말이다. 동공에 정확히 부착된 렌즈를 통해 나는 우듬지 끝에 앉아 이편을 보고 우는 까치의 기름이 묻은 듯 검게 빛나는 깃털이며 강철처럼 단단해 뵈는 날개를 터는 모습까지 확연히 보고 있는 것이다.
나는 햇빛이 물러가 어둑신한 마루의 의자에 등을 파묻고 앉아 있는 아버지를 잠깐 눈살을 찌푸려 바라보다가 선반에 올려놓은 녹음기의 작동 스위치를 눌렀다. 낮에 들었던 코다이의 관현악 서주부가 귀에서 뱅뱅 돌았다. 스륵스륵 테이프 돌아가는 소리가 느리고 약하게 들려왔다. 녹음이 안 된 걸까 의아해하는데 느닷없이 연주가 시작되었다.
아마 희망 음악 시간이었나보았다. 라디오에서 귀에 익은 곡이 나오자 나는 갑자기 그것을 녹음해볼 생각이 났다. 녹음기는 구형 소니였는데 오빠의 것이었다. 오랫동안 사용하지 않고 처박아둔 그것을 찾아내어 먼지를 털고 서랍을 뒤져 빈 테이프를 찾아 걸었을 때는 이미 서주부가 끝났을 때였다. 오래된 음반인지 원음보다 잡음이 더 많았다. 중간에 끄지 않은 건 순전히 귀찮기 때문이었다.

십 분쯤 듣다가 스위치를 눌러 끄고 나는 조금 딱딱한 음성을 만들어 말했다.
　"저녁 준비 됐어요."
　귀를 후비던 새끼손가락의 손톱을 엄지손가락과 맞부딪쳐 탁탁 털고 난 뒤 의자에서 힘겹게 몸을 일으키는 아버지의 모습은 기척만으로도 알 수 있었다.
　화장실에서 쏴아 물 트는 소리, 물이 내려가는 소리를 한 겹 벽 너머로 들으며 나는 말끔히 닦인 식탁을 다시 행주로 문질렀다.
　"수건 있니?"
　아버지가 물이 뚝뚝 떨어지는 손을 획획 뿌리며 부엌으로 들어왔다.
　"목욕탕에 있는 걸 쓰시지 그래요."
　"더럽고 축축하더라."
　그건 거짓말이다. 낮에 개수대를 뚫은 수선공이 쓴 수건을 새 수건으로 바꿔 걸었던 것이다.
　까치는 여전히 포플러 꼭대기에서 울어대고 있었다.
　아버지는 종내 그 소리가 마음에 걸리는지 창으로 눈길을 주며 "아무래도 부엌이 잘못 앉았어. 저녁 해가 드는 게 좋지 않아"라고 혼잣말처럼 중얼거렸다.
　아버지는 이태 전 위장을 반 넘게 잘라낸 뒤로 식사 시간이 길어졌다. 나는 되도록 느릿느릿 먹기에 신경을 써도 언제나 아버지가 식사를 반도 하기 전에 숟가락을 놓게 되곤 했다.
　햇빛은 점점 물러가 어느새 문께에 한 줄기 엷은 금으로 남았다. 그것마저 곧 스미듯 사라져버리고 말 것이다.

음식을 씹을 때마다 완강히 드러나는 턱뼈와 무력하게 늘어진 목덜미의 주름이 눅눅하게 그늘 속에 잠기는 것을 나는 왠지 안타까운 마음으로 바라보았다.

가을 해는 짧아 저무는가 싶으면 이내 어둠이 온다.

"불을 켤까요?"

나는 가시를 바른 생선을 아버지 앞에 밀어놓으며 물었다.

"국이 식었어."

나는 가스를 틀어 국냄비를 얹었다. 새파란 불꽃으로 타오르는 가스불은 늘 마법의 불을 연상시킨다.

아버지의 얼굴은 어둠 때문에 좀 침통해 보였고 끝이 조금 처진 콧날은 더욱 길게 늘어져 보였다. 내 얼굴도 역시 그렇게 보일 것이라는 것이 나를 까닭 없이 초조하게 만들었다.

데워진 국냄비를 식탁에 놓고 나는 우정 그러하듯 조용히 일어나 녹음기의 스위치를 눌렀다. 첼로와 바이올린의 다투듯 소란스런 선율에 아버지는 잠깐 고개를 들었다 놓았다. 안단테의 3악장이 시작되었다. 아버지는 새김질을 하듯 천천히 씹고 조금씩 국을 떠 마셨다.

음악이 끝나고 빈 테이프가 돌아갔다. 한 시간용의 테이프는 곧 끊기고 멈춤 스위치가 올라갈 것이다.

"물을 다오."

식사를 마친 아버지가 트림을 하며 컵을 내밀었다.

컵에 물을 따르다가 나는 흠칫 손을 멈추었고 아버지는 반사적으로 몸을 돌려 마루를 바라보았다.

인기척도 없이 누군가 성큼 부엌 안으로 들어섰다. 탁하게 갈앉은, 밤새의 끽연으로 쉬고 갈라진 목소리……

……이렇다 할 취미나 재미와는 담을 쌓고 살아온 그의 유일한 도락은 권총에 있었다. 만물이 잠들기를 기다려 벌거벗고 5연발의 총알이 장전된 총을 귀 밑에 들이대는 것은 단순히 절대적 긴박감과 자유를 사랑했기 때문이다. 아니 자유가 아니라 유희일 것이다. 방아쇠에 손가락을 걸고 혹 누군가 불시에 문을 연다면, 혹 어디선가 엿보는 눈을 발견한다면, 혹 뜻하지 않게 등허리 부근을 모기에게 물린다면 자신의 의사와는 관계없이 거의 반사적인 행동으로 방아쇠를 당겨버릴지도 모른다는 데 생각이 이르면 머리의 혈관은 수만 볼트의 전류로 충전되고……

방문객은 갑자기 사라졌다. 아버지와 나는 동시에 3인용 식탁의 비어 있는 자리를 바라보았다. 빈 테이프는 다시금 스륵스륵 돌아갔다. 나는 컵에 마저 물을 따랐다.

그것이 오빠의 목소리라는 것을 깨닫는 데는 조금 시간이 걸렸다.

재생되어지는 소리는 다 그런 걸까. 오빠의 목소리는 마치 망자의 혼백처럼 먼 곳에서부터, 그러나 이상한 절박감으로 우리에게 찾아왔다.

오빠는 종종 자신이 쓴 글을 녹음해서 들어보는 버릇이 있었다. 그러나 뒤처리는 항상 깨끗했기에 미처 지우지 못하고 남긴 부분이 있으리라는 생각은 할 수 없었다.

"불을 켤까요?"

스륵스륵 돌아가던 테이프가 다 감기고 털거덕 멈춤 스위치가 튕겨오르자 나는 갑작스런 어둠에 눈을 껌벅이며 한결 조심스러운 어투로 아버지에게 물었다.

불을 켜자 남포 모양의 갓을 씌운 전등빛으로 식탁은 느닷없이 튀어오르고 냉장고, 그릇장, 갈포를 바른 벽은 마치 암전된 무대의 소도구들처럼 갓그늘 뒤로 사라졌다.
 아버지는 물로 우우 입가심을 한 뒤 방에 들어가 화투를 들고 나왔다. 그러고는 내가 식탁을 치우는 동안을 참지 못해 탁탁 신경질적으로 화투를 치기 시작했다.
 둥근 불빛 아래 부얼부얼한 털 스웨터에 싸인 두꺼운 어깨가 벽에 거대한 그림자를 만들었다.
 "다 저물었는데 뭘 하러 재수패는 떼어요?"
 와락와락 그릇을 씻으며 나는 물었다.
 "저물었대도 끝난 건 아니잖느냐."
 끝나지 않다니요! 무엇이요! 속으로 반문하면서도 예사로운 말투에서 예사롭지 않은 암시를 캐내려는 이쪽의 과민성이 우스워졌다.
 씻은 그릇을 찬장에 넣고 앞치마를 벗으며 돌아서자 아버지는 늘어놓았던 화투패를 모두었다.
 "뭐가 떨어졌어요?"
 "손님이야."
 아버지는 심드렁하게 내뱉었다.
 "과일을 깎을까요?"
 "커피를 마시겠어."
 아버지의 치켜뜬 눈에서 조바심이 번뜩였다. 어서 내가 앉기를 바라는 것이다. 나는 찻물을 불에 얹고 마주앉았다.
 "너부텀 하랴?"
 "어딜요, 선(先)을 봐야죠."
 나는 아버지가 쌓아놓은 화투를 듬뿍 떼었다. 매화 다섯 끗이

저녁의 게임　135

나왔다. 아버지가 흑싸리 껍질을 들어보이며 내게 화투를 밀어놓았다. 이미 두껍게 부풀어오른 마흔여덟 장의 화투는 한 손 가득 잡혔다. 낡을 대로 낡아 처음의 그 차르륵 쏟아지는 신선한 감촉은 없이 눅눅하고 끈끈하게 손바닥에 달라붙었다.
"고루 쳐야 한다. 재수를 봤으니 한 덩어리로 뭉쳐 있을 게야…… 그만 쳐, 너무 치면 도로 제자리로 가버린다니깐."
 나는 우선 아버지와 내 앞에 한 장씩 차례로 나눠놓는 것으로 쓸데없는 껍데기가 겹쳐 들어올 것을 겁내는 아버지의 조바심을 풀었다.
"물이 끓는다."
 아버지는 자신의 몫인 열 장이 다 모일 때까지 뒤집혀진 채로의 화투에 손을 대지 않는다.
 주전자 주둥이로 쉭쉭 물이 넘쳤다.
 나는 화투장을 놓고 준비해둔 두 개의 찻잔에 물을 부었다. 스푼으로 젓는 동안 아버지는 뒤집혀진 내 패를 훔쳐보고 있을 것이다.
"내겐 사카린을 넣어라."
"알고 있어요."
 아버지는 그러한 주의를 주지 않더라도 내가 설탕을 넣지 않으리라는 것을 물론 알고 있다. 단지 내 것을 훔쳐보는 손의 움직임을 은폐하려는 시늉일 뿐이었다.
 아버지는 정기적으로 인슐린을 주사해야 하는 중증의 당뇨병 환자이다. 고유의 처방으로 비약(秘藥)을 장복해도 아침마다 변기에는 누렇게 거품 이는 당질(糖質)의 소변이 괴어 있었고 아버지는 그곳에 우울한 얼굴로 검사용 테이프의 끝을 담그곤 했다.

찻잔을 들고 식탁에 돌아와 내 몫의 화투를 거둬 쥐는 것을 보고야 아버지는 자신의 것을 모두어 쥐고 낡은 부채를 펴듯 조심스럽게 한 장씩 펴나갔다. 아버지의 입가로 만족한 웃음이 지나갔다. 식탁에는 여덟 장의 화투가 현란하게 깔려 있다.
"낙양은 꽃밭이로고. 밭이 암만 걸어도 뿌릴 씨가 없으니 어쩐다?"
아버지가 곁눈질로 내 패를 흘깃거렸다. 나도 화투장을 움켜쥔 채 단단히 진을 친 아버지의 것을 넘겨다보았다. 굳이 넘겨다볼 것까지도 없었다. 뒷면만을 보아도 무슨 패인지 환하게 알 수 있는 것이다. 아버지도 역시 마찬가지일 것이다. 가로로 비스듬히 금이 가 있는 것은 난초 다섯 끗, 왼쪽 귀퉁이가 둥글게 닳은 것은 목단 껍질, 오른쪽 모서리가 갈라진 것은 멧돼지가 그려진 붉은 싸리 열 끗이다. 뒤집어 들고 있는 것보다 그림이 그려진 앞면을 서로 상대방에게 보이는 것이 속임수가 가능할 만큼 아버지와 나는 화투장의 뒷면에 익숙해져 있는 것이다.
"단, 약, 칠띠, 사광 모두 보기다."
"물론이죠."
청띠를 두른 목단 다섯 끗도 단풍 열 끗도 쥐고 있는 아버지의 눈이 머물고 있는 것은 깔려 있는 팔공산 스무 끗이다. 그리고 얌전히 엎어져 들춰줄 것을 기다리는 것은 역시 공산 껍질이다. 댓바람에 스무 끗을 내놓고 껍질을 뒤집어 맞춰 쓸어가기가 민망해서 음흉을 부리고 있는 것이다. 아버지는 늘 그랬다. 한참 궁리 끝에 정말 이렇게 팔 수밖에 없다는 듯 억울한 얼굴로 공산 스무 끗을 내놓고 뒷장을 맞춰 쓸어갔다.
"벌써 스무 끗이네. 아버진 배짱이 좋으셔, 사광을 하실래요?"

나는 염치를 배짱으로 바꿔 말했다. 아버지가 어린아이처럼 입을 벌리고 천진하게 웃었다.
　나는 풀썩 던지듯 붉은 싸리 다섯 끗을 먹었다.
　"칠띠를 하겠구나."
　"이제 하난 걸요. 어디 맘대로 되나요. 든 게 없는 걸요."
　하지만 단풍을 깨뜨리고 아버지가 들고 있는 목단 청띠를 내놓게 해야지, 그런 대로 삼약을 깨든가 아니면 해야 한다는 계산으로 머릿속은 바빴다
　"천 끗 내기를 하랴?"
　"좋지요."
　가을이 깊어지고 밤이 길어지면 천 끗 내기 정도로야 어림도 없을 것이다.
　머리 위에서 자박자박 발소리가 들려왔다. 이어 칭얼대는 아이의 울음 소리와 그것을 달래는 여자의 웅얼거리듯 낮은 자장가 소리가 들려왔다.
　창은 먹지를 댄 듯 새카맣고 불빛 아래 아버지와 나는 어둠 속으로 한없이 가라앉고 있다는 느낌이 들었다. 우리는 마치 먼 옛날부터 이렇게 식탁을 마주하고 앉아 화투놀이를 해왔던 것 같다. 그 이전의 기억은 마치 유년 시절의 꿈처럼 현실과 공상이 뒤섞여 멀고 아리송했다. 패가 막히거나 제대로 풀리지 않으면 일단 변소를 다녀오는 노름꾼의 풍속대로 오빠는 자기의 패를 점쳐보기 위해 슬그머니 자리를 뜬 것이 아닐까.
　"밤에 우는 건 나뻐, 애들이 극성을 떨면 꼭 집 안에 좋지 않은 일이 생기거든."
　"저도 몹시 울었다면서요?"

수국 껍질을 모아들이며 나는 아버지의 말을 받았다.

잘 자라, 내 아기 밤새 편히 쉬고 아침이 창 앞에 다가올 때까지.

"네 어민 목청이 좋았었지."

그건 사실이었다. 유치원 보모였다는 어머니는 퍽 많은 노래를 알고 있었고 목소리가 고왔던 만큼 노래부르기를 즐겨했다.

자장자장 우리 아가, 금자둥이 은자둥이 구슬 같은 눈을 감고 별빛 같은 눈을 감고 꿈나라로 가거라.

"네 차례다."

아버지도 역시 노랫소리에 귀를 기울이고 있었던 듯 문득 짜증스럽게 말했다. 지붕 위에서 여자는 결코 서두르는 법 없이 메트로놈의 움직임처럼 정확하게 베란다의 한쪽 난간에서 다른 한쪽 난간 사이를 오가고 있었다.

넉 달 전인가 새로 이층에 세를 들어온 그 여자를 본 것은 손가락으로 꼽을 수 있을 정도였다. 이층으로 올라가는 계단은 바깥쪽으로 나있고 또 세를 든 사람은 샛문을 이용하게 되어 있기 때문에 부딪칠 일이 거의 없었던 것이다. 그러나 잠투정이 심한 아이는 초저녁부터 울어대기 시작하고 우리가 화투를 치고 있는 동안 밤이 깊을 때까지 그 여자는 낮고 단조로운 노래로 우는 아이를 달래며 이층의 베란다, 우리들의 머리 위에서 발소리를 내는 것이었다.

손안에 남은 석 장의 화투를 차례로 더듬다가 아버지가 들고 있는 홋끗짜리 오동을 흘겨보며 오동 열 끗을 팽개치듯 내놓았다. 기다렸다는 듯 얼른 그것을 가져가며 아버지는 희희낙락 엉구렁을 떨었다.

저녁의 게임 139

"첫끗발이 개끗발이라더니……"
"첫술에 배부를까요."
"불빛이 흐리구나, 트랜스를 써야 할까부다."
"시력이 나빠지신 탓일 거예요."
 아버지와 나는 낡고 너덜너덜해진 각본으로 끊임없이 연극을 하고 있었다.
"여태 뭘 하고 있었담. 밑천은커녕 약값도 못 대겠어."
 나는 팔을 뻗어 아버지가 벌어놓은 끗수를 헤아렸다. 아버지가 질겁을 하며 손을 치웠다.
"끝나기도 전에 남의 밥을 보는 법이 어디 있니. 나도 한 게 아무것도 없다."
"파장인데 어때요. 난 손털었어요."
 마지막 패를 내밀자 아버지는 사쿠라 열 끗을 호기롭게 던지며 판을 쓸었다.
"손에 든 게 없으면 선도 말짱 헛거라니까요. 뒷장도 이렇게 안 맞을까."
 나는 종이에 끗수를 적어넣고 화투장을 모아 아버지 앞에 밀어놓았다. 그리고 아버지가 화투를 섞는 동안 마루에 놓인 텔레비전을 틀었다. 화면은 연기가 낀 듯 흐릿하고 분주히 움직이는 사람들의 모습이 그림자처럼 잠깐 머뭇거리다가 사라졌다.
"전압이 낮아서 제대로 나오지 않는 거야. 대체 또 무슨 일이 일어났다는 거냐."
"영아원에 불이 났대요, 어린애들이 죽었다는군요."
"죽일 놈들, 오래 사는 게 욕이야."
 아버지의 목소리에 생기가 돌았다.

"그게 어디 우리 탓인가요?"

나는 아버지의 목소리를 억누르듯 이 사이로 낮게 말했다. 정말 그게 우리 탓인가. 아가 아가 우리 아가 금자둥아, 은자둥아. 어머니는 꽃핀을 꽂고 노래를 불렀다. 네 엄마에게 다산은 무리였어. 아주 조그만 여자였거든.

"보세요, 화투가 끼였잖아요?"

비닐막이 반 넘게 갈라진 틈에 낀 또 하나의 화투장을 가리키며 나는 조금 날카롭게 말했다.

"너무 오래 썼거든. 새걸로 바꿔야겠어."

아버지가 화투를 빼내며 히죽 웃었다. 동자혼(童子魂)이 씐 거라더군. 말도 안 되는 소리예요. 그 엉터리 기도원에 두는 게 아니었어요. 전도사도 박수도 아닌 사내는 어머니를 복숭아 가지로 후려쳤다. 살려줘, 아가 날 살려줘, 집에 돌아와서도 어머니는 복숭아 가지의 공포에서 헤어나지 못했다.

네 아버지의 생활이 문란해서 그런 거야. 머리통이 물주머니처럼 무르고 크게 부풀어오른 갓난아기를 가리키며 어머니는 조숙한 중학생이었던 오빠에게 노래하듯 말했다. 책가방의 끈이 끊어져 퉁퉁 골이 나서 집에 돌아왔을 때 어머니는 햇빛이 드는 창가에 거울을 놓고 앉아 머리를 빗고 있었다. 아기는? 내가 묻자 어머니는 고드름처럼 차가운 손가락을 목덜미에 얹으며 말했다. 인형을 사줄게.

병원에서 호송차가 왔을 때 어머니는 식탁 아래로 기어들었다. 아가, 난 싫어. 무서워, 날 데려가지 못하게 해줘. 호송인들에게 번쩍 들리워 나가며 내가 안 보일 때까지 고개를 비틀어 돌아보면서 소리쳤다. 왜 웃어, 왜 웃어. 심한 짓을 했다고 생각지 않으세요? 모르는 소리야. 달리 무슨 수가 있었겠니. 넌 아직 어렸고 또 무슨 일을 저지를지 몰랐어. 갓난애도 그렇게 없애지 않았니? 넌 마치 네 엄마가 그렇게 된 게 모두 내 탓이라는 투로구나. 잘 보살펴드릴 수도 있었어요. 외려 네 엄마에겐 그곳이 편한 곳이야. 친구들도 있고 가족이란 생각하듯 그렇게 대단한 건 아니야. 너부터도 내심 네 엄마를 가까이서 보지 않아도 된다는 걸 다행스럽게 생각하고 있지 않니? 그전에 번번이 네 혼담이 깨지던 것도 어미 탓이라고 원망했을걸. 나는 이마를 찡그렸다. 아버지는 화투장 뒷면에 가로질린 금을 손톱으로 긁어 지우려는 헛된 노력을 하고 있었다.
"어서 나누세요."
"그러자꾸나."
아버지가 한 장씩 화투를 나누었다.
그럴 기미는 너를 낳을 때부터 보였지. 온전했던 건 네 오빠 때뿐이었어.
"뭐 좀 할 만하니?"
비 스무 끗을 젖혀 맞추며 아버지가 나를 건너다보았다.
"고름이 살 되겠어요?"
송학을 집어오며 나는 문득 귀를 기울였다. 들판 건너에서 휘파람 소리가 들리는 듯했다. 어쩌면 바람결에 묻어오는 마른 꽃 냄새가 코끝에서 감지되는 듯도 했다. 그럴 리가 없어. 나는 고개를 가로저었다.
"왜, 영 신통치가 않니?"
"천만에요."
그애가 휘파람 소리로 나를 찾아오던 것이 십 년 전의 일인가 아니면 그보다 더 오랜 꿈속의 일인가. 늦은 밤 들판을 가로질러 오는 휘파람 소리에 문을 열고 나가면 그애는 마른 꽃냄새를 풍기며 서 있었다. 그애가 오지 않게 되면서부터 나는 종종 자운영이 핀 논둑길을 열아홉 살 그애와 나란히 걷는 꿈을 꾸었다. 대개 잠옷 차림에 머리에는 붉은 리본을 묶고 있었는데 늘 바람이 불고 어디선가 흐릿한 꽃냄새가 풍겼다. 벗은 채로인 발바닥 아래에서 부드러운 흙이 갯지렁이처럼 미끄럽게 꿈틀거렸다. 종달새 소리가 자욱이 눈 위로 덮이어 그애는 눈을 껌벅이며 내게 말했다. 리본이 안 어울려요. 그래, 나는 붉은 리본을 달기에는 너무 나이를 먹었어. 어린애처럼 붉은 리본으로 묶는 것은 미치광이나 창부뿐이지. 나는 아버지의 손가락 사이에서 팔랑개비처럼 돌아가는 사쿠라를 보았다.

"굳은자를 가져가는 거야."
"그렇게 사정없이 몰아가면 전 뭘 먹으란 말예요?"

오빠는 어딜 가 있을까요. 그 녀석 얘기는 꺼내지도 마라. 아버지는 버럭 화를 내었다. 그 녀석이 생기기 전까지는 모든 것이 순조로웠어. 아버지는 둘이서 하는 화투놀이가 셋이서 하는 것보다 재미가 덜하다는 것 때문에 오빠의 부재를 노여워하는 걸까. 더러운 게임이야. 오빠가 어느 날 갑자기 식탁을 떨치고 일어나 팽팽하게 당겨진 줄의 한끝을 놓아버렸을 때 삼각의 구도는 깨지고 아버지와 나는 균형을 잃은 힘의 반동으로 형편없이 비틀거렸다.

나도 오빠처럼 훌쩍 나가버릴 수가 있을까. 침몰하는 선체에서 구명 조끼를 입고 결사적으로 탈출하듯 그렇게 달아나버릴 수 있을까. 나는 매조를 먹을까 칠띠를 깨뜨릴까에 긴장되어 있는 아버지의 얼굴을 새삼스럽게 바라보았다. 좁고 긴 얼굴, 매처럼 구부러진 코끝은 볼의 살이 빠짐에 따라 더욱 길게 늘어져 보였다. 아가, 날 데려가다오. 여긴 무섭고 쓸쓸하단다. 그러나 어디나 마찬가지예요. 화투는 아버지의 손에서 내 손으로 옮겨갔다.
"개발에 땀날 때가 있구나."
거푸 두 판을 이기자 아버지는 심술난 얼굴로 야비하게 이죽거렸다.
나는 되도록 화투장에 눅눅히 배어 있는 온기를 의식지 않으려고 빨리빨리 손을 놀렸다. 아버지의 손에서는 늘 땀이 질척거렸다.
마지막 패인 국진 껍데기를 맥없이 내던지자 아버지는 호기롭게 화투장을 그러모았다.
"옛다, 사광이다. 넌 뭘 하고 있었니."
나는 종이에 아버지의 득점을, 그 무의미한 숫자를 기입했다. 텔레비전에서 10시 「행복의 쇼」 프로가 시작되었다. 아버지의 끗수가 천을 넘자 나는 화투판을 거두었다.
"약을 잡수셔야죠."
나는 탁자 모서리를 잡고 비틀거렸다.
"왜 그러니?"
화투장을 놓은 아버지는 한층 더 늙고 음울해 보였다.
"좀 어지러워서 그래요."
먼데서 휘파람 소리가 들렸다. 싸르륵싸르륵 머릿속의 혈관이 텅텅 비어가는 듯한 악성 빈혈의 한 증상이라는 환청은 늘 휘파람 소리였다.

"어느 몹쓸 놈이 밤중에 휘파람을 부나. 망할 세상이야. 어서 집들이 들어서야지. 온갖 뜨내기 불량배들이 득시글거리니……"
 아버지의 손이 버릇처럼 화투에 가 닿았다. 그러다가 문득 손에 가 닿는 내 눈길을 의식하며 슬그머니 움츠려 주머니에서 힘겹게 종이 조각을 내놓았다.
 "이걸 봐라, 벌써 며칠째나 편지함에 있던 거다. 날짜에 안 내면 괜한 돈을 더 물게 된다는 걸 알잖니. 일이란 그때그때 처리해야 뒤탈이 없는 거야. 웬 전기세가 이렇게 많이 나왔는지 모르겠다. 전기는 쓰기에 따라 얼마든지 절약할 수도 있어."
 아버지는 언젠가 전기세 가산료를 물었던 것을 또 들추어내는 것이다.
 "냉장고는 벌써부터 안 돌리잖아요."
 괜한 짓이다, 생각하면서도 나는 화가 나서 조금 떨리는 목소리로 대꾸했다.
 전기세 고지서가 며칠째 편지함에서 자고 있었다는 건 아버지의 억지다. 아버지는 최소한 하루에 열 번쯤은 우편함을 열어보는 것이었다. 한 달에 한 번씩 날아오는 전기나 수도세 고지서 외에는 결코 어떠한 편지도 담겨본 적이 없는 늘 배고픈 듯, 텅텅 입을 벌리고 있는 우편함 앞에서 공연한 손짓으로 서성이는 아버지를 나는 공범끼리의 적의와 친밀감으로, 그리고 언제든 준비되어 있는 배반감으로 몰래 지켜보지 않았던가.
 아버지는 고지서를 식탁의 모서리에 던져놓고 당당히 화투를 잡았다. 그러고는 피라밋형으로 늘어놓기 시작했다. 나는 맞은편에 턱을 받치고 앉아 늘어놓는 화투장을 하나씩 젖혀가는 아버지의 손을 바라보았다. 아버지는 화투 하나를 가지고 혼자서

할 수 있는 온갖 게임을 다 알고 있었다.
"뭐가 떨어졌어요?"
"님이 떨어지고 산보가 떨어졌다."
 아버지가 문득 다정하게, 그러나 음침하게 빛나는 눈으로 나를 바라보았다.
"아직도 어지럽니? 피곤해 뵈는구나. 들어가 자거라."
 빈 들을 질러 오는 휘파람 소리는 어둠을 뚫고 더욱 명료하게 들려왔다. 아무래도 화투를 새걸로 한 벌 장만해야지, 패를 알고 하는 게임은 재미가 없어.
 자박자박 여자의 발소리는 머리 위에서 잠시 머물다가 멀어져 갔다.
"밤새 업고 재울 모양이군. 버릇이 고약하게 들었어."
 나는 커다랗게 하품을 하며 눈을 비볐다.
"먼저 들어가겠어요. 약은 여기 있으니 드시고 너무 늦게 계시지 마세요. 문단속은 제가 할게요."
 나는 쿵쿵 발소리를 내며 화장실로 들어갔다. 물을 세차게 틀어 오래오래 손을 씻었다. 그리고는 아버지가 뒤를 돌아보거나 하는 일이 결코 없으리라는 것을 알면서도 부엌에서 내비치는 불빛을 피해 발소리를 죽이며 벽에 몸을 붙이고 걸었다.
 현관문은 소리 없이 열렸다. 몇 개의 디딤돌을 하나씩 건너뛰며 대문을 나왔다. 아직도 자장가를 웅얼거리며 이층의 베란다를 서성거릴 여자의 눈길이 어디쯤 가 있을까에 조바심을 치며 담을 끼고 걸었다.
 들판이 끝나는 곳, 밋밋한 언덕빼기의 주택 공사장에서는 밤일을 하는지 군데군데 화톳불이 타오르고 있었다. 겨울이 오기 전 마쳐야 할 공사를 서두르고 있는 걸까.

나는 되도록 화톳불과 쓸쓸하게 매달린 알전구의 불빛을 멀찌감치 피해가며 걸음을 재촉했다.

반쯤 지어진 집의 곁, 머리 높이까지 쌓여진 시멘트 벽돌과 모래더미 사이에 그는 서 있었다.

"기다리고 있었지. 좀 늦었군."

먼발치에서부터 나를 보고 있었던 듯 그는 쳐다보지도 않고 발부리로 모래 더미를 쑤셔대며 말했다.

"어제와 마찬가진걸."

나는 마치 베일 속에서 말하듯 낮게 소곤거렸다.

"올 것 같아 일부러 일을 일찍 끝냈지."

그의 목소리에는 술기가 묻어 있었다. 이슬이 내리는 걸까. 이내 축축한 한기가 배어들었다. 그가 잠시 어찌해야 좋을지 모르는 듯 손을 잡았다. 손의 안쪽 마디마다 박인 못이 쇳조각처럼 딱딱했다. 크고 단단한 손이었다. 낮이라면 아마 대단히 더럽고 거칠게 보이는 손일 것이다.

"여긴 춥다구. 집이 비어 있어. 야방은 한참 술집에서 노닥거리는 중이야."

술기에도 불구하고 홍분 때문인지 그는 떨고 있었다.

그의 손바닥에는 축축이 땀이 차기 시작했다. 나는 손을 잡힌 채 깨진 시멘트 벽돌과 각목 토막들을 밟으며 집으로 들어갔다. 제기랄, 그는 상스럽게 내뱉었다.

"뭐가?"

"배선 공사가 안 됐어."

그러나 안은 두 벽에 반 넘게 차지한, 틀만 짜넣은 창문과 뚫린 지붕으로 그닥 어둡지 않았다. 그가 대팻밥과 각목 토막들을 발로 지익지익 밀어 치워 자리를 내었다.

딱딱한 손이 스웨터 소매로 파고들었다. 그는 떨고 있었다. 그리고 그 흥분을 부끄러워하듯 몹시 성급하게 서둘렀다. 두 개째의 스웨터 단추를 벗기는 데 실패하자 그는 거칠게 스웨터를 목까지 걷어올렸다. 나는 숨을 죽이고 있었지만 다리 안쪽에 오스스 소름이 돋았다. 겨드랑이까지 드러난 맨살에 시멘트 바닥이 아프도록 차가워 등을 옴츠렸다. 그가 작업복 윗도리를 벗어 등에 받쳤다. 뚫린 하늘에서 크고 맑은 별들이 눈 위로 내려앉았다. 밤의 어둠 속에서는 늘 마른 꽃냄새가 났다. 안드로메다, 오리온, 카시오페아, 큰 곰…… 너는 무슨 별자리니, 전갈좌. 당신은 벽이 두껍고 조그만 창문이 있는 주택을 갖게 되며 카 섹스를 즐깁니다. 수줍고 내성적이나 항상 로맨틱한 사랑을 꿈꿉니다. 꽃이 안 어울려요. 그래 꽃을 꽂기에는 너무 늦었어. 미친 여자나 창부가 아니면 머리에 꽃을 꽂지 않지.

"날이 추워지는군. 더 추워지면 한데서는 안 돼. 공사가 끝나려면 보름은 더 있어야 해. 하지만 뭐 그때까진 그닥 춥지 않겠지."

그가 으레 그래야 할 것처럼 내 머리칼을 만지작거리며 말했다.

"추운 건 싫어."

나는 킥킥 웃었다.

"다른 건 좋고? 당신 바람난 과부 아냐?"

그도 키들키들 웃었다.

멀리서부터 여럿이 어울려 되는 대로 불러대는 노랫소리가 들려왔다.
"이제들 오는군."
그가 일어나 등에 받쳤던 윗도리를 탁탁 털어 걸쳤다.
"내일 또 오겠어?"
시멘트 벽돌과 모래 더미 사이에 서서 그가 물었다.
"돈이 좀 있으면 줘."
그가 멈칫했다. 나는 내처 말했다.
"몸이 좋지 않아서 약을 먹어야 돼. 많이 달라곤 안 해."
그가 이 사이로 찌익 침을 뱉으며 낮게, 빌어먹을이라고 중얼거렸다.
"첨부터 순순히 굴더라니, 세금 안 내는 장사니 좀 싸겠지."
그가 부시럭대며 담배를 꺼내 입에 물고 불을 붙이는 시늉으로 성냥을 그어 길게 오른 불꽃을 내 얼굴 가까이 대었다. 나는 불꽃을 보며 길게 입을 벌려 웃어보였다.
"제기랄, 철 지난 장사로군. 오늘은 없어. 모래가 간조니 생각 있으면 그때 와."
그는 몹시 기분이 상한 듯 함부로 침을 뱉었다. 나는 걸음을 빨리했다. 술 취한 한 떼의 노무자들이 어깨를 부딪치며 엇비껴 지나갔다.
대문은 열린 채였다. 이층의 여자는 여태껏 칭얼대는 아이에게 자장가를 웅얼거리며 베란다에서 서성이고 있었다. 살그머니 현관문을 열고 들어서며 나는 몸에 밴 찬 공기를 손바닥으로 훑었다. 아버지는 여전히 식탁에 앉아서 재수패를 떼고 있었다.
"뭐가 떨어졌어요?"
"님이다. 어서 자거라."

저녁의 게임 149

아버지는 돌아보지도 않으며 투덕투덕 화투를 쳤다.
방에 들어와 전기 스위치를 올리고 나는 잠시 어쩔 줄을 몰라 멍청히 전등을 올려다보았다. 그리고는 생각난 듯 책상 서랍을 열었다.
아가, 날 데려가줘, 여긴 무섭고 쓸쓸하단다. 어머니는 막 글을 배우기 시작한 아이들처럼 크고 비뚤비뚤한 글씨로 비명을 질렀다. 그리고 여백마다 동체는 없이 공처럼 둥근 머리와 나뭇가지같이 뻗은 팔다리로 물구나무선 사람들을 그려넣었다. 나는 종이 뭉치를 코에 대고 그 흐릿하게 피어나는 마른 꽃냄새를 들이마셨다. 장식 없는 펜던트의 뚜껑을 열면 희끗희끗한 잿빛 머리털에서도 역시 마른 꽃냄새가 풍기었다. 우리가 도착하자 기다렸다는 듯 관뚜껑에 못질이 시작되었다. 시취를 풍기기 시작한 어머니에게서는 역시 연기처럼 매움한 꽃냄새가 났다. 뙤년들보다 더 더러웠지. 죽자고 목욕을 안 해도 향수는 꼭 뿌리곤 했어. 워낙 사치하고 허영심이 많았거든. 훗날 아버지는 말했다. 그렇다면 살비듬내와 뒤섞인 향수 냄새일까.
나는 찬 방바닥에 몸을 뉘었다. 아버지가 아직 방에 들어가는 기척이 없다는 걸 떠올리며 나는 빈집에서처럼 스커트를 끌어올리고 스웨터도 겨드랑이까지 걷어올렸다. 자박자박 여전히 아이를 재우는 여자의 발소리는 머리 위에서 들려왔다. 금자둥아 은자둥아 세상에서 귀한 아기. 나는 누운 채 손을 뻗어 스위치를 내렸다. 방은 조용한 어둠 속에 가라앉기 시작했다. 이윽고 집 전체가 수렁 같은 어둠 속으로 삐그덕거리며 서서히 잠겨들기 시작했다. 여자는 침몰하는 배의 마스트에 꽂힌, 구조를 청하는 낡은 헝겊 쪼가리처럼 밤새 헛되고 헛되이 펄럭일 것이다. 나는 내리누르는 수압으로 자신이 산산이 해체되어가는 절박감에 입을 벌리고 가쁜 숨을 내쉬며 문득 사내의 성냥 불빛에서처럼 입을 길게 벌리고 희미하게 웃어보였다.

꿈꾸는 새

　내려오지 말라니깐. 또 마당에 기어다니면 맴매할 테야. 그렇게 흙강아지가 되니 하루에 열두 번을 씻긴들 무슨 소용이 있어, 엄만 정말 네 치다꺼리에 힘들어서 못 살겠구나. 아이는 이켠에 등을 돌린 채 마루 위에서 연신 붕붕 소리를 내며 트럭을 굴리고 있다. 더위를 피해 블록 담의 빈 구멍마다 숨어 있을 파리를 뒤져내어 투덕투덕 파리채를 휘두르고, 때로는 펄쩍 뛰어올라 차양을 받친 기둥에 내려앉은 파리를 때리며 나는 틈틈이 아이에게 위협적으로 말했다. 차양의 뚫린 구멍으로 동전알만한 햇빛이 반짝 내려앉았다.
　안녕하세요?
　철대문 밑 당초 문양의 조잡한 얽음쇠 사이로는 은빛 합성사로 그물코를 짠 샌들과 불그레 각질이 불거진 봉숭아뼈밖에는 보이지 않는다. 이사온 지 한 달 만에 담 너머로 인사를 나눈 이웃집 여자가 쪽문으로 머리부터 디밀어 기웃거리며 들어섰다.
　다들 나가셨는가부죠?

다들이라니요? 누가 있나요? 늘 아이랑 둘뿐인 걸요.
그러세요오?
걸레로 대강대강 훔쳐서 내어준 마루턱에 걸터앉으며 그녀는 말꼬리를 길게 늘였다.
난 댁에 식구들이 많은 줄 알았어요. 늘 말소리가 들리길래……
나는 호홋 높은 소리로 웃었다.
아니에요, 적적해서 종일 라디오를 틀어놓아요.
애가 순한가봐요. 종일 가야 울음 소리 한번 들어볼 수가 없더군요.
그래요, 그래서 걱정이랍니다.
울지 않는 것도 걱정이 되세요? 보채지 않으면 외려 편하지 않아요?
머리가 나쁜 게 아닌가 하는 생각이 들어서요. 어느 책에서 보니까 조용하거나 놀이가 너무 단순하면 지능이 낮은 걸 의심하래요. 저 앤 하루종일 제 손바닥을 들여다보거나 종이 한 장을 구겼다 폈다 하는 일에 싫증을 낼 줄 몰라요. 참 이렇게 늘어놓은 꼴을 보여 부끄럽습니다. 애 아빠 벌써 보름째나 집에 없답니다. 동네에서는 아마 과부거나 남의 첩으로나 알겠지요. 결혼한 지 육 년인데 쟤가 첫 애라면 의아하게 생각하시겠지요. 글쎄 우스운 얘기지만 난 애가 내 인생에 갖는 의미 같은 걸 생각하다 보니 자신이 없어 애를 안 갖기로 했답니다. 남편도 같은 생각이었구요, 쟤도 실수로 생긴 애지요. 더 낳을 생각은 없어요. 나이가 나이니만치. 벌써 서른이 넘었거든요. 애가 생기면 자연히 자연히 부부 사이가 멀어지나부죠? 남자들은 소외감을 느낀다고 해요. 특히 남편의 경우는 투정이 여간 심했어야죠. 글쎄 남들이 내게 아들이 둘이라고 할 정도니까요. 큰애란 남편을 말하는 거고, 작은애는 쟤지요. 애가 아빠를 빼박았다고. 하지만 욕심인지는 몰라도 내 눈에는 애가 훨씬 나아 보여요. 청출어람이라는 말도 있잖아요. 호호.

아, 그러세요, 그렇겠지요.

여자는 돌아앉은 아이를 흘긋 보며 고개를 끄덕거리곤 뜻 모를 탄성을 내뱉었다.

혹시 댁에 뻰찌가 있으신가 하구요. 마침 애아빠가 쉬는 날이라 멀쩡한 닭장을 고친다고 난리를 피우네요.

정말 그래요. 남자들이 집에 있는 날은 일이 얼마나 많은지 몰라요. 우리 애아빠만 해도……

이 댁 아빠는 퍽 가정적인 것 같던데요 뭘. 대학엘 나가게 되셨다구요? 앞으론 걱정이 없으시겠어요. 이 동네도 꽤 수준이 높은 편이라고들 하는데 아직 교수 댁은 없었어요. 동네 사람들이 얼마나 부러워한다구요. 젊은 나이에 교수로 출세한 남편을 가졌으니 부인은 행복할 거라구요. 정말 학자 타입이시더군요.

학자 타입? 요즘에도 그런 말들을 쓰나? 나는 속으로 되뇌어 보았다. 그리고 머리칼을 쓸어올리며 그 여자에게 애매하게 웃어보였다.

뭘 하는 거야. 없으면 빨리 오잖구.

바로 이웃집과 경계를 이룬 담 밑에서 신경질이 돋은 남자의 음성이 날아왔다.

이리 오세요. 어느 구석에 있기는 있을 거예요.

엉거주춤 일어서는 여자를 뒤에 달고 뒤꼍 광으로 돌아가면서 나는 멀쩡히 미쳐가는구나 생각하면서도 빠르게 지껄였다.

 남자들은 참 어린애 같은 데가 있지요? 그렇게 애 따윈 소용없다고 하던 우리 애아빠도 막상 애를 낳아놓으니 나흘 동안이나 직장엘 나가지 않고 애만 들여다보더군요. 보세요, 이런 데 처박혀 있군요. 무엇 하나 정리된 게 있어야 말이지. 이나 제대로 맞는지 모르겠어요. 혹시 쓰지도 못할 걸 빌려가시는 건 아닌지 몰라.

 고마워요. 우리집에도 좀 놀러 오세요. 아이들이 학교 가고 나면 한가하니까요.

 왜 아니래요, 이웃끼리 이렇게 소원해서야……

 여자의 물빛 블라우스에 무성한 등나무 이파리가 잠깐 무늬를 만들었다 재빨리 지워버렸다.

 또 쉬이를 했구나. 오줌을 눴으면 눈기색이라도 해야지. 그렇게 멀쩡히 깔고 앉았으니 옷이 다 젖잖아. 다 큰 애가 왜 그러니. 엄마 쉬이 할래요 소리도 못 해? 그러다간 학교에도 기저귀를 차고 가게 돼요.

 나는 짐짓 눈을 부릅뜨고 아이를 옮겨 앉혔다. 갓 돌 지난 아이는 무심히 벙긋거리며 손뼉을 쳤다.

 짤랑짤랑, 고물 장수의 가위 소리가 비긋이 열린 문을 지나쳤다.

 아저씨, 병 사세요? 깨진 항아리는요? 이삿짐을 함부로 다루니 남아나는 게 있어야지. 사이다 병은 얼마예요? 칠 원이라구요! 날이 이렇게 더우니 애꿎은 사이다만 먹게 되는군요. 열네 병이니 백 원 꼴이지요? 아니 돈으로 줘요, 강냉일 먹을 사람이 있어야지요.

십원짜리 동전 열 개를 낱낱이 다시 세어 주머니에 넣었다. 어디선가 서툴게 치는 피아노 소리가 들렸다. 어디선가 낮닭이 울었다. 패킹이 고장난 수도 꼭지에서는 끊임없이 물방울이 떨어져내리고 포도 덩굴 아래 벌들은 잉잉거렸다. 한바탕의 비행을 마친 파리는 차양의 틈서리에서 교미하였다. 트럭에 싫증이 난 아이는 하품을 하며 손가락을 빨았다. 나는 속눈썹에 흔들리며 와 닿는 햇빛에 눈을 껌벅이며 찌끼가 반 남아 가라앉은 탁하고 텁텁한 포도주를 병째 들고 질금거렸다.

시의 외곽을 이루는 먼 산이 암녹색으로 젖어들며 우뚝 다가서는 것은 비가 내릴 징후다. 잠시 마루 끝에 서서 불투명한 회색빛의 하늘을 올려다보다가 어떠랴 하는 심사로 아이를 들쳐업었다. 아직 이른 듯싶었지만 마루의 전등 스위치를 올렸다. 스타트 전구가 몇 번 푸르스름하게 퍼뜩거리더니 흐릿하고 창백한 불이 들어왔다. 「저녁의 희망 가요」를 내보내고 있던 라디오의 볼륨을 갑자기 높이자 놀란 아이가 등에 찰싹 달라붙었다.

마루문을 활짝 열어놓은 채 남편의 고무신, 뒷굽이 닳아 뒤꿈치를 눌러 집에서 신는 하이힐, 슬리퍼 등을 조금 난잡하게 보일 만큼 흩뜨려놓았다. 문을 밖에서 잠글 수 있는 장치가 되어 있지 않았다. 찌익 세게 바깥 쪽으로 당길 즈음 세 집 건너 경사면의 막바지에 있는 교회당에서 댕강댕강 종이 울렸다.

담 밖으로 늘어진, 이제는 이파리만 무성한 개나리 가지가 이마를 때렸다. 그러자 지난 봄 이곳으로의 이주가 확정되고 난 뒤 처음 복덕방 주인의 오토바이 뒤에 매달려 오던 일이 왠지 아득하게 생각되었다. 봄이라고는 해도 차가운 바람 속에 꿈인 듯 눈

부시게 지천으로 피어 있는 개나리를 보는 순간 어느 정도의 선까지는 양보나 무리도 무릅쓰리라 작정했다. 그러나 흥정이라는 지극히 현실적이고 타산적인 문제에 임해서는, 어느새 축축이 가슴속에 일기 시작한 그리움이라든가 감상 따위 감정적인 움직임은 내색하지 않아야 한다는 것을 알고 있기에 나는 절대로 속임수를 놓치거나 손해는 보지 않겠다는 매운 눈길로 구석구석을 살폈다. 집주인이나 소개업자가 조바심을 낼 만큼 종시 시답잖다는 태도를 지키며 부엌과 마당의 수도를 세게 틀어보고 물사정은 웬만한가요? 하긴 지금이야 아니요, 여름이 되어봐야지. 그리곤 부엌 바닥에 물을 한 바가지 좌악 쏟으며 하수도는 잘 묻혔나요? 낡은 집은 그게 늘 말썽을 부리더라, 집이 낡았군요. 구조가 구식이라 불편하겠어, 저쪽 천장에 얼룩이 진 걸 보니 슬라브에 방수 처리가 안 된 모양이지요? 했다. 그러고는 집을 돌며 금이 간 곳은 없는지 속에 블록을 쌓았는지 벽돌을 쌓았는지 두드려보고 가볍게 발로 차보기도 했다. 그러면서 속으로는, 이쪽은 볕이 바르니 쓰레기통을 없애고 대신 모래를 서너 리어카 끌어다 모래 놀이터를, 이쪽 등나무 그늘에는 그네를, 미끄럼틀까지 놓으려면 너무 마당이 옹색하지 않을까, 바삐바삐 궁리하고 있었다.

  길은 비탈이 심해, 서두르는 걸음은 아니었건만 등에 매달린 아이는 덩달아 숨찬 소리를 내었다.

  또 나가세요?

  이틀이나 사흘거리로 콩나물 두부 따위를 사는 동안 낮이 익은 부식가게 주인 남자가 시든 야채에 물을 뿌리며 알은체를 했다.

네, 애가 보채서요.

하나마나한 대꾸를 하며 재빨리 골목을 꺾었다. 좁은 골목을 택시가 한 대 비비대며 들어오자 길을 막고 말타기놀이를 하던 아이들이 우르르 흩어졌다.

국기 하기식이 있겠습니다.

키 높은 포플러의 줄기에 까치집처럼 높이 매달린 스피커에서 녹음 테이프에 입힌 애국가가 흘러나오자 술이 달린 교모를 쓴 초등학생 두엇이 멈추어 서서 오른손을 심장 부위에 대었다. 스름스름 펄럭이며 내려오고 있을 국기를 찾아 두리번거리는 사이 합창은 끝이 나고 학생들은 약간 경직된 걸음걸이로 다시 걸어갔다.

올해의 꽃을 마지막으로 아카시아 숲을 없애고 불도저로 밀어붙여 공지가 된 언덕에서 포크레인이 사분원을 그리며 움직이고 어깨를 드러낸 러닝 셔츠 바람의 아이들이 멀찍이 빙 둘러서서 얼굴을 반짝 쳐들고 왼쪽 둔덕에 쌓은 흙을 오른쪽 구덩이로 옮기는 그 단조로운 작업을 매양 탄성을 지르며 보고 있다. 허리가 완전히 기역자로 굽은 노파가 지팡이를 짚고 태엽이 다 풀린 자동 인형처럼 선 자리에서 흔들리고 있다. 골목을 가로지르려는 의도였으나 늘 그러하듯 내가 저녁 산책에서 돌아올 때까지 몇 걸음도 떼어놓지 못한 채 그 언저리에 있을 것이다.

버드나무 가로수 아래에서 아이들이 배드민턴을 치고 있었다. 깃털 달린 공이 새처럼 히뜩히뜩 날아올랐다.

늦봄 내내 버드나무는 꽃가루를 분분히 피워올리고 시 당국은 특히 온 시에 만연하고 있는 눈병에 대해 경고했다. 아침에 밥을 지으러 부엌에 내려갈 때마다 문의 틈서리로 날아들어와 부뚜막에 자우룩이 깔린 그것을 나는 민들레 씨라고 생각했었다. 마당에도, 꼭꼭 문을 닫아놓은 마루에도 빛처럼 스며들어와 약한 바람에도 솜뭉치처럼 뭉쳐 불려다녔다. 나는 아이를 무릎에 눕히고 머리칼 속에서, 귓속에서, 발가락 사이에서 그것들을 찾아내었다. 택시와 버스, 그리고 드물게 군용 차량들이 지나갔다. 차가 지나칠 때마다 손을 내두르고 소리치는 아이의 엉덩이를 투덕거리며 천천히 찻길을 따라 걸었다. 삼대 질서 운동의 현수막이 걸린 로터리부터 백 미터 정도 거리의 삼거리까지가 정해진 코스이다. 농약 판매점부터 시작해서 간이 음식점, 간이 주점, 막국수집, 여관, 문방구를 지나 시장께로 들어서는 모퉁이에 자리잡은 소설 대본집에 이르면 저녁 산책은 끝이 나는 것이다. 이 길은 내가 이 도시에서 확실히 알고 있는 유일한 길이기도 했다. 그 길을 따라 서너 차례 오가며 아이에게 단편적인 이야기를 지껄이거나 노래를 부르거나 때로는 멈춰 서서 차들을 바라보는 사이 아이는 잠들고 나는 모기를 피해 서둘러 돌아가는 것이다.

아이는 잠들 기미를 보이지 않았다. 낮잠이 길었나보다.

동민 여러분께 알려드립니다. 잃어버린 아이를 찾습니다. 나이는 4세, 여아로서 청색 반바지에 분홍 줄무늬가 든 티셔츠를 입고 분홍색 샌들을 신고 있습니다. 보호하고 계신 분은 즉시 동사무소에 연락 바랍니다. 다시 한번 알려드립니다.

나는 등에 업힌 아이의 드러난 팔과 다리를 힘주어 한차례 주물렀다. 아이의 몸은 축축하고 끈끈했다. 거리의 모퉁이로부터 연기처럼 흐리게 어둠이 밀리고 있었다.

아, 사모님이 웬일이세요?

마악 닿은 버스에서 내린 키가 구부정한 청년이 반색을 하며

꿈꾸는 새 159

다가왔다. 나는 애매하게 웃으며 청년을 마주 바라보았다.
저 이교수 댁 이사오실 때 가뵌……
이삿짐 옮기는 것을 도와주러 왔던 남편의 학교 학생들 중의 하나일 거라는 데 생각이 미쳤다.
그땐 정말 고마웠어요. 집이 이 부근인가요?
아닙니다. 친구 녀석 집엘 가는 길이에요. 교수님은 댁에 계신가요?
웬걸요, 학생들을 데리고 남쪽 도서 지방으로 떠나신 걸요.
낯선 곳에서 적적하시겠군요.
아이가 한시도 떨어지질 않는데 적적할 겨를이나 있나요! 저녁마다 나가자고 보채는 바람에 일없이 이렇게 나와 있는 걸요.
나는 차에 정신이 팔려 있는 아이에게 안녕, 빠이빠이를 서너 차례 시도하다 실패한 후에야 청년을 떠나보내었다. 청년의 모습이 길의 모퉁이를 꺾어 사라지자 나는 느릿느릿 그의 뒤를 따라 걷기 시작했다. 소설 대본집을 지나면 전혀 발을 디뎌본 적이 없는 미지의 땅이다. 나는 먼지 낀 유리문 안쪽에 조잡하게 진열된 무협소설들의 표지를 읽어나갔다.
뭘 찾으세요?
가게 앞에 의자를 내놓고 앉아 부채질을 하고 있던 남자가 몸을 일으켜 다가왔다.
구경 좀 할까요?
예, 좋습니다.
나는 열린 문으로 고개를 들이밀어 헌 잡지, 만화책, 싸구려 소설들을 훑어보았다.
헌 잡지들도 취급하시는군요, 사기도 하세요?

물론입지요. 책이 더러 있으십니까?

더러가 뭐예요! 한 방 네 벽을 모두 채운 걸요. 팔고 싶진 않지만 여간 짐이 되어야 말이지요. 이사할 때마다 곤욕을 치른답니다.

남편은 처분해버리라고 하지만 차마 그럴 수가 없었어요. 전부 제가 중고등학교 다닐 때부터 다락 속에 있던 것이거든요. 특히 비가 오는 일요일 같은 때 다락에 기어올라가 주섬주섬 읽다 보면 뜻밖에 충격이나 영향을 받는 글들과 더러 만나게 되지 않아요? 제 경우엔 그랬답니다. 아직 갓난아이지만 그래도 자라나는 아이이니 왜 그런 날들이 없겠어요! 이애를 생각해서라도 쉽게 팔아버릴 수가 없어요! 그런데 남편은 이애의 청소년기의 어느 무료하고 비 오는 날을 위해 우리가 앞으로 이십 년을 이 책더미들을 끌고 다녀야 하느냐고 하면서 화를 내요.

책이란 정말 중요한 겁니다. 그 책들을 파실 의향이 있으시면 곧 리어카를 가지고 가지요. 돈으로 치면야 형편이 있습니까. 더구나 묵은 잡지들이란 파지밖에 안 되니……

아니에요, 남편이 돌아오면 다시 상의해서 나오겠어요. 막상 말대로 팔아버리고 나면 또 무어라고 할지 모르지 않아요?

대본집 주인은 다시 의자에 앉아 러닝 셔츠 속으로 바람을 들여보내었다.

로터리를 두고 길은 곧게 네 갈래로 뻗어 있었다.

나는 발 밑에 있는 조그만 돌멩이를 발부리로 가볍게 찼다. 조그만 돌멩이가 핑그르르 돌며 날아가는 방향을 따라 길을 건넜다. 길을 건넌 후 다시 돌아오게 될 한 시간쯤 후를 위해 서 있는 곳에 위치한 은행의 이층 건물을 목표로 설정했다.

낮에 교수부인회로부터 편지가 왔다. 남편에게서 그러한 단체가 있다는 말을 들은 적이 없던 탓에 나는 약간 의아해하며 봉투를 뜯었다.

월례 모임과 삼대 질서 운동에 관한 강연 안내와 함께 특히 이번 학기에 새로 부임한 전임 강사급 이상 부인들의 환영식이 있겠으니 꼭 참석해달라는 내용이었다.

정회원, 명예 회원, 신입 회원으로 나누어 타이프로 친 명단의 끄트머리에 볼펜으로 끼워 써넣은 내 이름이 보였다.

나는 남의 필적으로 적힌 내 이름을, 채집 여행을 떠나기 전 남편이, 이젠 테니스를 좀 해야겠어, 보너스를 타면 먼저 테니스 용품부터 구비해야지, 당신은 어때? 하는 말을 들을 때처럼 싫은 생각도 없이, 그러나 별관심도 없이 멍하니 들여다보았다.

남편을 따라 남편의 부임지인 이곳에 오기 전에 나는 소도시의 생활을 은근하게 끓어오르는 소음과 햇빛, 그리고 그것을 고즈넉이 가라앉히며 찾아드는 저녁 무렵의 쓸쓸함과 호젓함이 주는 정다운 감정으로 그려보곤 했었다. 그러나 이사온 지 거의 석 달이 되어가는 지금 나는 조금도 이 도시에 익숙해져 있지 않았다. 싱싱한 물도, 공기도, 자외선이 강한 햇빛도 입 안의 모래처럼 서걱거렸다.

그것은 어쩌면 길들여지지 않겠다는 마음의 반작용인지도 몰랐다. 갑자기 이유 모를 불안감으로 가슴이 후드득거린다거나 일없이 비어 있는 이방 저방을 열어보거나 공연한 입맞춤으로 아이의 잠을 깨운다거나 끊임없이 발소리를 내어 쿵쿵거리고 마당께를 서성이며 큰 소리로 떠들어대는 것은 단순히 낯선 곳에서의 서먹함 때문만은 아니라는 것을 나는 알고 있었다.

나는 그늘이 모두 벗겨지고 시멘트가 달아오르는 한낮을 빼놓고는 거의 종일을 옥상에서 보내었다. 비가 내린 다음 날이면 도시는 말갛게 씻겨 마치 건축학도가 출품한 새로운 시의 건립을 위한 모형도 같았다.

나는 아이를 업고 서성이며 생각나는 대로 노래를 부르거나 한 시간 간격으로 떠나고 닿는 기차를 안 보일 때까지 눈으로 쫓곤 했다.

식물 분류학을 전공하는 남편이 그의 과 학생들을 이끌고 도서 지방의 채집 여행으로 집을 비우고 있는 동안 나는 옥상 끝에 서서 저무는 시가지를 바라보다가는 종내 아이를 들쳐업고 찻길로 나와 저녁 시간을 보내었다.

나는 멈춰 서서 내가 가고 있는 곳이 옥상에서 내려다보던 시의 어디쯤에 위치하는가 생각했다. 가로수 길은 어느새 끝나고 상가가 즐비한 번화가에 들어서고 있었다. 나는 아이를 위해 등신대의 마네킹이 서 있는 양장점, 여자용의 액세서리 등이 진열된 가게의 유리문 바깥에 한참씩 머물렀다.

날이 이미 꽤 어두워져 어디선가 날아온 날벌레들이 진열장의 형광등을 향해 유리 밖에서 헛되이 몸을 부딪치며 떨어져내렸다.

나는 줄곧 내게 힘은 사라지고 헛된 정열만이 남아 있는 것이 아닌가, 또한 내가 진실로 원하는 것은 사랑인가, 성인가, 소멸인가를 자문하곤 했다. 대답은 모두일 수도, 전혀 아무것도 아닐 수도 있다는 것이 나를 초조하게 만들었다. 부인은 얼마나 행복할 거냐고 사람들이 퍽 부러워해요. 나는 이웃집 여자의 말투를 흉내내어 중얼거렸다.

나는 기실 행복이나 불행에 대해서는 어떠한 형태로, 방법으로 이야기되어도 과장일 수밖에 없다고 생각하는 축이었다.
아이는 단음절의 알지 못할 외침을 내지르거나 주먹으로 내 등을 두드리며 발버둥을 치는 것으로 낯선 곳에 대한 흥분과 놀람을 나타내었다. 시장 거리였다. 아이들은 백화점의 회전문에 갇혀 빙빙 돌아갔다. 백화점 안은 더웠다. 점원은 출구에서 껌 하나와 수소를 넣은 풍선을 주었다.
신장 개업입니다. 많이 이용해주세요.
나는 껌을 까서 입에 넣고 아이의 팔목에 풍선끈을 매주었다.
애정이 시간을 지배할 수 있을까. 시간에서 해방시킬 수 있을까. 아이의 얼굴에 떠오를 한번의 웃음을 위해, 단음절의 외침을 위해 열 번을 울어보이고 스무 번을 웃어보이며 나는 이 아이도 곧 내게서 떠나리라는 것에 괴로워했다. 그러나 이것 역시 사랑의 허구가 아닐까. 우리가 갖고 있는 것은, 보고 있는 것은 진실의 환상뿐이 아닐까. 믿고 싶은 것밖에는 믿을 수 없는 것이 아닐까.
이건 먹는 게 아니니까 입으로 빨면 안 돼. 펑 터지는 날에는 죽고 말아요. 옳지 그렇게 흔들어봐, 근사하지?
아이의 머리가 등뒤에서 맥없이 흔들렸다. 아이들은 믿을 수 없을 만치 쉽게 잠에 빠져든다.
시장을 벗어나 이젠 돌아갈 요량으로 건널목을 찾아 두리번거리다가 나는 문득 눈을 가늘게 떴다. 언젠가 한번 와본 듯 낯익은 거리였다.
나는 얼굴을 찡그리며 기억을 더듬었다. 나지막한 건물들을 따라가면 광장이 있었지. 아마 참전비가 있었을까. 또 광장을 돌아 꺾어져간 곳에 군용 비행장이 있었지. 반짝 기억이 되살아났다. 몇 해 전인가 오래 전에 돌아간 시모의 면례를 위해 나는 남편과 함께 이 도시에 왔었던 일이 있었다. 그때 바로 이 길을 지나 당숙모를 찾아갔던 것이다.

오대조 할아버지 때부터 이 소도시에 자리를 잡았다는 시가는 선산이 이곳에서 그다지 멀지 않은 곳에 있었다. 그러나 어느 대에서인가 종가에 자손이 귀한 것은 선산이 무자산이어서 그렇다는 점괘에 따라 여러 해에 걸쳐 묘를 옮기고 마지막으로 조모와 시모의 면례를 치르려던 참이었다. 모두 내가 결혼하기 전의 일이었고 시가가 이곳을 떠난 것은 벌써 십여 년 전의 일이었기에 나로서는 선산이 있다는 말만 들었을 뿐, 첫걸음이었다. 광장을 지나 길을 건너지 않고 왼쪽으로 난 길을 따라 얼마쯤 가서 꺾어지는 골목에서 남편은 당숙모를 위해 조금 싼 담배를 한 보루 샀었다.

나는 잠든 아이를 훌쩍 추스리고 자신있는 걸음을 내디뎠다. 못 찾으면 되돌아오지 하는 뱃심이었지만 그때의 그 집을 쉽게 찾을 수 있을 것 같았다. 매일 옥상에서 내려다보는 동안 도시는 내 의식 속에 몇 개의 로터리를 중심으로 이어진 곧은 길과 시장, 몇 굽이의 골목, 약방, 우체국, 은행 등의 낮은 건물로 이루어진 간단한 구도로 손바닥만하게 축소되어 있었다. 나는 남편이 담배를 샀으리라고 짐작되는 구멍가게를 끼고 골목으로 접어들었다.

그때 이미 일흔이 넘어 있던 당숙모는 아들 내외가 타지에 나가 해물 장사를 하고 있었던 탓에 손자를 데리고 집을 지키고 있었다. 우리가 들어선 것은 꽤 밤이 늦어서였는데 그녀는 불도 켜지 않은 채 마루에 앉아 담배를 피우고 있었다. 남편이 얼마 전에 잔치를 치른 처라고 큰 소리로 말했다. 내가 큰절을 하자, 그녀는 주름투성이의 얼굴로 호호 웃었다. 굳이 마다해도 당숙모는 저녁 밥상을 차려왔고 우리는 흐린 불빛 아래 드문드문 흰 머리칼을 골라내며 밥을 먹었다.

너무 늦은 시간이 아닐까 잠깐 주춤했으나 노인네들은 잠이 없다는 통념으로 간단히 망설임을 지워버렸다. 그때도 우리는 노인의 밝은 잠귀를 꺼려하며 이불 속에서 마치 허물을 벗듯 몸을 비비대며 가만가만 옷을 벗었다.

골목은 기억 속에서보다 훨씬 좁고 길었다. 잠든 아이에게서 따뜻한 체온이 전해졌다. 아흔다섯 수를 누린 시조모도 환갑 후 이내 돌아갔다는 시모도 백골로 남았다. 두개골을 들어올리는 순간 아직 검은 머리타래가 풀썩 떨어져내렸다. 딸들은 울고 아들들은 굳은 표정으로 그들에게 살과 뼈를 나누어준 이를 창호지에 담았다. 돌아앉아 파헤친 봉분을 들여다보는 당숙모의 등 너머 희게 핀 산목련을 바라보며 나는 아득한 눈길로 내가 묻힐 곳이, 그리고 장차 내가 낳을 아들들이 묻힐 곳이 어디쯤일까를 더듬었다.

내 기억에 남아 있는 것은 길고 어두운 골목, 공동 우물, 일각대문 마루 끝에서 보이던 시가지의 불빛, 새벽빛에 부드러운 녹색으로 일렁이며 떠오르던 대추나무 이파리가 전부였다. 나는 가끔씩 멈추어 서서 마치 주머니 속에서 손거울을 꺼내 얼굴을 비춰보듯 기억에 투영된 골목의 특징을 찾았으나 다만 어둡고 길었다는 느낌만이 남아 있을 뿐이었다. 골목은 둘로 갈라졌다. 남편을 따라 조금씩 숨이 차하며 오르던 기억이 어렴풋이 살아나 오르막길을 택하기로 했다. 가로등이 없어 집집에서 흘러나오는 불빛에 의지할 수밖에 없었다. 자칫 고꾸라질 듯 발 밑은 어두웠다. 등에 매달린 아이의 무게로 종아리가 팽팽하게 당겨왔다. 공동 우물은 어디쯤일까. 시골도 아닌데 공동 우물이 다 있네요. 아마 빈 우물일 거야. 밤눈이 어두워 자주 헛발을 짚는 내게 손을 내밀며 남편은 말했었다.

 이렇게 높은 곳에 우물이 있을 리 없지. 나는 되돌아 길을 내려왔다. 골목이 갈라지던 지점에서 이번에는 다닥다닥 붙은 집들 사이로 옹색하게 난 길로 접어들었다. 길은 어깨폭밖에 되지 않아 나는 등뒤에서 맥없이 구르는 아이의 머리가 담에 부딪히지 않도록 잔뜩 어깨를 구부렸다.

 좁은 길이 끝나고 갑자기 앞이 트이며 나타난 꺼멓게 웅크린 것이 우물이라는 것을 알기에는 조금 시간이 걸렸다. 주위에는 잡초가 거의 우물 높이만큼 자라 있어 우물은 마치 위장된 초소처럼 보였다. 우물은 아마 오래 전부터 쓰여지지 않고 버려둔 것 같았다. 밤이 되면 빈 우물 속에서 박쥐나 참새떼가 잠을 잔다지. 우물곁 텃밭 주위로는 어깨 높이까지 자란 옥수수가 서걱거렸다. 나는 문득 뒤를 돌아보았다. 내가 지나온 좁은 골목은 어둠 속에 묻혀 보이지 않았다. 나는 알지 못할 두려움으로 아이를 흔들어 깨웠다. 옥수수 이파리가 얼굴을 스치자 아이는 투정하듯 몇 번 끙끙거리고는 다시 등에 얼굴을 묻었다. 나는 손을 더듬어 마악 영글어가는 단단한 옥수수를 잡아 떼어 우물 속으로 집어던졌다. 그리고는 빈 우물에서 퍼덕이며 날아오는 날갯짓 소리를 기다렸다. 잠시 후 우물 속으로부터 툼벙, 약하고 둔한 소리가 들려왔다. 텃밭을 끼고 두 갈래로 길이 나 있었지만 이제

내 기억 남은 것은 일각 대문, 대추나무, 그리고 늙은 당숙모뿐이었다. 마루 끝에서 시가지의 불빛이 멀리 보였었지, 나는 비스듬히 비탈진 길을 올라갔다.

길은 거미줄처럼 얽혀 있었다. 막다른 곳에 다다랐다고 생각하면 꼭 한 사람 비비적대며 지나갈 수 있는 길이 숨어 있었다. 내 방향 감각이란 이미 마비된 지 오래였다. 아무 작정도 생각도 없이 뚫린 대로 따라 걸을 뿐이었다. 검은 산의 형체가 낮은 지붕들 위로 우뚜우뚝 다가들었다.

길은 계속 오름세였다. 숲이 가까와 날벌레떼가 귓전에서 바람개비처럼 빙빙 돌았다.

나는 이미 맛을 알 수 없는 고무질의 질긴 껌을 딱딱 소리내며 맹렬히 씹었다. 그러고는 때때로 아이를 불렀다. 잠든 아이는 대답이 없었다. 길 아래 판자로 울을 두른 집의 열린 창문으로 둘러앉아 텔레비전을 보고 있는 아이들의 모습이 보였다. 나는 문득 빈집에서 울릴 라디오 소리와 빨랫줄에 걸린 채 밤의 습기와 이슬에 젖고 있을 아이의 옷가지들을 생각했다. 당숙모의 집으로 가는 길은 물론 내가 여태껏 지나온 길도 전혀 기억할 수 없었다.

나는 골목이 끝나는 곳, 숲이 시작되는 잡풀 더미에 주저앉아 아이를 내려놓았다. 아득히 보이는 시가지의 불빛 건너편 언덕 위, 어두운 하늘을 날카롭게 가르고 교회의 십자가가 보였다. 그리고 그 아래 두 개의 눈처럼 흐린 빛을 담은 창이 이쪽을 향해 있었다. 그 밑 언저리에 우리집이 있을 것이다. 그러나 그것은 아무런 위안도 주지 않았다. 나는 겹겹의 어둠에 갇혀 보이지 않는 아이의 잠든 얼굴을 손으로 더듬었다. 그리고 아이의 드러난

두 발을 모두어 쥐고 뺨에 대었다. 허위허위 올라온 길들은 꼬리를 잘라 흔적을 없애는 도마뱀처럼 재빨리 집들 사이로 숨어버렸다. 대신 연민과 증오와 욕정과 무관심으로 녹여버린 애정이, 지나간 시간들이 눅눅한 공기 속에서 숨쉬고 있었다.
 앞으로의 모든 날들이 그러할 것이다.
 내 앞에 놓인 끝없는 시간들이, 전혀 믿지 않는 것을 믿는 체하며 행복하게 살아야 할 그 지루한 나날들이 함성이 되어 숲을 흔들었다. 나는 문득 이미 죽은 사람을 생각하듯 아이와 남편을 먼눈으로 보는 자신에 공포를 느꼈다. 아이의 팔목에 매달린 풍선이 둥실 떠서 흔들렸다. 나는 갑작스런 두려움으로 아이의 팔에서 풍선을 떼어내었다. 그것은 춤추듯 흔들리며 날아가 이내 어둠에 묻혀 보이지 않았다.
 나는 아이를 다시금 들쳐업고 단단히 띠를 동여매었다.
 비탈을 내려가는 동안 아이는 점차 가벼워지고 나는 종아리에 스치는 잡초의 서걱거리는 소리에도 깃털처럼 가벼워진 아이를 흘려버릴 것 같은 두려움으로 자꾸 잠든 아이의 이름을 불러대었다.

비어 있는 들

나는 팔이 벽에 부딪혀 맥없이 떨어져내리는 서슬에 잠이 깨었다. 아마 잠결에 무엇인가 잡으려는 손짓으로 거칠 것 없는 허공을 헤매었음이 분명했다. 옆자리는 비어 있었다.
"몇 시예요?"
나는 차갑게 식은 빈자리를 손바닥으로 쓸어보다가 문득 성마른 소리로 물었다.
첫 기차 뜨는 소리로 보아 4시 조금 지난 시각일 것이었다. 지난밤의 사나운 빗소리는 들리지 않았다.
마루의 불빛이 방문의 위쪽에 붙은 유리를 통해 방안을 흐릿하게 비추었다.
서성이는 발소리와 함께 유리창을 가리며 남편의 얼굴이 검게 어른대다 사라졌다. 골진 유리에 남편의 얼굴이 터무니없이 커 보였다.
방안을 채운 박명 속에서 아이는 아무렇게나 던져진 듯 잠들어 있었다.

새벽 공기가 선뜻하리라는 생각에 나는 홑이불을 끌어당겨 덮어주며 한쪽 뺨이 이상하게 부풀린 모습으로 엎드려 자고 있는 아이의 얼굴을 물끄러미 바라보았다.

종잡을 수 없는 꿈에서 마치 등을 밀리듯 깨어난 것은 무엇 때문일까. 그는 오늘 올 것이다. 그것은 약속보다 확실한 예감이었다. 그는 한 번도 이곳 내가 살고 있는 작은 도시에 온 적이 없었다. 그러나 나는 종종 예감과 기대로 설레며 새벽을 맞고 밤을 보내었다. 칼날이 스쳐간 자국에서 내배는 피에서도, 성급히 나타난 그해 첫 나비의 서투른 날갯짓에서도, 각질 속에 연한 초록빛으로 숨어 있는 나무의 눈을 보았을 때도, 늦봄이 다 가도록 전선줄에 매달려 누추히 찢겨져가는, 정월 대보름날 어느 가난한 집 소년이 띄워올렸을 종이연을 보았을 때도 그가 오리라는 예감은 한 조각 파편처럼 반짝이며 가슴속 깊은 곳에서 눈을 떴다.

달칵달칵, 낚시 받침대의 조립 나사를 죄는 금속성의 소리, 또한 마루에서 들려오는 서두르는 듯한 발소리를 듣는 사이 예감은 확신으로 바뀌었다. 얼마나 자주 나는 이러한 짙은 예감으로 놀라 잠에서 깨어났던가.

그러나 그토록 절박한 기다림에도 불구하고 공복의 위벽을 적시며 뚜렷한 무늬로 차오르던 바륨 용액처럼 이물감으로 차오르는 감정은 무엇인가. 나는 방문을 열고 마루로 나왔다.

"왜 일어났어?"

마루에 나란히 늘어놓은 낚싯대를 챙기던 남편이 조금 당혹한 얼굴로 돌아보았다.

"나도 같이 가겠어요."

나는 짐짓 선하품을 깨물며 말했다.

남편은 내 말을 잘못 알아듣는 시늉으로 눈을 껌벅거리며 나를 올려다보았다. 내가 한 번도 남편의 낚싯길에 동행한 적이 없었기 때문일 것이다.

"같이 가겠다니까요."

나는 굳이 그럴 필요가 없는데도 고집스럽게 말하고는 남편의 대답을 듣지 않고 방으로 들어왔다.

남편이 신새벽에 낚시를 떠나리라는 것은 뜻밖이었다. 사흘 내내 퍼붓던 비가 어제 아침나절 조금 개는 듯하더니 오후부터 날씨가 다시 사나워져 밤새 비바람이 쳤던 것이다.

나는 방의 전등을 켜고 잠든 아이를 흔들었다. 아이가 짜증스럽게 잠투정을 하며 돌아누웠다. 그러나 나는 끈질기게 아이의 뺨을 토닥이고 어깨를 흔들어 일으켜세웠다. 팬티 위로 조그만 잠지가 비죽 솟아 있는 것을 보자 잠깐 서글픔 같은 것이 가슴을 적셨다.

아이는 눈을 감은 채 한 팔을 내 목에 두르고 시키는 대로 오줌을 누었다.

"괜찮겠어?"

잠에 취한 아이의, 겨를 넣은 인형처럼 무겁게 밑으로 처지는 팔다리에 억지로 옷을 꿰어입히는데 남편이 방안으로 고개를 들이밀며 말했다. 내게보다 아이에게 하는 말이었다. 남편의 눈길이 곧장 아이에게 멎어 있었다. 아이의 꿈을 꾸듯 몽롱한 눈이 불빛에 부신 듯 깜박이며 낯설게 방안을 더듬었다.

마루에 나와서도 마치 방향 지시 계기가 고장난 로봇처럼 벽과 가구의 모서리에 함부로 부딪히며 비틀대는 아이를 나는 좀

잔인한 눈길로 지켜보았다.
　남편은 손바닥만하게 접힌 비옷을 가방에 넣고 우산을 찔러넣은 뒤 무릎까지 차는 긴 장화를 신었다.
　지난밤의 비로 떨어진 나뭇잎들이 질척하게 운동화 바닥에 묻어났다. 날이 희미하게 밝아오고 있었다. 하늘은 짙은 색의 페인트로 칠해진, 앞으로 일어날 비극적 사건 혹은 주인공의 어둡고 음습한 열정 따위를 암시하는 듯한 무대의 배면처럼 비현실적인 색조로 새파랬다.
　새벽 예배를 가는 듯 찬송가를 낀 젊은 여자가 단정히 고개를 숙이고 지나쳤다. 이어 역시 찬송가와 성경책이 들었을 게 분명한 구럭을 든 할머니가 허리를 두드리며 골목의 급한 경사면을 올라왔다. 남편의 고무 장화는 물 속인 듯 절벅거리는 소리로 골목을 채웠다.
　예비군복을 입은 사내 둘이 낮은 소리로 두런대며 엇비켜 지나갔다. 갑자기 교회의 종이 울리고 이어 아우성치듯 높은 곳마다 낮은 곳마다 자리잡은 교회의 종들이 울리기 시작했다.
　업힌 아이는 얇은 옷에 한기가 드는지 내 등에 바짝 몸을 붙이고 목을 끌어안았다. 두어 발짝 앞서가던 남편이 입고 있던 여름 점퍼를 벗어 덧씌웠다. 아이는 다시 잠이 드나보았다. 목에 감긴 팔에 느슨히 힘이 풀렸다.
　낚시 가방을 메고 바구니를 든 남편의 모습이 성큼성큼 앞서 길을 내려갔다. 허리께에 매달린 접는 의자가 그의 허벅지를 일정한 속도로 치며 흔들렸다. 목이 긴 장화는 각반처럼 정강이를 죄고 있어 실제보다 훨씬 키가 커 보였다.
　"첫 차에는 안경 쓴 사람을 안 태운다는데."

큰길에서 택시를 세우는 남편의 곁에 바짝 붙어 서며 나는 배시시 웃었다.
배터에 닿을 무렵 희부윰히 하늘이 밝아왔다. 한결 엷어진 청색의 대기에 두터운 안개층이 느껴졌다. 날이 더울 모양이었다.
나는 선착장 옆의 구멍가게에 들어가 카스테라와 사이다를 샀다.
"여기서 보자니 굉장하더군. 야영하던 패들, 아닌밤중에 벼락을 맞은 거지."
"중도(中島)에선 또 어땠는데…… 물에 잠기기 시작하니까 사람들이 왜가리떼처럼 나무 꼭대기에 올라가 앉았더라고……"
"헬리콥터가 떠서 실어나르긴 하드만 떠내려간 사람도 꽤 있을걸."
노동자인 듯한 사내들이 소주에 삶은 달걀을 먹으며 강 쪽을 향해 고갯짓을 했다.
선착장에는 서너 명의 사람들이 배를 기다리고 있었다.
"어디로 가십니까?"
무료히 강물을 내려다보던 남편이 담배를 피워물며 곁의, 역시 낚시 가방을 멘 중년 남자에게 말을 걸었다.
"글쎄요, 금정리 쪽에 가볼까 하는데 물살이 세서 그쪽으로는 배가 못 뜬다는군요. 댐의 수문을 열었다던가요. 금정리로 가려면 천상 배로 신대리까지 가서 산을 넘어야 할 형편이군요. 어디로 가시게요?"
"글쎄요, 이렇게 물이 흐르고 물살이 사나워서야 어디서나 별 재미를 보겠습니까? 허탕칠 게 뻔하지요. 하지만……"
남편이 말끝을 맺지 않고 반도 안 탄 담배를 물 위로 던졌다.

하지만 굳이 이런 날을 택해 낚시를 떠나기로 작정한 의도는 무엇이었을까. 지난밤 사납게 들이치는 비에 마루 유리문을 닫고 남편은 늦도록 낚싯대를 매만졌다. 나는 습기라도 찰까보아 그러는 게라고 짐작했을 뿐이었다.
"첫 배 뜰 시간이 퍽 지났구먼."
"수문을 열어놓아서 배가 하부리로 돌아온다니까."
빈 리어카에 함지를 얹어 앞세운 아낙네 둘이 발돋움질로 강 건너를 살폈다.
"이러다 배가 안 뜨는 거 아냐?"
그녀들도 강 건너로 푸성귀나 과일을 받으러 가는 모양이었다. 금정리, 신대리, 하부리 등은 강 건너가 초행일 뿐더러 이 고장 토박이가 아닌 내게는 생소한 지명이었다. 더욱이 오늘의 낚시는 예정된 것도 아니었다. 그러나 배가 안 뜰 경우라는 것이 알 수 없는 불안감과 조바심을 자아내게 했다.
아이는 층계에 앉아 사이다를 마시고 카스테라를 씹었다. 방죽에 부딪는 물소리가 거셌다. 물은 탁하고 짙어 거의 들판처럼 보였다.
강의 상류 쪽에서 조그맣게 배가 나타났다. 눈으로는 빤한 거리인데도 배는 거의 움직임을 느낄 수 없을 정도로 천천히 이쪽을 향해 오고 있었다.
배추와 감자, 수박 따위를 실은 리어카와 장꾼들이 내리자 매표원이 기관실 앞에 팻말을 바꿔 걸었다. 신대리.
"산 넘어 가자면 한나절 품인데."
구멍가게에서 삶은 달걀을 먹던 사내가 투덜대며 내 뒤를 따라 배에 올랐다. 행선지가 금정리인 모양이었다.

선객은 별반 없었다. 기관실의 기름 냄새가 역하게 빈속을 뒤집었다.

맞은편에 앉은 아낙네들이 선하품을 깨물며 눈물이 비어져나온 눈귀를 눌렀다. 조금 떨어져 앉은 남편은 누르고 탁한 물에 시선을 박고 있었다. 얼굴이 꺼칠하고 부스스했다. 내 얼굴도 역시 그러리라는 생각으로 나는 얼굴을 쓸어보며 눈길이 가 닿은 곳 기관실 벽에 붙은 구명 조끼와 구명 튜브 사용법이 적힌 푯말을 보았다. 몇 번이고 되풀이 읽고 그림을 보았으나 문어발처럼 늘어진 줄의 어디를 잡고 어디를 죄어야 깊은 물 속에서 떠올려질 수 있는지, 센 물살을 거슬러 살아남을 수 있는지 알 수 없었다. 또한 아무리 배 안을 둘러보아도 구명 조끼나 구명 튜브로 짐작되는 것은 눈에 띄지 않았다.

의자에 올라앉아 물을 내려다보던 아이는 뱃전에 튀어오르는 물보라를 잡으려고 난간을 잡고 배의 바깥쪽으로 깊이 몸을 숙였다. 발끝이 들리자 남편이 사납게 종아리를 잡아내렸다.

"수몰 지구야. 그전에는 동네가 있었다는데 물에 잠기는 통에 지금은 나무뿐이야. 물 때문에 자꾸 침식돼서 머잖아 없어질 거라더군."

남편이 배가 비껴 지나치는, 강 가운데의 밋밋한 둔덕의 포플러 숲을 가리켰다. 포플러 잎을 뒤흔드는 새소리가 어지러웠다. 배는 스치듯 가깝게 섬을 지나쳤다. 나무 뿌리들이 물살에 허물린 땅의 단면으로 지렁이처럼 생생하고 연한 빛으로 드러나 있는 것이 보였다.

숲을 지나자 강의 대안에서 배를 기다리는 사람들이 하얗게 눈에 들어왔다. 바람은 안개에 갇혀 흐르지 않았다. 배가 신대리에 닿자 아이는 깡충걸음으로 뛰어내렸다.
"어디로 가실랍니까?"
배에서 내려서도 줄곧 남편과 나란히 걷던 중년 남자가 산을 따라 난 길이 갈라지는 곳에 멈춰 섰다.
"글쎄요. 애도 있고 하니 적당한 데 자릴 잡죠 뭐. 어차피 오늘 낚시 재미란 뻔한 거니까."
남편이 머쓱하게 웃으며 머리를 긁었다.
"어디로 가는 거지요?"
나는 종종걸음으로 남편을 따라 걸으며 물었다.
신작로를 사이에 두고 오른쪽은 산, 왼쪽은 논과 밭, 그리고 강이었다. 강 쪽을 살피며 두리번거리던 남편이 논둑길로 접어들었다. 봇도랑물 흐르는 소리가 발 밑에서 맑게 들렸다. 논둑길이 갈라지는 곳에서 남편은 잠깐 망설이는 듯하더니 아무것도 심지 않은 빈 밭을 가로질렀다. 흙이 차져서 자꾸 운동화에 무겁게 달라붙었다. 빈 밭을 지나니 파밭이었고 그 아래가 물이었다. 버려둔 걸까, 아니면 씨를 받기 위해 남겨둔 걸까. 더러는 눕고 더러는 썩어가는 굵고 억센 파가 발 밑에서 으깨어졌다.
편편한 자리를 고르던 남편이 파밭에 돗자리를 꺼내 깔았다. 아직 해가 돋지 않아 버드나무와 백양나무의 성긴 그늘이 어느 쪽에 드리울지 알 수 없었다. 아이와 나는 소꿉장난을 하듯 신을 벗고 돗자리 위에 올라앉았다. 그리고는 잠시 무엇을 해야 할지 몰라 무연히 지나온 강께로 눈을 주었다. 강 가운데 섬은 올 해 진 명주처럼 흰 안개가 부드럽게 풀려 흐르고 있어 한층 멀어 보이는 탓에 마치 신기루처럼 보였다.
물가로 내려간 남편은 장화를 절벅거리며 수초를 치고 받침대를 박았다.

　안개 속에 스밀 듯 불그레한 기운이 감돌았다. 해가 돋고 있는 것이다. 새벽의 한기가 갑자기 가셨다.
　강의 맞은쪽. 우리가 떠나온 시는 세 개의 봉우리를 이은 족두리의 형상으로 눈에 잡혔다. 그리고 가운데 제일 큰 봉우리의 이마로 반짝 햇빛이 얹히는 중이었다. 시의 끝, 구릉으로부터 하나의 움직이는 띠가 나타났다. 기차였다. 스르스름 서행으로 진입해오던 기차는 기적을 울리며 사라졌다. 꺼멓게 입을 벌린 굴이 한 토막씩 천천히 기차를 삼켰다. 기차는 산굽이를 돌아서야 모습을 드러낼 것이다. 나는 기차가 사라진 뒤에도 오래도록 시커먼 굴속을 바라보았다. 이 시로 들어오는 첫 기차였다. 나는 아이에게서 그때까지 입고 있던 남편의 점퍼를 벗겼다. 남편은 떡밥을 주먹만큼씩의 크기로 뭉쳐 흐린 물 속에 던져넣고 낚싯대를 연결했다. 찌를 달고, 긴장한 탓인지 입술을 빨며 바늘에 미끼를 꿰었다.
　해가 조금씩 퍼지고 안개가 걷히자 갇혔던 바람이 불기 시작했다. 수면은 비늘처럼 잔굽이로 밀렸다.
　찌가 자꾸 비스듬히 기울어 물에 눕자 남편은 신경질적인 손놀림으로 낚싯대를 채어 미끼를 다시 끼웠다.
　퐁당퐁당 돌을 던져라, 누나 몰래 돌을 던져라.
　벌써 지루해진 아이가 잔돌을 주워 강에 던지며 노래를 불렀다. 남편은 돌아보지도 않고 손을 내저어 아이를 나무랬다. 그러나 아이는 계속 돌을 던지며 갓 배운 노래를 소리 높이 불렀다. 아버지를 무서워하는 아이가 아니었다. 냇물아 퍼져라, 멀리멀리 퍼져라.

나는 아이의 버릇없음에 대해 자주 남편을 비난했다. 그럴 수 없을 때가 곧 오게 되는 거야. 남편은 경구조의 한마디로 늘 아이를 옹호했다.

강의 하류에 위치한 군용 비행장에서 요란한 프로펠러 음으로 떠오른 헬리콥터가 머리를 스칠 듯 낮게 지나가자 아이는 와아 함성을 지르고 만세를 불렀다. 헬리콥터는 완만한 예각을 그리며 시의 북쪽으로 사라졌다. 두번째 기차가 지나갔다.

"몇 시예요?"

나는 물가의 남편에게 고개를 길게 빼어 물었다. 남편의 주의는 온통 찌에 쏠려 있어 미처 듣지 못했는가보았다.

해는 완전히 퍼졌다. 흐린 물에 깊이 침잠한 햇빛은 뿌옇게 미세한 흙가루들을 떠올렸다.

사흘을 내리 퍼부은 비였다.

그는 지금쯤 기차를 타고 있을 것이다. 산은 보랏빛의 어둠을 벗고 밝은 녹빛으로 모습을 드러내었다.

포플러 숲 그림자가 물 속에 잠겼다. 나는 아이의 손을 잡고 논둑길을 걸어갔다. 아이는 맨발인 채 흙의 감각이 좋은지 깨금발로 앞서 뛰었다. 아이의 뜀박질이 자칫 곤두박질을 칠 듯 위태로웠다.

논둑에는 클로버가 많이 피어 있었다. 아이가 한 아름 따온 꽃으로 목걸이를 엮고 조그만 손가락마다 반지를 해 끼우고 양팔에 시계를 채웠다. 아이는 부챗살처럼 손가락을 벌리고 노래를 불렀다. 클로버 줄기에는 진딧물이 끓었다. 풀물인지 진딧물인지 알 수 없는 자국이 손톱 사이에 푸르게 배었다.

"몇 시예요?"

나는 슬픔을 누르고 아이에게 물었다.
"다섯시 십분입니다."
아이는 팔을 높다랗게 치켜올리며 자신있게 답했다. 다섯시 십분, 아이가 만사 젖혀놓고 텔레비전 앞에 매달리는 초능력의 로봇 만화 영화가 시작되는 시간이었다.
알루미늄 컵과 병을 든 아이는 나뭇가지로 발 밑을 헤치며 녹빛의 논두렁 사이로 사라졌다.
바람이 불어 벼가 눕고 다시 일어난 벼 사이로 아이의 노란빛 모자는 저 혼자 떠돌 듯 찰랑찰랑 가볍게 떠서 흔들리며 멀어져 갔다.
한참을 가던 아이가 불안한 듯 돌아섰다. 엄마 여기 있다. 나는 손짓으로 아이를 안심시켰다. 모자 차양이 이마를 가리워 웃는 입 모습만 보였다.
나는 벼포기 사이로 언뜻언뜻 드러나는 아이의 빨간 셔츠를 눈으로 좇으며 물가로 내려가 남편의 곁에 쪼그리고 앉았다. 바구니도, 물에 담가 놓은 어망도 빈 채였다.
"심심하지?"
"아뇨."
짤막하게 대답하고 나는 탐색하는 눈길로 남편의 손을 바라보았다.
봄내 여름내 물가를 찾느라 검게 그을어 투박해 뵈는 손가락이 조심스럽게 날카로운 갈고리에 미끼를 끼웠다.
남편이 언제부터 낚시를 다니게 되었던가, 그닥 오래된 일은 아니었으나 기억이 아리송했다. 어느 날 제시간에 퇴근해서 돌아오는 그의 손에는 한 벌의 낚싯대가 들려 있었다. 그리고 어느 날부터인가 나는 은밀하고 절박한 그리움으로 남편을 떠나고 있었다.
 나는 낚시에 흥미를 느낀 적도, 따라나선 적도 없었기에 남편이 이러한 모습으로 앉아 해를 보내리라고는 상상해볼 수 없었다. 남편 역시 혼자 있는 시간의 내 모습을 알 리 없는 것이다.
 다만 잠결에 보게 되는, 어둠 속을 도둑처럼 빠져나가는 뒷모습과 바구니에 담긴 수초의 비리고 미끈한 감각, 몇 마리의 죽어 있는 물고기, 죽은 물고기의 표피로 내솟는 점액질의 투명한 막, 옷에 묻은 뻘흙이나 민물고기의 핏자국 정도가 내가 남편의 낚시에 대해 알고 있는 전부였다. 뻘흙의 자국은 좀체로 지워지지 않아 빨래에 늘 애를 먹었다.
 발 밑에서 물이 찰싹거리고 운동화가 이내 젖어들었다. 더러운 물거품 속에 싱싱하게 부푼 부레와 아직 선연한 빛의 내장이 밀렸다. 남편이 발로 밀어 물 속으로 흘려보내었다.
 해가 꽤 높이 솟아 있었다. 포플러 숲 그림자가 한결 짧아졌다. 더웠다.
 정수리에 햇빛을 쨍쨍히 받으며 앉아 있는 남편의 머리칼 밑으로, 관자놀이께로 땀방울이 흘러내렸다.
 "통 안 잡히네요."
 "물이 불어서 그래, 물살이 세면 낚시가 안 돼."
 "자릴 옮겨보지 그래요."
 "밑밥을 넉넉히 깔았으니 좀 기다려보지."
 기차가 지나가고 있다.
 "몇 시예요?"
 나는 남편의 팔뚝에 손을 얹으며 물었다.

"열 시 사십오분이군."

기차는 이십 분 연착인 것이다. 그 이십 분이 내게 구원으로 생각되었다. 그는 이십 분 간의 유예를 갖는 것이다. 최소한 이십 분 가량은 헛되이 낯선 거리를 기웃거리며 방황하지 않을 유예. 열린 창마다 사람들이 고개를 내밀고 있었다. 선풍기는 뻑뻑히 목을 꺾으며 힘들게 돌아가고 있을 것이다. 그 끈끈한 바람에 함께 허덕이며 그는 아마 이쪽을 보고 있을까. 한유하게 낚싯대를 드리운 우리를 볼까. 아, 이십 분, 두 시간, 이틀이면 어떠랴, 나는 해〔年〕를 두고 그를 기다려왔던 것을.

나는 줄곧 그를 기다려왔다. 그 기다림은 하도 절박하면서도 만성적인 것이어서 나는 오히려 그것이 생리적, 원천적인 것이 아닐까 생각하고 있었다.

"애는 어딜 갔지?"

남편이 눈으로 기차를 좇으며 물었다.

"개구리를 잡으러 갔어요."

남편이 주머니에서 선글라스와 모자를 꺼내 썼다. 뒷머리털이 모자의 쫌고무줄에 눌려 꼿꼿하고 단단히 목덜미를 덮었다.

짧은 여행이었지만 그는 구겨진 옷과 당혹한 표정으로 어느 정도 나그네의 냄새를 풍기며 역사를 들어설 것이다. 나는 항상 마음속으로 그를 불렀다. 그를 너무 오래 기다려왔으므로 그 기다림에 어떤 장식적 의미, 구체적인 모습 따위는 전혀 떠올릴 수도 설명할 수도 없었다.

정물처럼 앉아 있는 남편의 주위를 햇빛이 유리갑처럼 투명하게 감싸고 있었다. 그래서 남편은 마치 발가벗고 있는 듯한 느낌을 주었다.

남편이 깔고 앉은 등받이 없는 조그만 의자의 알루미늄 다리가 반 넘어 진흙 속에 묻혀 있었다.

타악타악 막대기로 풀숲 치는 소리가 들렸다. 아이가 돌아오는 걸까. 일어나자 남편도 따라서 의자에서 일어났다. 햇빛이 사슬처럼 금속성의 소리를 내며 부서졌다. 남편은 풀숲을 향해 오줌을 누었다. 풀벌레들이 후드득 튀어 날았다. 나는 물가를 떠나 빈 밭을 지나며 둘레둘레 아이를 찾았다.

아이는 보이지 않았다. 밭의 가장이로 쇠비름풀들이 돋아 있었다. 나는 주저앉아 그것을 뽑았다. 무른 땅인데도 뿌리는 연한 이파리와는 달리 불가해한 힘으로 땅속에 얽혀 있었다.

나는 흙 속에 손을 묻은 채 한동안 동물의 내장처럼 싱싱한 빛깔로 견고히 얽힌 뿌리를 바라보았다. 따뜻하고 부드러운 흙이 손가락 사이로 감겨들었다.

신작로 쪽으로 경운기가 한 대 털털거리는 요란한 소리로 지나갔다.

논둑길로 아이가 나타났다. 뺨이 붉게 달아 있었다. 나는 아이를 향해 곤두박질하듯 뛰었다.

"쟤네들이 잡아줬어."

아이가 개구리가 든 컵과 몇 마리의 조그만 풀벌레가 든 병을 내밀었다. 아이의 뒤에는 아이 또래이거나 조금 위일 성싶은 서너 명의 사내애들이 서 있었다. 나는 고맙다고 정답게 말했으나 그애들은 무표정한 눈길로 흘긋 바라보고는 댕그르르 잔돌을 던지거나 막대기로 풀숲을 뒤지며 내 앞을 비켜갔다.

병은 짙은 갈색으로 어두워 벌레가 잘 보이지 않았으나 아이는 후후 입김을 불어넣고 조심스럽게 받쳐들었다.

반바지 아래 거의 허벅지까지 진흙이 묻고 무릎에는 길게 긁힌 상처가 나 있었다. 나는 아이에게 등을 돌려대었다.

아이는 앞서가는 사내애들을 의식했음인지 잠깐 거부하는 시늉을 했으나 그애들이 물가로 내려가 모습을 감추자 잠자코 업혔다.

병 속에서 파드닥거리는 풀벌레의 안타까운 날갯짓, 개구리의 불안한 몸짓이 바로 귀 밑에서 들렸다.

나는 돗자리 위에 올라앉아 아이를 무릎에 안았다. 아이의 눈이 졸음으로 몽롱히 풀렸다.

성근 백양나무 이파리 사이의 햇빛이 아이의 얼굴 위에 내려앉자 아이는 손등으로 눈을 가리며 얼굴을 찡그렸다.

나는 아이의 손에서 병과 알루미늄 컵을 빼내었다. 아이는 빼앗기지 않으려는 듯 손아귀에 힘을 주었으나 곧 손가락에 힘이 풀렸다.

나는 아이를 편편한 자리에 눕히고 막대에 꽂은 우산을 땅에 힘껏 두드려 박았다. 해를 역광으로 받도록 우산을 기울이자 아이의 몸 위로 제법 긴 그늘이 드리워졌다.

남편이 튀어오르듯 벌떡 몸을 일으키며 낚싯대를 잡아챘다. 반짝이는 움직임이 허공을 가르며 싱싱하게 퍼드덕거렸다.

"뭐예요?"

나는 짐짓 호들갑을 떨며 물가로 내려갔다.

"대단찮아, 피라미야."

남편은 시답잖게 대꾸했으나 꼼꼼하게 입 안쪽에 박힌 바늘을 빼내고는 어망에 넣었다.

기차가 지나가고 있다.

"몇 시예요?"

나는 물었다. 남편은 대답하지 않았다. 미끼를 단 낚싯대를 받침대에 걸고 마치 조준하듯 방향을 잡았다. 긴장으로 이마의 힘줄이 두드러졌다. 필시 선글라스 속의 눈꺼풀도 경련하고 있을 것이다.

"역엘 나갔었어?"

담배에 불을 붙여 물며 남편이 지나가는 말처럼 예사롭게 물었다.

"아니요, 아, 아아 나갔었을지도 몰라요."

나는 변명하듯 덧붙였다.

"난 늘 산책을 좋아하는 거 알잖아요. 왜 그래요?"

"버스를 타고 지나가다가 대합실에서 나오는 당신을 본 것 같아."

그것은 어제의 일일까, 그저께의 일일까, 아니면 한 달 전, 혹은 일 년 전의 어느 날일지도 몰랐다.

찌가 약하게 흔들린다고 생각한 순간 남편의 팔이 힘있게 머리 위로 들리고 반짝이는 것이 필사적인 몸부림으로 포물선을 그리며 발 밑에 떨어졌다. 손바닥만한 붕어였다.

수초 위에 사뿐히 앉았던 잠자리 한 마리가 서슬에 가벼이 날아올랐다. 물방울이 튀어 유지(油紙) 같은 날개에 잠깐 무지개가 서리는 듯했다.

낚싯바늘은 목의 안쪽부터 머리를 뚫고 깊이 박혀 있었다.

남편은 살을 찢지 않으려는 노력으로 찬찬히 오랜 시간을 들여 은빛 날카로운 갈고리를 뽑아내었다.

붕어가 한 마리 흰 배를 뒤집고 흘러가고 있었다. 어쩌면 종이 배 같기도 했다.
　물의 압력을 견디지 못해, 아니면 센 물살에 휘말려 죽은 걸까.
　어망 속 피라미의 몸놀림이 둔해졌다.
　입에 거품 방울을 물고 있었다. 남편은 언제부터 낚시를 시작했던가. 내가 그를 기다리기 시작하면서부터? 나는 고개를 저었다. 나는 그러한 감정의 과장, 극적인 형태, 도식으로 설명될 수 있는 모든 것을 혐오했다.
　기차가 지나간다. 해는 더욱 높아졌다.
　포플러 숲은 물 속에 드리웠던 자기의 그림자를 거두었다.
　때때로 나는 이제는 더 이상 젊지 않은 여자로 낯선 저녁 거리에서 울고 있는 아이의, 아니면 눈물 자국으로 얼룩진 얼굴의 사내아이의 손을 잡고 우두커니 서 있는 내 모습을 보곤 했다.
　땅바닥에서 축축이 습기가 올라왔다. 해 가리개를 세웠음에도 아이는 땀을 흘리며 자고 있었다.
　햇빛이 머리칼께에 위태롭게 머물고 성긴 머리칼 사이로 머리 속살이 희게 드러났다.
　"배 안 고파?"
　남편이 물었다.
　"아뇨."
　나는 고개를 젓고는 해 가리개를 옮겼다. 그늘은 벌써 아이의 이마께에서 콧등으로 밀려나고 있었다. 나는 중천의 해 위치를 가늠하고 우산을 똑바로 세웠다. 밝은 산에 가끔 짙은 빛의 얼룩으로 그림자가 드리우는 건 구름이 흐르기 때문일 것이다.
　썩어가는 파냄새가 유황내를 풍기며 피어올랐다.

겨드랑이와 정강이로 땀이 흘렀다. 남편의 남색 티셔츠 겨드랑이 부분도 펑 젖어 있었다.

아이가 몸을 뒤채며 눈을 떴다. 그리고 잠깐 낯설고 서러운 눈길로 나를 바라보았다.

잠에서 깨어 현실로 돌아오기까지의 어지러운 선회(旋回)에서 빠져나오고자 눈을 깜박이고 두 손으로 허공을 휘저었다.

아이는 컵과 깡통 속을 들여다보았다. 햇빛 아래 방치된 컵 속에서 수분이 말라 건조한 표피로 개구리는 헐떡거리고 쨍 갈라질 듯 뜨겁게 달아오른 병 속에서 풀벌레들은 더 이상 퍼덕이지 않았다.

"이젠 제 집으로 보내주자."

나는 아이의 대답을 기다리지 않고 개구리를 꺼내어 덤불 속으로 던졌다. 아이의 얼굴이 분노와 적의로 일그러졌다.

아이가 울음을 터뜨리자 남편이 아이를 불렀다. 나무 이파리로 피리를 만들어 삘릭삘릭 불고 어망을 열어 비스듬히 누운 피라미와 힘겹게 입질을 하는 붕어를 보여주었으나 아이는 종내 시무룩한 얼굴이었다.

기차가 허덕이며 지나갔다.

"몇 시예요?"

"벌써 두시가 넘었군."

아, 나는 뜻 모를 탄성을 낮게 내뱉으며 맞쥔 손을 비틀었다.

"너무 더워요. 이젠 돌아가요. 애가 몹시 힘들어하는 것 같아요."

남편의 눈은 이미 찌의 움직임에 머물러 있지 않았다. 나는 남편이 내 말을 거의 듣고 있지 않음을 알 수 있었다. 남편의 눈은

비어 있는 들 187

두꺼운 선글라스 속에 숨어 안타까움으로 끊임없이 비틀리는 내 손의 안간힘을 보고 있었다.
　그는 땀과 먼지에 젖어, 단조롭고 특징 없는 거리를 헛되이 헤매고 있을 것이다. 줄곧 물처럼 흐르는 땀에도 불구하고 살갗 밑에 한기가 드는 것 같았다.
　비행기가 괴조(怪鳥)처럼 낮게 떠서 머리 위로 날았다.
　아이는 만세를 부르지 않았다.
　배들은 드문드문 엇갈려 강을 가르며 지나고 강 가운데 포플러 숲에서 흰 새떼가 날아올랐다.
　"이젠 돌아갑시다."
　남편은 낚싯대를 접었다. 나는 말없이 돗자리를 걷고 우산을 접었다.
　우리는 올 때처럼 빈 밭을 가로질렀다. 새벽에 남긴 남편과 내 발자국이 꾸들꾸들 말라가는 흙 속에 작은 균열을 보이며 찍혀 있었다. 흰 마스크를 쓰고 논에 약을 치던 늙은 농부가 밭을 건너오는 우리를 물끄러미 바라보았다.
　분무기에서 뿜어져나오는 농약의 흰 입자들이 녹빛의 기름진 이파리에 묽은 액체로 흘러내렸다.
　그는 이제 더 이상 낯선 거리에서 머뭇대지 않고 돌아갈 차비를 할 것이다. 저물녘이면 그가 떠나온 곳으로 돌아가 불 밝힌 식탁에 앉으리라.
　선착장에는 사람들이 둥글게 몰려 있었다. 거적에 덮인 시체는 방죽의 화강암 포석 위에 반듯이 누워 있었다.
　거적 밖으로 흙 묻은 머리칼과 발이 비죽 드러났다. 강물은 둔하고 단조로운 소리로 연안을 핥았다.

아이는 호기심과 두려움으로 사람들 틈에 고개를 내밀고 물러설 듯 다가설 듯 멈칫거리며 시체에서 눈을 떼지 않았다.
 남편은 아이의 어깨에 손을 얹고 사람들의 무리에서 비켜섰다.
 "남자군, 몇 살이나 되었을고."
 "낚시꾼이래, 시내 사람인 모양이지."
 익사체의 한 발은 거의 물에 잠겨 농구화의 뻘흙을 물살이 상기도 씻어내고 있었다. 한쪽은 조금 부은 듯 푸른 기가 도는 맨발이었다.
 익사체는 햇빛 아래 불가사의한 모습으로 조용히 누워 있었다.
 나는 늘 기다렸다. 깊은 밤 어두운 하늘을 보며 살별이 떨어져 내리기를, 가슴에 흘러들기를, 이승에서는 결코 이룰 수 없는 그리움처럼 그를 기다려왔다.
 "배를 기다리는 거예요. 배에 실어 지서로 옮겨야 하니까요."
 "염천에 시체 치우기 욕보네."
 "이 노릇도 못 해먹을 노릇이에요."
 앳되 보이는 경찰관이 얼굴을 돌리며 침을 뱉었다.
 "사람 죽은 게 시체지 별건가."
 멀찌감치 물러서 강의 상류 쪽을 보던 늙수구레한 경찰관이 달관한 어조로 말했다.
 배가 닿고, 배에서 내린 사람들이 익사체 주위로 또 한 겹 둥글게 진을 쳤다. 앳된 경찰관이 배에 올라가 바닥에 미리 시멘트 부대 종이를 두둑이 깔았다. 경찰관 세 사람에 의해 익사체는 물 먹은 판자쪽처럼 무겁게 휘며 거적째 들어올려졌다.

비어 있는 들 189

익사체가 배로 옮겨진 다음에도 사람들은 그 자리에서 무언가 찾아내려는 듯 집요한 눈길을 거두지 않았다.

포석에 젖은 물기로 익사체의 형체가 남아 있었다. 그러나 이내 뜨겁게 달아오른 화강석 바닥에 물기는 스미며 더러는 수증기로 피어오르며 그의 형태는 변형되고 무너지고 사라졌다.

그는 외계인처럼 사라졌다. 배는 벌써 포플러 숲을 돌고 있었다.

발동선 소리에 놀란 새떼가 포플러 이파리를 흔들며 하얗게 날아올랐다.

신대리 선객과 짐을 실어갈 배는 좀체 오지 않았다. 사람들은 자기와는 무관한 익사체 때문에 공연히 한차례 배를 기다리게 된 것에 투덜대었다.

무료해진 아이는 바구니 속을 들여다보았다. 수초와 죽어가는 물고기의 몸에서 풍기는 비린내. 몇 마리의 붕어와 피라미는 죽어 있었다. 물 마른 곳에서 퍼덕이다가 함부로 떨어뜨린 비늘이 수초에 묻어 무의미하게 반짝거렸다.

아이와 나란히 머리를 맞대고 바구니 속을 들여다보던 남편이 그 중 작고 비늘이 많이 떨어진 피라미 두 마리를 집어올려 강물에 던졌다. 그것은 하나의 점으로 느릿느릿 흘러가다 이윽고 시계에서 사라졌다.

아이는 선착장 방죽에 올라앉아 발장난을 치고 있었다. 볼품 없이 가느다란 다리는 진흙으로 얼룩져 더럽고 무릎의 상처에는 굳은 피로 꺼멓게 딱지가 앉아가는 중이었다.

남편은 선글라스를 벗고 눈가를 닦았다. 남편의 시선이 줄곧 아이에게 향하고 있었다.

나는 그러한 정경을 냉정하게 바라보았다. 나는 마치 짐승이 새끼를 품듯 감상이나 의지와는 무관한 본능적인 애정으로 목이 메이면서도 가끔 아이에 대해 이상할 만큼 차가워지는 자신에 당황하곤 했다.

아이가 차츰 우리를 배반해갈 동안 우리는 아이로 인해 다투고 절망하고 화해하게 되리라.

나는 아이에게 다가갔다. 아이의 손목에는 아직까지도 시든 클로버의 꽃시계가 감겨져 있었다.

"몇 시예요?"

나는 아이의 섬세한 목에 팔을 두르고 절망적으로 물었다.

아이가 가벼운 손짓으로 나를 밀어내며 손목을 눈 가까이 들어올렸다.

"다섯시 십분."

別 辭

　찬물에 담갔던 삶은 달걀들을 건져, 냉장고에서 꺼낸 참외 몇 개와 함께 구럭에 넣고 마당으로 내려서려다 정옥은 마루의 유리문에 기대어 잠깐 눈을 감았다. 낫질이 가지 않아 더부룩이 자란 잔디밭에서, 클로버 따위 잡초를 뽑고 있는 박박 깎은 알머리의 아버지를 보는 순간 뜰을 두른 울짱이 아득히 멀어지며 그 등 뒤로 투명하게 움직이는 어떤 모습을 보았기 때문이다.
　눈을 뜨자 그것은 순간적인 현기증처럼 사라졌다.
　부피가 느껴지는 농밀한 정적 속에 돋을새김으로 명료한 아버지의 모습이 눈에 잡혔을 뿐이다.
　봄빛살처럼 눈을 찌르고 사라진 그것은 형체도, 질감도 느껴지지 않는, 다만 무언가 움직인다는 이편의 감각에 지나지 않았으나 정옥은 그때 문득 자신을 이곳으로 이끈 갑작스런 충동의 실체를 본 느낌이었다.
　무엇을 본 것일까. 단순히 햇빛에 피어오르는 수증기의 가시 (假視) 현상인가, 잡초를 뽑는 일과는 무관하게 멀리 가 있는 듯

홀연한 모습 뒤에서 지배하는 보이지 않는 손, 보이지 않는 힘을 본 것일까.

정옥은 시선의 착각을 일으키게 했을 조그만 움직임이라도 찾아보려고 눈을 가늘게 뜨고 뜰을 내려다보았다. 그러나 아버지의, 자세히 지켜보아야만 알 수 있는 굼뜨고 무심한 팔굽의 움직임 외에는 나뭇잎 끝을 스치는 바람의 한 올도 느껴지지 않았다. 아버지는 그만한 움직임도 힘에 겨운지 땀으로 달라붙은 모시 등거리 위로 등의 죽지뼈가 앙상하게 드러났다.

때때로 예기치 않은 순간에, 그러나 친숙하게 찾아오는 이 느낌의 정체는 무엇일까.

어제도 그랬다.

차 안에서 잠들어버린 아이를 업고 대문을 들어서자, 어두운 마루에서 텔레비전을 보고 있던 어머니가 뛰어나오며 아이를 받아 안았다. 그때 정옥은 마루 앞에 놓인 안락 의자에 웅크린 형체를 보고, 아버지라는 것을 알면서도 팬시리 가슴이 섬뜩해지며 살갗을 차갑게 훑고 지나가는 친근하고 돌연한 느낌에 당황했던 것이다.

해가 저문 지 꽤 오래인데도 아버지는 상반신을 조금 내민 자세로, 한창 피고 있는 장미꽃 향기로 더욱 어두운 뜰의 한 귀퉁이를 응시하고 있었다.

"왜 불도 안 켜시고…… 모기 물어요, 들어오세요."

정옥은 안락 의자 등받이에 손을 대며 말했다.

"물것들이 하도 꾀어서 당할 수가 없구나."

어머니는 손바닥으로 연신 종아리며 팔뚝의 드러난 맨살을 철썩철썩 내리쳤다.

밤공기는 무덥고 꽃가루 분분히 날리듯 농밀하고 달짝지근해서 질식할 것만 같았다.
"주무시는 거 아네요?"
봄부터 가을까지 덩굴따라 줄곧 피고 지는 꽃향기로 끈끈하고 무거운 어둠을 밀어내려는 안간힘에 목소리가 조금 높아졌다. 어머니가 텔레비전 화면에 눈을 박은 채 고개를 저었다.
한 손을 무릎 위에 얹어 어둠 저편, 결코 보이지 않는 곳을 향해 신호를 보내듯 동그라미 속에 네모꼴을, 그 안에 다시 세모꼴을 집요하게 가두어 의미 없는 도형을 만들며, 아버지는 더욱 두꺼워지는 어둠 속을 물처럼 풀려 고요히 흐르고 있었다.
아이는 대추나무를 흔들어 설익은 열매를 털고 있다. 반짝 쳐들린 아이의 얼굴이 연처럼 당실 떠 보였다.
초인종이 갑자기 찌르듯 울렸다. 틈이 버성긴 울짱의 판자 사이로 충분히 안의 기척을 알기도 하련만 잠시의 겨를도 없이 울리는 소리에 정옥은 슬리퍼를 꿰고 뛰어나갔다.
빗장을 벗기자마자 문이 밖에서부터 거친 힘으로 밀리며 검붉은 얼굴 둘이 바짝 다가들었다. 그들은 문을 닫지 못하게시리 문기둥을 짚고, 온몸으로 열린 틈을 막고 서서 오그라진 손을 내밀었다.
정옥은 잠시 그들을 빤히 바라보았다. 그들은 조막손을 정옥으 눈 가까이 들어올려 내밀 뿐 한마디도 입을 열지 않았다.
"들어오지 말고 거기 있어요."
정옥은 도시 제 것 같지 않은, 목 질린 소리로 말하며 주머니에서 백동전 하나를 꺼내 손바닥 위에 떨어뜨렸다. 그가 정옥의 얼굴을 찬찬히 훑으며 소리없이 웃었다. 민숭한 눈썹께에서 햇빛이 탁탁 튀었다.
"누구냐."
안방에서 어머니가 목소리만으로 물었다.
"문둥이예요."
"갔으면 대문에 물 끼얹고 소금 뿌려라."
정옥은 문둥이가 기대 섰던 대문 기둥에 물을 한 대야 끼얹어 씻어내고 호렴 한줌을 내뿌렸다.
아이는 나무 둥치를 끌어안고 한차례 흔들어댄 후 서너 발짝 물러서서 대추 열매 떨어지는 곳을 가늠하고는 풀숲에 숨은 그것들을 찾아내어 주머니에 넣었다.
울을 타고 뻗어가는 줄장미 덩굴 위로 지나가던 사람의 손이 솟아오르며 흐드러진 꽃가지를 하나 꺾었다.
"준비 다 됐니?"
정옥은 마당으로 내려서는 어머니를 힐끔 보다가 고개를 돌려 배시시 웃었다. 구름 무늬 분홍빛 원피스와 실로 얼금얼금 엮은 여름 가방으로 한껏 멋을 낸 어머니의 얼굴이 화장기로 화사했던 것이다.
"강화 가는 버스 타고 오정리 지나……"
한번도 이켠의 기척에 뒤돌아봄이 없이 무심히 잡초만 뽑고 있던 아버지가 어눌하게 말했다.
"들어가 계세요, 점점 뜨거워질 텐데."
다가가 부축하려는 시늉을 하는 정옥을 아버지는 어서 가라는 손짓으로 뿌리쳤다.
"점심은 식탁에 차려놨으니 거르지 말고 드시우."
나들이가 길어지리라는 암시에도 아버지는 말없이 손만 내저

別 辭 195

었다.

어머니는 양산을 펴들며 눈살을 찌푸려 해의 방향을 가늠했다. 빈틈없이 염색된 어머니의 머리털은 햇빛에 검푸르게 빛나며 한 올의 흐트러짐도 없이 가발처럼 견고했다.

"거지인가?"

그때까지도 골목 안 집들의 초인종을 차례로 눌러대고 있는 문둥이들을 보며 아이가 슬며시 치맛자락을 움켜쥐었다. 정옥은 뚜렷한 의미없이, 실상 자신도 왜 그러는지 모르면서 아이의 머리에 손을 얹었다. 그 손짓을 그렇다는 대답으로 받아들였던가, 겁내지 말라는 뜻으로 받아들였던가, 아이는 더 묻지 않고 앞장서 달음박질을 쳤다.

버스는 붐비었다. 행락꾼보다 장사치로 보이는 아낙네들이 승객의 대부분인 것으로 보아 특별히 휴일인 탓만은 아닌 듯했다. 발 디딜 틈도 없이 비좁은 버스 바닥에 포개져놓인 빈 플라스틱 함지에서는 갯비린내가 풍겼다. 아낙네들의 옷가지에도 머리에도 갯내가 진하게 배 있었다. 정옥은 버스의 시발 지점인 포구를 떠올리며 한차례 이른 장사를 하고 돌아가는 사람들이리라 짐작했다. 그곳에는 서해의 작은 섬으로 떠나갈 배들이 갈매기, 창랑(滄浪), 금파(金波) 따위 낭만적인 이름을 달고 기름 냄새 속에 정박해 있는 것이다.

거침없이 높은 목소리로 빠르게 지껄여대는 아낙네들의 말투가 귀에 설었다.

정옥은 밀리지 않으려고 애를 쓰며 출입구 가까운 좌석의 등받이를 단단히 잡고 섰다. 아이의 머리는 사람들 틈에 묻혀 보이지 않았다. 치맛자락을 거머쥔 조그만 악력을 느끼는 것으로 아이가 얼마나 결사적으로 매달려 있는가를 느낄 뿐이었다. 그렇게 잡지 않아도 엄마는 결코 너를 잃어버리지 않아, 라고 말함으로써 정옥은 아이의 공연한 긴장을 풀어주고 싶었다.
　정옥은 가끔 힘들게 몸을 틀어 안쪽 깊숙이 떠밀려 들어가 있는 어머니의, 손잡이를 단단히 틀어쥔 손, 힘살 불거진 손등과 빛깔이 단순하게 짙고 알이 커서 모조품같이 보이는 서양 비취 반지를 확인했다.
　"엄마 꺼나? 정말 엄마야?"
　제가 잡고 있는 치마의 임자가 엄마인지 아닌지 문득 불안해진 듯 사람들 틈에서 아이의 걱정스러워하는 조그만 얼굴이 나타났다. 힘들게 고개를 젖혀 눈을 치뜨자 이마에 가늘게 몇 가닥 주름이 잡히고 그것이 뜻밖에 철든 표정을 만들었다.
　정옥의 앞에 앉았던 남자가 힐금 그녀의 눈치를 보고는 아이를 무릎 위로 끌어당겼다. 아이는 단박 경계하는 낯이 되어 완강히 도리질을 하며 정옥의 손을 꽉 잡았다. 아이의 천성의 경계심과 어린아이의 반응을 계산하지 않은 무관한 마음씀 사이에 잠깐 거북한 긴장이 일었다. 아이의 거부가 하도 완강하고 적의에 가까운 것에 그는 당황한 듯했다. 아이를 향해 뻗었던 손을 엉거주춤 무릎 위에 내려놓으며 어색하게 웃었다.
　삶은 달걀, 참외, 음료수 병 따위가 든 구럭의 무게로 등받이를 잡은 팔이 자꾸 처졌다.
　"검문소에서 내려줘."
　정옥은 목을 빼, 차장에게 벌써 여러 차례 당부한 말을 되풀이했다.
　"아직 멀었어요."

그 복잡한 중에도 주간지에 코를 박고 있던 차장이 고개도 들지 않고 대답했다.

버스는 김포 평야를 지나고 있었다. 사람들의 머리틈으로, 어제 내린 비에 갓 머리 감은 듯 싱싱한 벼포기들이 푸릇푸릇 눈에 들어왔다. 질펀한 푸른빛의 융단 한 자락 눈 끝에 달려오듯 부드럽게 일렁이었으나 열린 창으로는 아스팔트의 콜타르가 묻어오르듯 더운 바람이 불어왔다.

버스가 잠시 멎고 새로 올라탄 등산복 차림의 청년 셋이 앞을 가로막자 정옥은 또다시 불안해졌다.

"검문소 아직 멀었니?"

앞을 막은 청년의 등을, 금시 내릴 듯 성급하게 밀치며 목소리를 높였다.

"어련히 알아서 안 내려줄까봐. 귀머거리 아니라구요, 에이 참. 다음에 내려요."

차장이 그제야 눈을 올망하게 치뜨고 잔뜩 짜증이 돋은 목소리로 내뱉었다. 정옥은 순간 얼굴이 확 달아올랐으나, 왜들 이럴까 하는, 일반적인 개탄과 힐책을 마음속으로 내뱉는 나약한 항변으로 습관적인 피해 의식에서 재빨리 비켜서려 했다. 물론 그것에는 나이 어린 소녀의 불손함에 대한 노여움 외에도, 그 노여움을 드러내놓을 수 있는 용기의 결핍에 대한 분노, 가슴 밑바닥에서 항상 뭉클하게 끓어오르면서도 한번도 내색해본 적이 없는, 그래서 만성적인 피해 의식이 되어버린 분노가 뒤섞여 있음을 잘 알고 있었다.

"어머니, 나오세요."

정옥은 구럭끈을 어깨에 치올리고 아이의 손을 찾아쥐며 안쪽에 대고 소리쳤다. 그 소리가 자신의 귀에도 터무니없이 낭랑하게 들렸다.

정옥은 아이의 멜빵 바지 위로 기어올라간 셔츠를 끌어내려 고쳐입혔다. 운동화 끈은 풀어지고 집을 나서기 전 갈아신긴 흰 면양말은 새카맣게 때가 올라 있었다.

"저리로 가지, 아마?"

어머니가 첫걸음인 정옥에게 동의를 구하며 검문소를 끼고 왼쪽으로 난 비포장 도로를 가리켰다.

비포장 도로의 입구에 자리잡은 연쇄점 앞 좌판에는 참외와 토마토가 흙먼지를 뒤집어쓴 채 볼품없이 놓여 있었다.

버스를 내리면서부터, 분무기로 뿜어대듯 부옇게 눈앞을 가리는 먼지에 입을 막으며 정옥은 건성 고개를 끄덕였다.

먼지, 먼지뿐이었다. 구멍가게의 지붕도, 길 옆의 푸성귀 밭도 부옇게 흙먼지를 뒤집어쓴 채 고요할 뿐인 그 정경은 서릿발 같은 햇빛 아래 귀기를 띠며 음산하게 눈에 들어왔다. 그 비현실감은, 그때까지도 몸에 배 있는 진득한 갯비린내, 칠칠한 검정빛의 아스팔트 건너 청청하게 일렁이는 푸른 벼포기들 때문인지도 몰랐다.

그러나 길로 들어서기 전 최초로 느낀 표백의 상태, 완전히 텅 빈 듯한 적요로움은 순간적인 것에 지나지 않았다.

먼지 속으로 들어서자 길 한쪽에 황토흙을 뒤집어쓴 채 잠시 쉴 참인 불도저, 깊이 박힌 돌을 찍어내는 인부들의 곡괭이 날에서 반짝반짝 튀어오르는 섬광, 임질로 자갈을 나르는 아낙네들과 맞부딪쳤던 것이다. 포장 공사가 한창으로 길은 차 한 대 빠져나갈 넓이만을 남겨둔 채 모조리 파헤쳐져 있었다.

길의 가장자리 밭둔덕으로 올라 걸었으나 그곳 역시 길에서 주워낸 자갈들로 돌각밭이어서 크기가 고르지 않은 돌들이 발바닥을 아프게 찔렀다.

좁게 남겨진 길을 승용차들이 경적을 울리며, 먼지가 잦아들 겨를이 없이 줄을 이어 지나갔다. 벌름 열린 트렁크에서 아이스박스나 돗자리 따위가 엿보이기도 했다. 아, 휴일이구나 하는 생각이 분명한 이유를 알 수 없으면서 가슴을 에이게 했다.

여름 모자를 쓴 소녀의 얼굴이 수놓은 베를 씌운 뒷좌석 등받이에 턱을 걸치고 화사하게 웃으며 먼지 속으로 천천히 사라져 갔다. 아, 휴일이구나, 정옥은 그 말이 주는 흐릿한 슬픔의 느낌을 즐기며 또 중얼거렸다.

아이는 몇 발짝 가지 않아 다리를 끌며 칭얼대기 시작했다. 구멍가게에서 아이스크림에 자꾸 눈이 가던 걸 모른체했던 것이 불만인 게라고 헤아려졌다.

투정을 부리는 아이를 달래어 걷느라 정옥은 자꾸 걸음이 처졌다. 서너 발짝 앞서 달각달각 걷던 어머니는 자주 샌들을 벗어 흙을 털었다. 귀청이 멍멍하도록 울리는, 자갈 쏟아붓는 소리, 불도저의 엔진 소리는 아랑곳없이 어머니의, 갸웃이 숙여 쓴 흰빛의 양산은 마치 유원지의 풍선처럼 홀로 달뜨고 낯선 분위기를 만들었다.

뒤를 돌아보던 아이가 눈을 둥글게 뜬 채 꼼짝을 하지 않았다. 군용 트럭들이 줄지어 오고 있었던 것이다. 정옥은 아이의 손을 다잡아쥐며 황급히 밭길로 내려섰다.

쨍쨍한 대낮에 환히 불을 밝히며 달려오는 차량의 행렬을 보는 순간 가슴이 걷잡을 수 없이 후드득 뛰었던 것이다. 어둠을 거느리지 않은 불빛의 기이함, 비정함 때문이었을까.
 트럭 위의 군인들은 한결같이 무표정한 얼굴로 아래를 내려다보고 있었다. 앞서 가던 경운기, 승용차 들이 경적을 죽이고 옆으로 바짝 비켜서며 길을 드티어주었다.
 먼 곳에서부터 오는 듯 황토흙이 개발려진 육중한 바퀴는 지축을 울리며 지나쳤다. 아이는 아예 걸음을 멈추었다. 그 엄청난 행렬에 넋이 빠진 듯 입을 헤 벌리고 서서 바라보았다. 부옇게 먼지 앉은 머리털이 눈썹께까지 내려오고 땀을 흘려 땟국으로 얼룩진 얼굴이 애처롭고 초라해 보였다.
 정옥은 등을 돌려 아이를 업었다.
 "좀 걸려라, 하자는 대로 다 들어주지 말고."
 멈춰서 이편을 보고 있던 어머니가 눈살을 찌푸렸다.
 "아직 멀었어요?"
 정옥은 아이를 추슬러올리며 물었다. 두번째 걸음이면서도 서름한 낯으로 자신 없이 길을 살피던 어머니가 아이의 엉덩이짬에서 맞잡은 정옥의 손에서 구럭을 받아들었다.
 "여기쯤에서 올라가는 길이 있는데……"
 혼잣말로 중얼거리던 어머니가 길가의 구멍가게로 들어갔다.
 주인 남자가 앞으로 곧게 난 길을 가리켰다.
 "한 백 미터쯤 더 가슈, 왼쪽으로 샛길이 나올 테니."
 정옥은 아이스크림을 하나 사서 아이의 손에 쥐어주었다.
 "한 시간은 실히 걸어야겠다. 길이 이 모양이니……"
 심란하다는 투로 말하면서도 어머니는 가벼운 걸음으로 훨훨 앞장을 섰다.
 더웠다. 등에 업힌 아이의 무게로 팔은 자꾸 처지고 그럴 때마다 아이는 끈끈한 손으로 목을 끌어안았다. 눈 위로 흘러내린 머리칼이 땀으로 엉기어 앞을 가렸다. 발 밑이 보이지 않아 정옥은 자주 고꾸라질 듯 허뚱거리곤 했다. 그 동안에도 군용 트럭은 쉬임없이 지나가고 있었다.

길 아래 밭이랑에서 아이를 업은 소녀가 트럭을 향해 손을 흔들었다. 빈 자갈 망태기를 든 아낙네가 트럭 사이를 아슬아슬하게 뚫고 길을 건너 밭으로 내려섰다. 머릿수건을 벗어 탁탁 털고 소녀에게서 아이를 받아 안고는 가슴패기를 풀어 젖을 물렸다. 소녀는 젖을 빠는 아이의 눈앞에 풀잎을 따서 흔들며 밝은 소리로 웃었다. 풀잎을 따라 이리저리 고개를 돌리던 아이는 아예 젖꼭지를 놓고 어른대는 그것을 잡으려 팔다리를 버둥거렸다. 그럴 때마다 소녀는 높은 소리로 웃어대었다.

어머니는 손수건을 꺼내 코와 입을 막고 걷다가는 돌아서서 한입 가득 괸 침을 뱉어냈다.

끝이 없을 듯 산굽이를 뱀처럼 감고 흐르는 트럭의 행렬에 잇달아 무장한 군인들의 행군이 시작되었다. 눌러쓴 철모 밑 얼굴은 붉게 달아올랐고 풀빛 제복도 땀으로 얼룩져 있었다. 행군을 시작하기 전 잘 닦아 윤을 내었을 계급장에도 먼지는 두텁게 앉아 있었다.

일정한 보폭을 지키며 묵묵히 걸어가는, 죽은 녹빛의 행군을 보는 사이 가슴속에 드리운 불투명한 막이 점차 두꺼워지며 뭔가 질리는 느낌으로 옥죄어오기 시작했다.

"부대가 이동하나부죠?"

마음속의 불안을 지우기 위해 정옥은 어머니에게 다가가 낮게 속삭였다. 그리고는 대답을 기다리지 않고, 어머니가 결코 알 리 없다는 것을 알면서도 덧붙였다.
"아마 새벽에 떠났을 거예요, 어디서부터 오는 걸까요?"
쇠그물을 드리우고 밤새 해를 따라 나는, 새벽의 미명 속을 숨어드는 거대한 날개의 새. 새벽마다 눈뜨기 앞서 묵직히 가슴을 밟고 지나가는 발자국.
검은 구름이 해를 가리며 지나고 있다. 파헤쳐진 붉은 흙과 녹빛의 행군과 산의 골짜기, 엉클어진 잡목숲을 어둡게 적시며 흘러갔다.
"좀 걷자, 착하지?"
등에 달라붙은 아이의 몸에 질퍽히 땀이 차기 시작하자 정옥은 아이를 등에서 내려놓았다.
그림책 속에서의 병정놀이와는 너무도 다른 데 대한 놀람과 호기심으로 다소곳해진 아이는 순순히 등에서 내렸다. 더운 날씨 탓에 냉장고에서 꺼낼 때부터 녹기 시작한 아이스크림은 죽처럼 흘러 아이의 입과 손은 설탕기로 끈적거리고 더러웠다. 손수건으로 세게 문지르자 아이는 얼굴을 찡그리며 사납게 고개를 흔들었다.
"그렇게 늑장부리다가는 해질녘에 닿겠다."
어머니가 뒤돌아보며 채근했다. 두껍게 바른 분 위로 흙먼지가 까맣게 앉고 더러는 땀으로 씻겨 얼룩이 져 있었다.
"가게에서부터 두번째 샛길이라고 했는데……"
첫걸음이 아닌데도 기억이 흐린 것을 어머니는 민망하게 여기는 듯했다. 노안인 탓에 안정(眼睛)은 흐리고 눈물이 어리듯 아득해 뵈는 눈길로 부근 어디쯤에 있을 왼쪽 갈림길을 가늠했으나 굳이 그럴 것도 없었다.

길의 건너편, 양쪽으로 채마밭을 거느린 사잇길의 첫 어귀, 연쇄점의 간판을 단 가게 앞에 '묘원 입구'의 엉성한 안내 푯말이 서 있었던 것이다.

정옥은 가게 앞마당의 펌프 앞에 아이를 세워놓고 펌프질을 했다. 그때까지도 아이의 손에 쥐어져 있던 아이스크림 빈 껍질을 쓰레기통에 던져넣고 먼지 오른 얼굴과 발을 씻겼다.

행군은 계속되었다. 하산길에도 행군의 끝머리쯤 볼지 몰라, 정옥은 생각했다. 행군은 그렇게 지루하고 좀체로 끝나지 않을 성싶었다.

어머니는 찬물에 적신 손수건으로 조심스럽게 목덜미를 문지르고 옷 속에 넣어 가슴패기의 땀을 훔쳐냈다. 운동화를 신은 채로 발에 물을 들이부으며 정옥은, 세수를 하면 한결 시원해요, 물이 차가워요, 라고 말하려다 입을 다물었다. 두껍고 희게 분 발려진 얼굴과 까마귀 깃털처럼 새카만 머리털, 입술선을 뚜렷이 강조한 립스틱의 진한 빛깔로 어머니의 얼굴은 염을 한 것 같았다. 어머니는 죽으면 아마 미라로 남을 것이다. 정옥은 문득 떠오른 객쩍은 생각에 피식 웃었다.

팽팽히 엉덩이가 드러나는 바지에 원색 재킷을 입고 기타를 든 젊은 남녀 서넛이 어우러져 지나갔다.

아이는 또다시 등뒤로 돌아가 칭얼거렸다. 아이는 이 뜨거운 날, 왜 돌부리에 발을 채이며 다만 잡초와 흙먼지뿐인 메마른 산길을 작은 다리로 쉼없이 걸어야 하는지 알 리 없는 것이다.

"할미에게 업히렴."

어머니가 말했으나 아이는 좀체 정옥의 등에서 내리려고 하지 않았다. 낯선 표정으로 물끄러미 할머니를 바라보다가는 고개를 돌려버렸다.
"별난 아이새끼, 할미 등에 가시 박혔다던?"
 어머니가 혀를 찼다. 그러나 아이를 나무랄 수만도 없는 것이, 일 년에 고작 서너 차례 볼 뿐인 할머니에게 낯을 익힐 겨를이 없었던 것이다.
 정옥은 시계를 보았다. 집을 떠난 지 두 시간, 어느새 한 시간 택이나 걸은 셈이었다.
 산굽이를 돌 때마다 묘원은 쉬이 나타날 듯하면서도 좀체로 나타나지 않았다.
"잠깐 쉬자."
 길가 나무 밑에 앉아 어머니는 샌들의 흙을 털고 손수건으로 얼굴의 땀을 찍어냈다. 양산을 썼어도 워낙 뙤약볕이라 어머니의 얼굴은 붉게 익어 있었다. 정옥 역시 확확 달아오르는 피부가 한없이 팽창되는 느낌에 손바닥으로 얼굴을 쓸었다.
 나무는 둥치가 굵고 그늘이 제법 짙었다. 그때까지도 이어지고 있는 군대의 행렬이 눈에 잡혔다. 아주 아득하고 희미했지만 눈을 조금만 크게 뜨면 비상 식량과 침구와 무기로 채워진 배낭을 걸머진 모습까지도 확실히 볼 수 있을 것만 같았다.
 그는 전시(戰時)처럼 떠났다.
"어디로?"
 낚시 가방을 메고, 어망과 바구니를 든 차림으로 신새벽에 집을 나서는 그에게 정옥은 바짝 마른 입술로 물었다.
"글쎄, 고기가 많은 곳으로 가야지."
"열쇠는 여기 있어요."
 정옥은 대문과 현관 열쇠를 대문에 달린 우편함에 달랑 떨어뜨려보였다. 구멍으로 손을 집어넣으면 밖에서라도 쉽게 꺼낼 수 있을 것이다.

"……찾으면 어딜 갔다고 할까요?"

"하눌재 신들내."

그가 암호처럼 짤막하게 내뱉고는 곧 그 대답을 얼버무리려는 듯 희미하게 웃었다.

"되도록 노숙은 하지 마세요, 몸에 해로워요."

해로워요! 끝엣말을 되새기며 정옥은 쓰게 웃었다. 담배는 건강에 해로우니 지나친 흡연은 삼갑시다. 당분은 치아에 해롭습니다. 누구나 입에 담는 해롭다는 말, 밤이슬은 몸에 해로워요, 그 말이 주는 일상성, 예사로운 삶의 부드러운 느낌이 당치 않게 우스꽝스럽다는 생각이 들었기 때문이었다.

안식 묘원. 입구는 갑자기 나타났다. 고대하던 폭으로는 너무 갑자기 나타난 탓에 그것이 그들이 이제껏 목적하고 오던 곳이라고 알아차리기에는 조금 시간이 걸렸다.

"다 왔다, 여기야."

어머니의 말이 아니라면 정옥은 그곳을 지나쳐 한없이 걸었을 것이다.

아카시아 숲을 양쪽에 거느린 넓은 길로, 묘지임을 알리는 어떤 표지도 없었다.

정옥은 조금 당황했다. 일상적이고 현세적인 삶의 풍경과 확연히 구분짓는 어떤 표시를 머리에 담고 있었기 때문인지도 몰랐다. 그것은 그녀가 지나는 길의 이어짐에, 등뼈처럼 밋밋하게 누운 산의 또 하나의 갈래에 지나지 않았다. 그렇다면 자신은 망자의 세계, 떠도는 혼들을 보려 했던가, 이제껏 경험한 적이 없는 다른 빛깔, 냄새, 형태의 고요로움을 감지하려 했던가.

　길은 낮은 경사의 오르막길이었다. 숲 사이로 난 길을 꽤 깊숙이 들어가자 '묘원 사무소' 간판이 세로로 걸린 조그만 목조 건물이 나타났다. 그 허술한 건물은 둘로 나뉘어 한쪽은 묘지를 찾는 사람들을 상대로 향·양초·술 따위 잡화를 파는 가게이고 나머지 한쪽은 사무소로 쓰이는 것 같았다. 전화기 한 대 놓인 철제 책상. 얼핏 시나 구의 세부도와 구별할 수 없는, 벽에 걸린 구획도 때문에 사무소는 부동산 소개업소와 같은 인상을 주었다. 안에서는 러닝 셔츠 바람이거나 예비군복의 앞단추를 모조리 풀어헤친 채 맨살을 드러낸 사내들이 장기를 두고 있었다.
"실례합니다."
　어머니가 문안으로 머리를 쑥 들이밀자 그들은 동시에 고개를 들고 문 쪽을 바라보았다.
　질척거리던 운동화의 물기가 말라 발은 신발 속에서 뿌드득뿌드득 거북스럽게 부어오르는 느낌이었다.
"묘지 분양은 버얼써 끝났는데요."
　그들은 다시금 장기판으로 눈을 돌리며 대꾸했다.
　어머니는 가방에서 묘지 계약서가 든 누런 봉투를 꺼냈다.
"묘지를 매입한 사람이에요."
　그제야 러닝 셔츠 차림의 사내가 느릿느릿 고개를 돌려 그네들을 바라보았다.
"한 번 왔던 길인데도 찾을 수가 없을 것 같아서요."
　어머니가 정옥을 힐끔 보고는 사내의 눈앞에 바짝 계약서를 펴보이며 곱게 태를 지어 웃어보였다.
"D블록 9-3이면 꼭대기군요. 이 길 따라가다가 오른쪽으로 세번째 난 길인데 올라가는 층계가 있어요."
 예비군복 차림의, 조금 젊은 쪽의 사내가 말했다. 부자연스러울 정도로 유난히 짙고 숱 많은 눈썹이 한 음절씩 말을 뱉을 때마다 꿈틀거렸다. 자신도 어쩔 수 없는 습관인가보았다.
 "특지예요, 네 평짜리. 우리 쥔과 내 합장묘인데요."
 어머니가 덧붙였다.
 "영감님을 모시려구요?"
 나이 든 축인 러닝 셔츠 사내가 어머니와 정옥의 형색을 살피며 갑자기 은근하게 물었다.
 "아니에요, 딸애가 마침 다니러 왔길래 묫자리를 일러주려구요, 지방에 살고 있어 좀체로 오기 어렵답니다."
 어머니가 정옥을 보며 또 한번 수줍게 웃었다. 정옥은 사무소 건물의 앞마당 펌프에 매달려 놀고 있는 아이에게로 눈길을 돌렸다.
 "상을 당하면 즉시 연락 주세요, 미리 천광(穿壙)을 해놓아야 하니까요. 인부를 사기가 보통 어려운 일이 아닙니다. 하지만 어쩝니까? 모두 우리 사무소에서 알선해드리기로 되어 있으니."
 "그러셔야죠, 묘지 매입 때 분명 그런 조건이 있었는 걸요, 물론 묘지 관리도 잘 해주시겠지요, 그것도 우리가 영구 관리비를 내는 조건이었죠."
 "특지는 고지대지만, 특지로 장만하시기를 천만 잘하셨읍니다. 아래를 굽어보고 앞이 탁 트이어 좀 좋습니까? 죽어서나 살아서나 그저 내려다보는 처지라야……"
 "그러니까 특지겠지요, 돈이 얼마나 차이가 나는데요, 괜히 웃돈 주고 높은 델 샀겠어요?"

어머니는 묘지에 대한 이야기라면 얼마든지 계속하고 싶어하는 듯했다. 사내가 장기판으로 돌아앉자 어머니는 아쉬운 표정으로 계약서를 접어 가방에 넣고는 사무소를 나왔다.

정옥은 갑자기 아, 낮게 탄성을 지르며 눈을 감았다. 산의 등성이를 돌아서자 산을 가득 뒤덮은 봉분들의 비누 거품 방울처럼 보글보글 끓어오르는 모양이 부시게 눈에 들어왔기 때문이었다. 그러나 가까이 다가갈수록 그것은 난립의 형태를 띠었다. 계단식으로 조성되었다고는 해도 묘의 모양과 비석들이 일정치 않은 데다 잡초들 때문이었다.

대부분의 묘는 잡초가 무성하고 그 무성한 잡초 속에 역시 사무소 측에서 제공하기로 계약서에 명시되어 있다는 조그만 화강암의 묘비들이 숨어 있었다.

묘지는 땅에 박은 블록으로 통행로와 구획짓고 있었는데 블록의 대부분이 빠지거나 부서지고 모지라져, 길로 묘지의 흙들이 쓸려내려와 있었다. 이번 여름의 비 탓일 게다.

"망할 놈의 얄팍한 장삿속이야, 전혀 돌보지 않잖니? 관리비는 꼬박꼬박 받으면서."

어머니는 사무소의 사내 앞에서와는 달리 거칠게 내뱉었다.

아이는 손등의 물사마귀처럼 소복소복 솟아 있는 봉분들의 모양과 그 고요로움에 본능적으로 두려움과 거북함을 느끼는지 조금 질린 낯빛으로 말이 없었다.

사내가 일러준 대로 네번째 블록으로 올라가는 길은 층계가 있었으나 거의 흙에 묻혀, 발자취로 길이 난 여느 가파른 산길과 다름없었다.

햇빛은 뜨거웠다. 아이는 또 땀을 흘리기 시작했다. 땅강아지한 마리, 짧은 그림자를 음부(音符)처럼 찍으며 하얗게 튀어오르는 길을 가로질러 날았다.

"어딜 가는 거지?"

아이는 자못 의심스러운 눈길로 정옥을 바라보며 물었다. 글쎄, 정옥은 잠깐 난감하고 당혹했다. 아이는 아직, 사람은 죽어야 한다는, 그래서 길들여졌던 모든 것에서 떠나가야 한다는 사실을 이해할 리가 없는 것이다.

"왜 그렇게 통 안 왔니?"

어머니가 문득 물었다. 어제 밤늦어 집에 들어섰을 때도 잠든 아이를 받아 안으며 같은 물음을 물어왔던 것을 떠올렸으나 정옥은 자신이 무어라고 대답했는지는 기억나지 않았다. 집이 비어서요, 라고 했던가, 좀 바빠서요, 라고 했던가. 이서방도 방학일 텐데, 어딜 갔니, 라는 물음이 뒤따르지 않았던 것으로 보아 뒤엣말로 대답한 것 같기도 했다.

"좀 바빠서요."

정옥은 이마를 찡그리며 대답했다. 그러자 비어 있는 P시의 집, 역시 텅 비어 있을 우편함과 두 개의 작은 열쇠가 떠올랐다. 마당 한구석에 놓여 있을 아이의 세발자전거도.

정옥은 어머니에게, 올지도 안 올지도 모를 몇 자의 소식을 기다리느라 떠나기 어려웠다는, 믿을 수 없는 한 가닥 풍문에라도 기대고 싶었던 마음을 설명할 수가 없었다.

집을 떠날 때마다의 습관적인 불안이 아닌, 절박감이 아뜩 눈앞을 가렸다.

빈집에서 아직도 울리고 있을 전화벨 소리, 그리고 완강히 침묵하는 송수화기 속에 숨어 있는 소리.

"이선생 계십니까?"
"안 계신데요."
"어디 가셨습니까?"
 목소리는 정중하고, 짜증기도 없이 끈덕지게 안부를 물어왔다. 전선 저쪽의 존재는 전혀 짐작해볼 여지를 보이지 않으며, 단지 이쪽의 안부가 궁금할 뿐이라는 듯 친근한 목소리. 그것은 안개 속에 숨어 결코 자신을 드러내보이는 법이 없었다. 그러나 반드시 알아내고야 말리라는 날카로운 직업 의식을 본능적으로 알아챈 정옥의 편에서 허둥댈 도리밖에 없었다.
"이선생 계십니까?"
"기원에 나가셨는데요."
"어느 기원이죠?"
"혹시 누구와 함께 약속하셨는지 아십니까?"
"글쎄요, 바깥 얘긴 통 안 하니까……"
 그가 집을 비우는 일은 좀체로 없었다. 그러면서도 전화받는 것을 완강히 거부했다.
"이선생, 또 출타하셨습니까? 어쩐 일로 꼭 숨바꼭질을 하는 것 같군요."
 익살기까지 느껴지는 가벼운 말투면서도 그 보이지 않는 목소리는 집요하게 그의 흔적을, 그가 빈자리에 어쩌면 흘렸을지도 모를 흔적을 뒤지려 들었다.
"이발소에 가셨는데요."
"집 부근인가요?"
"네, 청춘이발소라고……"
"이름이 좋군요. 하하하."

그날 모처럼 말끔히 이발을 하고 돌아온 그는 드디어 전화선을 가위로 잘라버렸다. 그가 집을 떠난 뒤에야 정옥은 수리공을 불러 잘린 선을 이었다.

"혹시 강도가 들었던 건 아닙니까?"

수리공은 예리한 날에 망설임 없이 잘려나간 전화선 단면을 들여다보며 킬킬 웃었다. 전화선을 잇자마자, 잘린 선 속에 숨어 있었던 듯 그 목소리는 기어나왔다.

"이선생 계십니까?"

"낚시를 떠났는데요."

"호오? 낚시요?"

"전부터 자주 다니는 걸요."

그의 낚시가 새삼스러울 게 없는 오래 전부터의 습관임을 강조하느라 정옥의 목소리가 높아졌다.

"누구와 함께 가셨습니까?"

"글쎄요, 혼자 갈 때도 있고 여러 사람이 어울릴 때도 있으니까요."

"어디로 가셨습니까?"

"신들내라던가요? 아마 하눌재에서도 한참 들어간다더군요."

"많이 잡아오시면, 아주머니, 매운탕 얼큰하게 끓여놓으세요. 먹으러 가겠습니다. 하하하."

목소리는 하하하, 너털웃음을 웃었다. 분명히 끊기는 소리가 들렸는데도 한참 후까지 송수화기의 뚫린 구멍마다에서 하, 하, 하, 터지고 있었다. 유쾌해서 못 견디겠다는 듯 몸을 흔들며, 그러나 토막토막 끊기는 자기의 웃음 소리를 날카롭게 들으며.

그 웃음 소리를 듣는 동안, 언제나 그토록 선명히 떠오르던,

집 떠날 때의 그의 모습이 점차 흐려지고 무너지는 절망감에 정옥은, 어디 있어요? 빈집에 공허히 감도는 자신의 목소리를 들으며 거듭 물었다.
　그는 어디로 가고 있는 걸까.
　"그들이 나를 찾을 까닭이 없소."
　그는 말했었다.
　황토흙이 좁은 사잇길로 벌겋게 흘러내려 발가락 사이로 스며들었다.
　이른바 '특지'는 그 좁고 가파른 길의 꼭대기였다. 일련 번호가 표시된 것도 아니어서 정옥은 별반 미덥지 않은 어머니의 기억에 의존하는 수밖에 없었다.
　정옥은 다시 아이를 업었다. 길은 두 사람이 나란히 오르기에도 좁았다. 어머니는 택지만 닦아놓았던 분양 당시와, 무덤이 들어찬 풍경이 너무도 다름에 기억의 혼란을 일으키는 기색이 완연했다.
　계약서의 도면을 꺼내들고 출발했던 지점부터 되짚어 하나씩 도면의 번호와 맞춰가기 시작했다. 그러는 중에도 연신 깨금발로 서서 샌들의 흙을 털어내며 혀를 찼다. 합장묘를 준비한 것에 안심하면서도 어쨌든 공동 묘지라는 사실이 서운한가 보았다.
　선산은 북쪽이었다. 겨울에 상을 당하면 집뜰에 가묘를 쓰고 얼음 풀린 후에야 새로이 장례를 치러 산에 매장을 한다고 했다.
　"여길 올라가려면 시신이 서서 가겠구나."
　모래 섞인 황토흙에 미끄러지던 어머니가 쑥대머리처럼 자란 잡초를 잡고 후여후여 기어올랐다. 정옥이 잠시 숨돌릴 참으로 멈춰 서서 돌아보니 기어올라온 길이 아득해 보였다. 골짜기를 사이에 둔 옆의 등성이 훨씬 아래쪽, 흙이 파헤쳐진 묘지에 7, 8명은 됨직한 인부들이 둘러서서 삽질을 하고 있었다. 매장이 있는 모양이었다.

새벽마다 그는 산에 올랐다. 언제 빠져나가는가. 새벽의 얕은 꿈속에서 탁, 대문 닫치는 소리를 들을 때마다 정옥은, 이제는 다시 그를 보지 못하려니 하는 절박한 느낌에 사로잡히곤 했다. 막막하게 무너져내리는 느낌을 지우려고 그녀는 꿈속에서도 이건 꿈이지, 곧 날이 밝아 꿈이 깨면 그는 돌아와 있으려니, 수돗가에서 천연히 이를 닦고 있으려니, 자신을 달랬다. 잠은 짧고 꿈은 어지러웠다. 정옥은 언젠가 그의 발자취를 따라가보리라 생각했었다. 그러나 한 번도 실행해본 적은 없었다. 그녀가 자신에게 이르듯 결코 새벽잠 탓만은 아니었다. 진종일 낮잠이나 바둑, 밤의 수면을 위한 작은 노동——서투른 솜씨로 물 새는 홈통을 고친다거나 아이의 세발자전거를 밀어주는 따위——으로 소일할 수밖에 없는 그에게 있어 새벽은 유일한 그의 몫으로 결코 침해할 수 없다는 생각이 작동한 때문일 것이다. 그것은 흔히들 그러하듯 건강을 위한 새벽 산책이라고 볼 수 없기에, 어쩌면 제의(祭儀)와도 같은 것이기에 정옥은 잠을 깬 시늉만이라도 금기로 삼가고 있었던 것이다.

싸아한 냉기와 함께 그가 들어설 즈음이면 정옥은 잠이 설깬 눈을 비비고 차던진 아이의 이불을 덮어준 뒤 쌀을 씻어 밥을 안쳤다.

"더 주무시지 않구요."

이른 아침 집 앞 골목을 쓸고 온 부지런한 가장에게처럼 그녀는 천연하게 말했다. 그러면서 돌아서서는, 그에게는 들릴 리 없는 작은 소리로 중얼거렸다. 난 아무것도 몰라요, 그냥 아무것도 모르는 여자예요. 그걸 불행이라고 생각해본 적은 없어요. 비 온 뒤 부드럽고 따뜻한 땅에 꽃씨를 뿌리고, 싹이 돋아 피어나는 모습에 놀라 기뻐하는 여자예요. 욕심만 부리지 않는다면 그날그날을 남들처럼 예사롭게 살아갈 수 있어요. 미래도 있구요. 아이가 있잖아요. 그러면 그는 대답할 것이다. 당신은 꽃씨나 뿌리면서 살자 하지만 꽃씨를 뿌리는 마음은 또 무엇이오, 그것은 꽃을 보고자 하는 기다림과 꿈이 있기 때문일 것이오.

정옥이 미래라고 부르는, 자신이 죽은 뒤의 시간과 공간에 대해 생각하는 것은 그것이 아이가 살아갈 세상이기 때문이다. 세상과 함께 핏줄을 남겨놓고 가기 때문이다.

"그전엔 그저 산등성이드만 이렇게 많이들 오셨으니······"

한숨을 쉬며 도면과 묘지를 번갈아 둘러보던 어머니가 아, 여기다, 소리치며 손짓을 했다.

잡초 속에 묻힌 시멘트 블록으로 구획된 직사각형의 빈터는 생각보다 좁았다. '9-3'에서 빈자리는 그곳뿐으로 주위에 모두 봉분이 솟아 있어 움푹 파인 듯 더 옹색해 보이는 건지도 몰랐다. 바로 옆자리에도 갓 생긴 듯 성글게 떼를 입힌 봉분이 솟아 있었다. 삼우(三虞)를 지낸 걸까, 시든 꽃묶음, 먹물 글씨 번진 흰 종이, 음식 찌끼가 비어져나와 보이는 신문지 꾸러미 따위가 소주병, 종이컵 들과 한군데 모아져 있었다.. 비가 쏟아지는 바람에 미처 처리하지 못하고 내려간 모양이었다. 여름철의 소나기란 새삼스러울 것이 없는 법이다.

조금 좁다 싶은, 이만한 넓이에 어떻게 두 사람이 묻힐까, 의아해하는 정옥의 눈치를 알아채고 어머니는 조금 면구스러운 낯으로 변명하듯 말했다.
"그래도 합장묘라 넓은 편이다. 자, 봐라. 단독묘와 합장묘가 보기에도 벌써 얼마나 다르냐."
　평평한 묫자리는 잡초밭이었다. 언젠가 단단히 엉켜붙은 땅을 들뜨게 하는 억센 뿌리 파헤쳐지고 새로이 둥글고 커다란 봉분이 솟을 모양이 짐작되지 않았다.
　아이는 아이들 특유의, 경탄할 만한 친화력으로 이미 묘지에 낯설어하지 않았다. 정옥은 호기심 많은 아이에게 그들이 침입해온 다른 세계에 대해 설명해야 할 상황에서 놓여난 것에 안도감을 느꼈다 '이곳은 어디지?' '죽은 사람들이 묻힌 곳이란다' '죽은 사람? 죽은 게 뭔데?' 아, 정말 죽은 사람이란 무엇인가. 한 시대, 같은 사건을 함께 겪은 사람, 언젠가 어느 길목에서 무심히 스쳤을지도, 가볍게 눈이 마주쳤을지도 모를 사람들. 아침이면 일어나고 밤 되면 잠들어 햇빛, 바람, 눈과 비를 함께 경험한 사람들. 그들 생애의 어느 순간 자신은 태어났으며, 그리고 자신의 생의 어느 순간 그들은 겸손하게 떠나갔다. 한 시대를 나누어 가졌던 엄청난 우연성에도 불구하고 그들 죽음의 어떤 조그만, 보잘것없는 예감과 징후가 자신에게 있었던가.
　더 멀리 아득하게 시가지가 내려다보였다. 워낙 거리가 먼 탓에 맑은 날씨인데도 그곳은 부옇게 흐려 보여 색채 처리가 미숙한 인화지와도 같은 느낌을 주었다.
　갑자기 바람이 불어왔다. 이마를 적시는 한 줄기 서늘한 기운에서 정옥은 바람이 몰고 온 도시의 흐린 잔영을 보았다.
　바람결에 무슨 소리인가 귓전을 스치며 스러졌다가 다시 이어졌다. 잇달아 두드리는 징소리나 작은 북소리, 어쩌면 이 두 가지가 어우러지는 듯한, 자칫 눈만 껌벅거리는 사이에도 놓쳐버릴 듯, 멀고 아련한 소리였다.
 바람이 지나자 소리는 사라지고 도시는 멀어졌다. 햇빛은 더욱 뜨겁게 느껴졌다.
 "그늘이 있었더라면 좋을걸."
 신문지를 펴고 앉았던 어머니가, 개미라도 기어오르는지 종아리를 철썩 치며 말했다. 그러나 산을 모조리 깎아 만든 묘지에 울창한 숲이나 뿌리 번성한 나무가 있을 리 없었다.
 해는 머리 꼭대기에 와 있었다. 그림자는 발 밑에서 짧게 뭉개져 세 사람의 몸체는 어떤 엄폐물도 찾지 못해 바얄갛게 드러났다.
 헝겊 구럭에 습습히 물기가 내배었다. 물이 샐 게 없는데, 하며 정옥은 구럭에서 사이다, 참외 따위를 꺼내 풀밭 위에 놓았다. 흰 수건 위에 늘어놓은 몇 가지 음식으로 금시 원유회의 즐거운 식탁이 되었다.
 이것이었나, 정옥은 속으로 중얼거렸다. 아침 식사를 하면서 어머니가 지나가는 말처럼 묘원에 가볼래, 했을 때 뜨거운 날씨에 아이를 이끌고 나설 일이 엄두가 나지 않으면서도 쉽게 고개를 끄덕였던 것은 죽은 자의 절대적 평화와 외로움을 만나리라는 환상 때문이었던가.
 음료수 병의 마개를 따자 갇힌 탄산 가스들이 작은 기포가 되어 방울방울 흘러내렸다. 끓어오르는 거품 소리만 무심히 들릴 뿐 죽은 듯한 정적이었다.
 정옥은 병의 아구리로 넘치는 거품을 조금 땅에 뿌려 고수레를 한 후 한 모금 마시고 아이에게 건네었다.

"그늘이 있어얄 텐데."

어머니의 중얼거림은 한번 해본 소리에 지나지 않았다. 비껴 세운 양산 외에는 그늘이 되어줄 만한 곳은 한 뼘도 없었다.

"이리 와 앉으렴."

어머니가 아이에게 양산 그늘을 가리켰다. 아이의 얼굴도 토마토빛으로 익어 있었다. 아이는 음료수를 한 모금 마시고는 카아, 목구멍 소리를 내며 입맛을 다셨다.

"녀석, 나중에 술을 얼마나 마시려고 벌써 그러니. 아비가 그렇게 하던?"

어머니와 정옥이 큰 소리로 웃자 아이는 기대했던 반응에 만족해서 한번 더 크게 카아, 소리를 내었다.

"합장묘라 그런지 퍽 넓은 것 같아요, 위치도 좋고."

딴에는 어머니의 마음을 흡족하게 하려는 뜻에서 정옥은 생각과는 다른 소리를 했다. 어머니가 관리 사무소의 사내에게까지 특지, 합장묘임을 강조하던 심중이 헤아려졌기 때문이었다.

"넓은 게 다 뭐냐. 두 자리치곤 좁지. 자리는 각각 파고 봉분만 같이하는 거니 얼추 두 자리 폭을 잡아야 하는데."

어머니가 어림없다는 듯 고개를 저었다. 조금 전에 하던 말과는 딴판이었다.

"합장을 할 때는 말이다. 봉분을 올리기 전, 서로 통하게끔 가운데에 구멍을 뚫는단다. 네 조부모 때도 그랬는데 이장하면서 보니까 그 구멍이 반들반들하게 길이 나 있더라, 두 분이 자주 왕래를 하셔서 그런 거야."

어머니가 얼굴을 조금 붉힐싸하며 높은 소리로 웃었다. 합장을 하면 다음 세상에서도 부부의 인연으로 맺어진다는 것을 어머니는 의심하지 않았다.

　소녀 시절, 정옥의 친구들 사이에서 비밀히 유행하던 놀이가 있었다. 민담책에나 나옴직한 얘기에서 비롯된 놀이였다. 달 없는 밤, 이마 위에 은장도를 대고 둥근 거울을 보면 미래의 남편으로 맺어질 얼굴이 나타난다고 했다. 두려움과, 천박한 엽기 취미에 대한 경멸도 있었지만 미래의 짝을 보고자 하는 호기심과 유혹은 물리치기 어려운 것이기도 했다. 거울에는 물론 아무런 상도 나타나지 않았다.

　그러나 정옥은 꽤 오랫동안 그 놀이를 계속했다. 불을 끈 빈방에 일어나 앉아 어두운 거울 속을 들여다보며 간절히 만나기 원했던 것은 미래의 남편의 얼굴이었다.

　결혼식이 끝나고, 이제 우리는 부부가 되었소, 그가 말했을 때 낯섦은 사라지고 전생에서부터 걸어오듯 그렇게 익히 알고 있는 얼굴이 다가왔다.

　정옥은 그때까지도 막연히 사로잡혀 있던 실패감에도 불구하고 충실한 수행자로서의 공순(恭順)과 정절을 맹세하며 그의 손을 잡았다. 네, 정말 그래요. 그리고 비로소 달 없는 밤, 거울 속의 얼굴을 보았다.

　그는 먼지 이는 길을 뜨거운 햇빛, 희디희게 한입 가득 물고 걷고 있다. 뜨거운 햇빛은 가슴속의 불이 되어 탄다. 갈증에는 면역이 없다. 그는 이런 갈증에서 해방되어본 기억이 없다. 입 가득 달아오르는 열기를 헹구고 불이 이는 발을 담그고 싶어 어딘가 흐르고 있을 차가운 냇물을 찾아 헛되이 두리번거린다.

　그는 걷는다. 인적 없는 들길, 벼 청청히 자라고 영글지 않은

別 辭　219

알갱이 무심히 차오르는 소리, 아직 남은 물기 불볕에 말리며 이삭 패는 소리.

저수지는 어디쯤일까, 멜빵을 해서 걸친 낚싯대의 무게가 만만치 않았다.

새로 만든 멜빵은 길이 들지 않아 땀 흐르는 어깻죽지를 뻣뻣하게 파고들어 살갗이 쓰라렸다.

분명 여인숙의 처녀는, 이십 리쯤만 가면 저수지가 있다고 말했다. 그러면서 새것 일습인 그의 낚시 도구를 흘낏거렸다. 그녀의 얼굴에서 수상쩍어하는 표정을 읽은 것은 어쩌면 그의 느낌일 뿐인지도 몰랐다.

방안 깊숙이 들어온 햇빛에 잠이 깬 것은 거의 열시가 다 되어서였다. 그는 눈을 뜨자 몸을 일으키기에 앞서 습관적인 몸짓으로 바깥 동정에 귀를 기울였다. 누군가 한껏 볼륨을 올린 라디오의 연속극 소리뿐 바깥은 조용했다.

그가 방문을 열자 엉덩이를 쳐들고 긴 마루에 걸레질을 하던 처녀가 그를 보며 웃었다. 어제 저녁 여인숙에 들었을 때 밥상을 들고 들어온 처녀였다.

"아침상 올릴까요?"

그는 고개를 저었다. 칫솔을 물고 마당으로 내려서자 처녀가 따라나와 어제 저녁처럼 대야에 가득 물을 채워주었다.

"오늘 떠나실라구요?"

"여기가 어디지?"

그가 처녀의, 탱탱한 볼을 보며 되물었다. 이상한 일이다. 집을 떠나면서부터 그는 자신이 지나는 곳, 가고 있는 곳의 지명에 무관심해졌다. 어디나 마찬가지라는 생각 때문일까. 그러면서도 낯선 여인숙의 비좁고 누추한 방에서 눈을 뜰 때마다 여기가 어디였던가, 기억을 되살리며 안타깝게 고개를 흔들곤 했다.
"진내읍 아닙니까?"
처녀가 빤히 그를 쳐다보았다.
"낚시할 만한 데가 있을지 모르겠다."
도대체 어디서 온 어떤 사람인가를 탐색하려는 듯 금시 의심스러워하는 표정을 띠는 처녀의 얼굴을 보며 그는 고쳐 말했다.
"이십 리쯤 가면 저수지가 있는데 고기가 아주 굵고 많아요. 사람들이 많이 빠져 죽어 그렇게 고기가 꾄데요."
처녀는 재빨리 표정을 풀고 진저리 치는 시늉을 하며 킬킬 웃었다. 그때 길 건너 극장 지붕에 매달린 스피커에서 영화 선전이 요란히 울렸다. 거듭되는 상영 예고를 들으며 그는 문득 그 처녀를 데리고 영화관에 가도 좋겠다고 생각했다. 혼자일 때보다 동행이 있을 때, 그보다는 군중 속에 섞이는 것이 안전한 은신이 될 수 있다는 것을 알기 때문이었다. ……선생이 말하는 꿈이란 무슨 뜻인가. 우리가 잘 때 꾸는 꿈은 아니겠지. 말이 어렵군. 당신 강의를 듣자는 건 아니오. 우리 모두 알아들을 수 있는 쉬운 말로 하시오. 그들은 갑자기 어조를 바꾸어 그의 어깨를 치며 너털웃음을 터뜨렸다. 그러나 눈은 웃지 않았다. 그는 흠칫 어깨를 떨어 얹힌 손을 털어내었다. 그러나 언제 어디서고 쇠고리의 맞물린 틈에 완강히 죽지를 잡혀 있는 느낌, 죽지를 찢을 듯 죄어오는 무자비한 악력을 떨쳐버릴 수 없었다.
"영화 구경이나 갈까."
"손님 따라 나가면 쥔아줌마한테 혼나요."
처녀가 새침하게 대답하고는 라디오의 볼륨을 한층 더 높였다.

근 한 시간이나 기다려서야 영화는 시작되었다. 자동차의 질주, 충돌, 불덩어리가 되어 바다로 떨어지는 승용차, 화면 가득 클로즈업되던, 탈 쓴 듯 하얗게 분바른 일본 무극의 배우들 따위 몇몇 장면만 기억나는 것은 내내 딴생각을 했다는 증거다. 그런데도 그는 영화를 보면서 조금 울었던 기억이 났다. 왜 울었을까.

영화가 끝나고 극장 안에 불이 켜지기 전 그는 극장의 시계를 보았다. 금연, 탈모의 붉은 아크릴의 글씨 옆 전자 시계가 두시를 가리키고 있었다. 밖은 아직 쨍쨍한 대낮일 거라는 생각에 그는 좀더 눌러앉아 있기로 했다. 아침을 거른 속이 쓰려 그는 두번째 상영이 시작되기 전 매점에서 빵과 요구르트를 샀다. 빵에서는 심하게 방부제 냄새가 났다. 두번째의 상영에서도 그는 조금 울었다. 그리고 먼젓번에도 역시 같은 장면에서 울었던 것을 생각해냈다. 색종이 조각들이 눈보라처럼 날리고 오색 풍선이 하늘 가득 떠올랐다. 용머리 장식의 등을 들고 고깔 모자를 쓴 사람들이 비누 거품처럼 웃음을 피워올리며 미친 듯 소리를 질렀다. 베란다마다 더러운 옷가지가 내걸린 빈민가의 거리에서 사람들에게 밀리지 않으려고 애쓰며 만삭의 임부가 힘들게 걷고 있는 장면에서 그는 불현듯 눈앞이 흐려왔던 것이다.

낡은 화면은 색채가 흐리고 자막은 한 자도 읽을 수가 없었다. 어느 구석에선가 아이가 자지러지게 울고, 그 소리는 천장이 높고 거의 빈 좌석인 어두운 극장 안을 뒤흔들며 울렸다.

그는 상영 도중 극장을 나왔다. 밖은 여전히 대낮이었다. 해를 따라 걸으며 그는 머릿속의 안개를, 그 비현실감을 걷어내려는 듯 자꾸 머리를 흔들었다. 고깔 모자를 쓰고 미친 듯 춤을 추던 검고 흰 사람들, 초라하고 피로에 지친 만삭의 임부, 울고 있는 아이, 그것은 어제의 일이던가, 조금 전의 일인가, 아니면 내일의 일인가. 어제와 그저께와 또 훨씬 이전, 자신의 몸을 빌려 지나갔을 어느 한 생의 기억과 구별할 수 없는 똑같은 길을 걸으며 그는 비로소 자신이 왜 울었던가를 알 것 같았다. 아들 때문이었다. 그가 희구하는 평화로운 삶, 아들이 살기를 바라는, 그러나 아들 역시 실패하고야 말 삶, 그럼에도 사람들이 살아가는 모습의 어쩔 수 없는 아름다움 때문이었다.

어머니는 두 개째의 참외를 깎았다. 어디선가 까치가 푸드덕 날아들었다.
햇빛과 정적만 가득 찬 공간을 나는 검은빛의 움직임에 어머니는 칼질을 멈추고, 정옥은 반사적으로 아이 쪽을 바라보았다. 무료히 앉아 빈 병에 부우부우 바람만 불어넣고 있던 아이가 병을 내려놓고 눈을 둥글게 떴다.
건너편 산등성이 너머에서는 여전히 징소리, 바라 소리가 바람을 타고 간간이 들려오고 있었다. 너무도 멀고 아련해서 혹시 환청인가 생각되기도 했다.
잠깐 눈을 가늘게 떠서 까치를 좇던 어머니는 다시 참외 껍질을 벗기기 시작했다.
아이가 일어나 까치에게 살금살금 다가갔다. 까치는 뜻밖의 내방꾼들에 대한 적의를 숨기지 않았다. 푸른빛 광택이 칠칠히 흐르는 단단한 날개, 희디흰 배, 어쩌면 조롱하듯 까맣게 반들거리는 눈으로 아이를 가만히 노려보았다.
적의를 감지한 아이의 눈이 팽팽히 긴장했다. 주먹을 불끈 쥐고 아이다운 교활함으로 친근하게 미소를 띠며 발소리를 죽여 다가갔다. 그러자 까치는 어깨를 털고 훌쩍 날아올랐다. 아이와 꼭 한걸음만큼의 거리를 두고서였다.

머쓱해진 아이는 투정이라도 부릴 듯한 얼굴로 정옥을 바라보았다. 낸들 어쩌겠니, 하는 시늉으로 정옥은 어깨를 치올렸다가 손을 털어보였다.

까치는 바람 없어 움직이지 않는 흰빛의 공간을 자유롭게 날았다. 한낮의 적요로움이 쇳빛 날개에 무겁게 얹혀 있었다. 까치는 모둠발뛰기를 하듯 묘석에서 묘석으로 옮겨앉았다. 아이는 그때마다 한껏 걸음을 죽여 다가갔으나 까치는 매번 손끝에서 피어오르듯 아슬아슬하게 빠져나갔다.

길 쪽에서 영구차가 먼지를 피우며 올라왔다. 그것은 정옥이네들이 앉아 있는 산 밑을 돌아 옆의 등성이로 오르는 입구에서 멎었다.

영구차의 문이 열리고, 관을 든 사람들이 앞장서서 천천히 산으로 올랐다. 그들은 정옥이 짐작했던 대로, 인부들이 대기하고 있는, 미리 파놓은 묘지로 향하고 있었다. 정옥이네보다 훨씬 아래쪽에 위치한 자리였다.

급히 차일이 쳐지고 관을 따라온 사람들이 햇빛을 피해 차일 안으로 들어갔다.

홀로 살아 있는 듯 우뚝우뚝 선 묘비 사이로 아이는 까치를 쫓아 마구잡이로 뛰어다녔다. 맨살에 닿는 풀의 감촉이 좋은지 운동화도 양말도 어느 결에 벗어버렸다. 아이는 제 키 높이의 묘비를 끌어안고 빙글빙글 맴을 돌기도 했다.

아이는 엄마와 할머니의 존재를 완전히 잊고 있는 듯했다. 정옥이 아이를 이처럼 남의 아이 보듯 멀게 보는 것은 처음이었다. 짧은 반바지에 깃 없는 셔츠를 입고 무구하게 뛰노는 아이는 누구인가. 배태하기 전부터 그토록 자주 꿈속에서, 욕망 속에서, 사유 속에서 만나던 아이인가.

정옥은 아이를 갖기 전 어느 시간, 어느 장소에서나 달려오는 아이들을 보았다. 마음속에 어떤 특정한 모습을 지니고 있지 않았음에도, 자신의 배를 빌려 태어날 아이는, 미래로부터 그녀에게로 냉담히 또는 팔 벌리고 즐겁게 달려오는 아이들 중 그 누구와도 닮아 있지 않았다. 나의 아이는 누구인가.

신작로가 세 갈래로 갈라지는 지점이었다. 신작로를 곧게 따라 걸으면 읍이나 면 단위의 작은 거리들이 나타날 것이다.

왼쪽으로 난 길의 입구에는 '보타사 10km'라는 절표지 팻말이 서 있었다. 여인숙의 처녀가 말한, 고기가 많다는 저수지는 아마 오른쪽 들길로 가야 될 성싶었다.

보타사 팻말 앞에서 잠시 망설이던 그는 삼거리 모퉁이의 가게 유리문에 쓰인, 국수, 라면 따위 글씨를 보고 가게 안으로 들어갔다. 극장 매점에서 사먹은 빵의 방부제 냄새가 아직까지도 위장 속에 괴어 있어 숨쉴 때마다 올라왔음에도 심한 허기를 느꼈던 것이다.

잡화를 파는 가게 안쪽으로 길다란 탁자가 두 개 보였다. 가게에 붙은 방에서 젊은 여자가 고개를 내밀었다. 낮잠이라도 자고 있었던가, 얼굴이 부스스했다.

"라면 됩니까?"

차림표를 눈으로 훑으며 그가 묻자 여자는 블라우스 앞단추를 채우며 나왔다.

"계란 넣을까요?"

여자가 탁자를 훔치며 물었다.

"아니, 국수도 됩니까?"

라면의 상한 닭기름 냄새가 역하게 떠올라 그가 급히 고쳐 물었다.

그녀는 대답 없이 흐트러진 머리칼을 쓸어올려 핀을 꽂으며 소주병, 음료수 병, 성냥 따위가 먼지를 뒤집어쓰고 엎혀 있는 시렁의 꼭대기에서 국수 다발을 꺼냈다.

국수를 기다리는 동안 그는 담배를 피워물고 벽에 붙은, 새마을 운동 표어, 식량 증산 운동 표어, 현상금 걸린 지명 수배자들의 사진과 죄명, 현상금의 액수까지 빠짐없이 차례로 읽어갔다. 그러면서 내내 시멘트 바닥에 발을 탁탁 굴러 농구화에 묻은 먼지를 털어냈다. 머리에 임을 인 아낙네와 노파들이 서너 차례 가게에 들어와 초와 만수향을 사갔다.

기우는 한낮의 정적 속으로 개구리들의 울음 소리가 들려왔다. 밤에는 비가 올 모양이었다.

국수는 꽤 오랜만에 나왔다. 주인여자는 멀건 멸치 국물에 만 국수와 열무김치, 젓가락들을 일일이 한 가지씩 날라다 탁자 위에 늘어놓았다.

"양초 주세요."

노파와, 댓 살 정도 되어 보이는 사내아이의 손을 잡은 젊은 아낙네가 가게 안으로 들어서자 주인여자가 조금 웃는 시늉으로 알은체를 했다. 젊은 아낙네는 소복 차림이었다.

"재 올리러 가시는군요."

"오늘이 칠이레 마지막 재라오."
 노파가 젊은 아낙네 쪽을 흘긋 보며 수군수군 대답했다.
 시렁을 뒤적이던 주인여자가 손의 먼지를 탁탁 털며 초가 다 떨어졌노라고 고개를 저었다.
 그들은 만수향과 네 홉들이 정종 한 병만을 사들고, 어쩌나 하는 표정으로 가게를 나갔다. 소복한 아낙네는 아이의 손을 쥔 채 시종 말이 없었다.
 "오늘 재 드는 날인 줄 알면 양초를 받아올 것이지, 이 처사는 밤낮……"
 주인여자가 투덜거렸다. 절에 가는 손님 상대가 무시 못 할 몫인 모양이었다.
 "불사가 있는가부죠?"
 고춧가루 한 숟갈을 청하고 그는 공연히 군일을 시킨 듯 미안해져 한마디 거들었다. 멀어져가는 젊은 아낙네의 흰 치마 한 자락이 희끗희끗 눈에 밟혔다.
 "오늘이 백중날이에요. 산 너머 보타사 가는 사람들이지요."
 그의 눈길이 흰 옷자락 끝을 감실감실 따라가고 있음을 보고 여자는 덧붙였다.
 "49재가 마침 오늘인가봐요. 윗마을 사람들인데 애 아버지가 저수지에 빠져 죽었거든요."
 고춧가루를 국수 위에 붓고 젓자 쌀겨 같은 고추벌레가 하얗게 떴다.
 가겟방에서 아이 우는 소리가 들렸다. 가게 문턱에 턱을 괴고 앉아 멍하니 밖을 내다보는 여자의, 불룩하게 솟은 블라우스 가슴께에 물기가 내배 점차 짙은 빛으로 적시며 넓게 번졌다. 아이의 울음 소리가 찌르는 듯 높아지자 여자는 느릿느릿 몸을 일으켜 방으로 들어갔다.
 국수는 양이 많고 맛이 없었다. 배고팠던 푼수치고는 보잘것없는 식욕이었다.
 아이에게 젖을 물리고 있는 주인여자에게 돈을 치르고 그는 가게를 나왔다.

"탈관을 하나부다."
 내내 아래쪽에서 벌어지는 광경을 보고 있었던 듯 어머니가 눈을 가늘게 뜨고 말했다. 검은 칠을 한 관을 묶은 광목의 일곱 매듭을 푸는 중이었다.
 "왜 탈관을 하죠?"
 "뼈가 흰색으로 곱게 남으라고 남쪽 사람들은 더러 그러기도 한다더라, 나무 물이 들면 뼈가 누렇게 변색된다던가……"
 정옥은 햇빛 아래 숨길 수 없이 굵고 가는 주름살이 얽혀 드러나는 어머니의 얼굴을 물끄러미 바라보았다. 화장은 지워졌지만 눈두덩에는 볼 듯 말 듯 푸른 칠이 남아 있었다. 참외를 한 입씩 천천히 베어 물며, 정옥의 시선을 의식한 어머니의 얼굴이 조금 굳어졌다. 정옥은 짐짓 가벼운 몸짓으로 일어났다. 기지개를 켜듯 두 팔을 들어올리고 심호흡을 했다. 일어서자 장례를 치르는 광경이 좀더 환히 보였다.
 칠성판에 누운 시신이 내려가자 엎드린 사람들 사이에 한바탕 곡성이 어우러졌다.
 하관이 끝나자 검은 양복에 건을 쓴 남자들이 흙을 한 삽씩 떠서 던져넣고 물러섰고 이어 흰옷 입은 여자들이 삽으로 흙을 떠

넣었다. 그것은 어쩌면 공식적인 기념 식수를 방불케 하는 광경이었다.

상제들에게서 삽을 넘겨받은 인부들이 우 달려들어 재빨리 흙을 덮은 뒤 회 다지기가 시작되었다. 7, 8명은 될 듯한 그들은 긴 장대를 하나씩 들고 무덤 속으로 들어갔다. 묘지의 위쪽에 무릎을 세우고 느른히 앉아 있던 늙은이가 선창을 하자 인부들은 두 줄로 나뉘어 우렁우렁한 소리로 받아 부르며, 마주보고 등을 대는 동작의 되풀이로 발 밑을 단단히 다졌다. 계면의 슬프고 느린 음조. 타령의 내용은 정옥이 있는 곳까지 들려오지 않았다. 그러나 가락은 선연히 잡혔다.

목이 잠긴 늙은이가 담배 한 대로 단내를 식힐 참이면 구덩이 안으로는 또 한차례 회 섞인 흙이 퍼부어졌다. 곡성과 타령이 잦아진 틈을 타서 징소리, 바라 치는 소리가 은은히 들려왔다.

정옥은 그 자리를 떠나 한 기의 무덤마다 일일이 멈춰 서며 천천히 묘비에 새겨진 이름과 생몰 연대를 읽어나갔다. 거의 한 세기를 산 사람도, 삼십 년을 못 채우고 죽은 사람도 있었다. 어느 쪽이나 다 놀라움을 불러일으켰다. 자신이 살아 있기 때문일 것이다. 묘지를 마련하고 살아가는 사람들, 열일곱 살의 죽음, 스무 살의 죽음. 나이에 따라 죽음은 그 모습과 빛깔을 달리한다. 그것 역시 그 죽음을 기억하는 사람들의 가슴속에 찍힌, 시간과 함께 희미해지고 이윽고 잊혀지고야 말 그림자에 지나지 않지만.

정옥이 다시 이곳에 올 때는 성큼 커버린 아이와 둘이서이리라. 그때 아이는 기억할까. 지나간 시간 속에 묻힌 어느 뜨거운 여름날의 정경들을. 정옥은 걸음을 멈추었다. 어느 무덤 앞에 놓인 몇 송이의 크림빛 장미에 눈이 멎었던 것이다. 처음에는 향기롭고 탐스러웠을 꽃은 뜨거운 햇빛으로 어쩔 수 없이 시들었지만 꽃을 싼 셀로판 종이 안쪽에는 물방울이 괴어, 잎은 푸르고 싱싱해 보였다. 어제 내린 한차례 소나기의 흔적이었다. 눈여겨보니 봉분 앞의 좁은 빈터에도 하이힐의 굽자국이 움푹움푹 파여 굳어져 있었다.

어제 P시의 집 마루 끝에서 보던 비의 흔적을 이곳에서 발견한 것이, 자신이 아이를 안고 잠재우며 바라보던 빗속을 크림빛 장미를 든 젊은 여인은 정다운 이의 묘지를 찾아왔으리라는 통속적인 추리가 정옥에게 뭔가 불가사의한 느낌을 주었다. 그러나 여름날의 비란 항다반사가 아니냐, 정옥은 고개를 흔들었다.

장마는 걷히었다지만 깜짝깜짝 놀라게 천둥 번개 치다가 거짓말처럼 개는 날씨가 근 한 달째 계속되고 있다. 남녘의 한 소도시 소재 경찰서로부터 연락을 받은 것은 보름 전의 일이었다.

"갑작스레 비가 내려 사고를 당한 모양입니다."

그곳 주재 파출소의 순경이 유류품이라고 내주는 바구니, 낚싯대, 접은 의자 따위에는 그때까지도 물기가 축축했다. 점퍼 주머니에서 꺼낸 수첩, 신분 증명서의 잉크 글씨가 몹시 번져 보였다. 신분 증명서에 붙은 증명 사진은 이미 아무것도 증명해낼 수 없는 잊혀진 과거의 얼굴처럼 낯설고 흐렸으며 특징이 없었다. 모든 사람들이 머리칼을 기르기 전의 치깎은 머리 모양이라 더욱 그런 느낌이 드는 건지도 몰랐다.

"아들입니까?"

정옥을 탐색하는 눈길로 찬찬히 바라보던 순경이, 얼핏 계집애와 구별이 가지 않게 머리털이 귀와 이마를 덮은 아이를 가리키며 물었다.

"애 하납니다."

정옥은 고개를 숙이고 묻지도 않은 말을 덧붙였다.

아이의 눈길은 시종 순경의 허리에 달린 권총에서 떠나지 않았다.

"비만 오면 갑자기 물이 불어서…… 강 가운데 섬은 고립되고 묻혀버립니다. 어쩌면 헤엄쳐서 피신했을 겁니다. 수색 작업은 계속하고 있습니다만, 타지방 사람들은 사고를 잘 당해요. 비만 오지 않으면 꽤 안전하고 그럴 듯한 섬이지요. 물 깊이도 어른 허리 높이 정도이고, 거리도 그만하고…… 지난해에도 애들 데리고 캠핑 온 사람이 밤중에 갑자기 쏟아진 폭우로 사고를 당했답니다. 비만 오면 흔적도 없이 잠겨버린다는 걸 알 리 없었지요."

젊은 아낙에 대한 동정으로 순경의 말은 친절하고 장황했다.

"아빠 꺼지? 그전에 날 데리고 갔을 때……"

정옥이 하나씩 집어드는 물건들을 보며 아이가 반갑게 소리쳤다. 아이는 지난해의 긴 여름날 아빠와 함께 갔던 낚시를 기억하고 있었다. 그 후로는 간 적이 없었기 때문이었다.

정옥은 순경을 따라 이른바 그 '현장'을 보러 갔다. 강으로 흘러드는 큰 냇물의 한가운데, 모래가 퇴적해서 생긴 섬이었다. 그것은 물고기 배처럼 타원형의 밋밋한 모습으로 물 가운데 하얗게 드러나 있었다. 도시 하룻밤의 비로 사라져버릴 성싶지 않게 작은 섬의 면모를 의젓하게 갖추고 있었다.

뙤약볕에 모래알들이 튀어오르듯 반짝거렸다.

모래섬에서는 밤늦게까지 칸델라 불빛이 반짝거리고 있었다고, 그리고 갑자기 폭우가 쏟아졌노라고 주민들은 입을 모아 증언했다.

웬 아저씨가 낚시를 왔다. 그는 허리 넘게 차는 물을 서너 차례 오가며 짐을 날랐다. 물가에서 그는 한 소년에게 담배 심부름을 시키고 거스름돈을 주었다. 다음날 아침, 냇물에 쳐둔 그물이 걱정되어 일찍 나온 아이는 덤불에 걸린 옷가지를 보았다. 분명 그 전날 저녁 그 아저씨가 입고 있던 점퍼였다. ……하동(河童)들은 이미 마을 사람들과 순경에게 몇 차례나 했을 말을 정옥에게도 또박또박 되풀이했다.

"그 아저씨는요, 저녁때까지 피라미도 한 마리 못 잡았어요, 여기선 물살이 세서 낚시가 안 된다고 해도 그냥 웃고 말데요."

다음날 한 청년은 배를 타고 강을 따라 내려가 하구의 바위에 걸려 맴도는 접는 의자를, 떠내려가는 바구니를 건졌다.

"우산도 쓸 수 없는 사나운 비바람이었지요, 밤늦게 돌아오는데 냇가운데 섬에서 불빛이 보이더군요."

누군가 또 증언했다. 마을 사람들이 낚시꾼을 찾기 위해 긴 장대를 들고 배를 내어 강의 하류까지 갔었다고 했다.

긴 둥글게 솟은 사구(沙丘)에서는 아무런 흔적도 찾을 수 없었다.

정옥은 순경이 내미는 몇 가지의 서류에 손도장을 찍고 그의 물건들을 건네받았다.

"대학에 나가시더군요."

"네."

"자주 이렇게 혼자 집을 떠나십니까?"

"방학이 일찍 시작됐고…… 또 낚시에 취미가 있어서요."

"하긴 대학에 나가신다니 방학이 아니라도 시간은 자유롭겠군요. 하지만 여긴 P시에서 꽤 떨어진 곳이고 또 그다지 알려진 낚시터가 있는 곳도 아닌데……"

순경은 분명 어느 뜨거운 여름날 이곳을 찾아든 낯선 사내에게, 사내의 사라짐에 어떤 의미를 캐내려 하고 있었다. 정옥은 순간 아무 말이나 되는 대로 마구 떠들어대고 싶은 발작적인 충동에 사로잡혔다. 말의 홍수가 쏟아져나오려고 목구멍이 근질거렸다. 그는 지방 대학의 강사이고 우리는 결혼한 지 다섯 해가 되었지요, 어느 날부터인가 그에게는 모든 것이 금지되었어요. 아무런 권리도 의무도 없는 금치산자가 된 거예요. 게다가 매독 환자처럼 정기적인 검진을 받아야 한답니다. 낮잠 속에서의, 긴 꿈속의 여행이 허락될 뿐이지요, 그래서 그는 언제나 잔답니다. 입을 벌리고 자는 모습을 보면 꼭 죽어 있는 것 같아 놀라 흔들어 깨우기도 여러 번이었지요.

그러나 정옥은 이 모든 말들을 여느 때 그러하듯 가슴 깊이 밀어넣으며 물었다.

"혹시 하눌재 신들내가 어딘지 아세요?"

순경은 잠깐 생각하는 표정이더니 곧 고개를 흔들었다.

"전혀 들어본 적이 없어요, 이 부근엔 그런 지명이 없는 줄 압니다."

이 부근이 아니라도 하눌재 신들내라니, 그곳이 어디엔들 있을까. 정옥은 그가 떠난 뒤 지도를 샅샅이 뒤졌다. 시, 읍, 면 단위의 세부도까지 구해 한곳도 빠짐없이 찾아보았으나 하눌재 신들내는 어디에도 없었다. 으레 그럴 것이라는 짐작이 있던 터라 놀라움은 없었다.

그에게서는 그 지명을 들었을 때의, 새벽의 푸르름 때문일까, 정옥은 손댈 곳 없이 깎아지른 벼랑, 그 위의 한번도 열어보인 적이 없는 벽공(碧空), 열목어가 붉게 달아오른 눈을 식히기 위해 차갑고 시린 물을 찾아 모여든다는 벽곡(僻谷)을 생각했었다.

회 다지는 발이 빨라지고, 매김 소리도 받는 소리도 급해져 자진가락이 된다. 구덩이 속에서 맴돌던 인부들은 움파 솟아오르듯 쑥쑥 자라난다. 아낌없이 회를 써서 단단히 다진다. 보이는 건 이제 정강이까지 올라와 춤추며 돌아가는 인부들뿐이다. 상제들은 햇빛에 쫓겨 차일 속으로 숨어들어간 것이다.

그는 냇가에 앉아 신을 벗고 물집이 허옇게 잡힌 발을 물 속에 넣는다. 깜짝 놀라게 시원하다.

그는 허리를 굽혀 물 아래 형형색색의 돌을 본다. 돌보다 먼저 자신의 모습이 비친다. 돌의 빛깔은 물 아래에서 물과 함께 흐른다.

그는 물살을 헤저어 자신의 모습을 깨뜨리고 돌을 줍는다. 더러는 눕고 더러는 서 있는 둥글게 닳은 돌들. 돌을 물에서 건져 올리면 빛이 죽는다. ……예쁜 꽃무늬의 옷을 입은 도마뱀은 꼬마 쥐에게 말했습니다. 보름달이 떠오를 때 조약돌을 가져오렴, 꼭 보랏빛 조약돌이라야 해, 그러면 소원을 이루어주마…… 그러나 꼬마 쥐가 아무리 애를 써도 보랏빛 조약돌은 찾을 수가 없었습니다…… 그는 몽롱한 낮잠 속에서, 아이에게 동화를 읽어주는 아내의 단조롭고 기계적인 목소리를 듣고 있었다. 그러면서 그는 생각했다. 보랏빛 조약돌이라니, 보석도 아닌 돌이 보랏빛이라면 얼마나 예쁘고 신기할까…… 그래서! 그래서 어떻게

됐지? 아이는 엄마가 읽는 것을 채 기다리지 못하고 무릎을 흔들어대며 다그쳐 물었다. 벌써 여러 차례 되풀이 읽는 듯 아내는 좀 성의 없이 무관심하게 읽고 있었다. ……그래서 그 조그만 쥐는 보랏빛 조약돌을 찾았을까, 그는 끝까지 다 듣지 못하고 혼곤히 잠속으로 빠져들었다. 물론 작은 쥐는 자신의 몸으로는 쉽게 감당할 수 없는 모험과 희생, 시련을 겪은 뒤 보랏빛 조약돌을 얻어 소원을 이루었을 것이다. 그것이 동화의 정석이기 때문이다.

그는 물에서 건진 돌멩이들을 차례로 늘어놓는다. 하얗게 물기가 마르자 그것들은 금시 평범한, 특징 없는 돌멩이로 변해버린다.

P시의 집 뜰에는 나무 뿌리와 쉽게 구별이 되지 않는 모양의 돌이 있다. 언젠가 낚싯길에서 들고 온 이래 마당의 그늘진 구석에 방치된 채 음습하게 이끼를 입어가고 있다. 아이는 그 돌이 밤마다 조금씩 자라고 있다고 생각한다. 녀석의 머리는 마술에 관한 얘기로 가득 차 있다. 땅속에 깊이 묻힌 사람도 수리수리마수리 몇 마디의 주문으로 죽음을 이기고 나온다고 믿고 있다. 무심히 흘려버렸던 아이의 작은 몸짓 표정 따위가 그의 가슴을 비통하게 쑤셨다. 안개를 피우는군. 당신은…… 시인인가. 그들은 비웃는 투로 말했다. 그에 관한 한 그들은 참으로 적절하지 못한 무기를 발견한 것이다. 그는 자신이 시인이기보다 상식의 옹호자이기를 바랐기 때문이었다.

그는 늘어놓았던 돌멩이들을 다시 냇물에 던져넣는다. 냇물의 가운데 솟은 큰 바위에 부딪혀 푸르게 석화(石火)가 피며 미미하게 흰 자국이 남는다. 마지막 돌멩이를 팽그르르 물 속으로 차

던지며 그는 일어난다. 해가 퍽 많이 기울어 있다. 부지런히 걷는다면 저물 때까지는 저수지에 도착할 수 있을 것이다. 그리고 저수지를 찾아 줄곧 걷노라면 해가 거대한 불덩어리가 되어 지평선 아래로 거짓말처럼 떨어져내리는 것을, 이윽고 밤이 오는 것을 보게 될 것이다.

성급히 퍼올린 흙으로 금시 둥그런 봉분이 새로이 돋아났다.
다앙, 다앙, 다앙, 징소리, 바라 소리는 한결 확실히 다급하게 들려왔다.
고작 이십 분도 못 되는 참이었을 것이다. 전에 없이 아이의 낮잠이 길었다. 땀을 흘리며 자고 있는 아이의 드러난 배에 타월을 덮어주며 정옥은 퍼뜩 겨울 지나면서 맡겨둔 세탁물을 아직껏 찾아오지 않았다는 생각이 떠올랐다. 여름이 가기 전에 그의 가을옷들을 준비해야 할 것 같았다.
정옥은 현관문과 대문을 잠그고 열쇠를 편지함에 떨어뜨려넣은 후 세탁소로 뛰었다.
세탁물을 찾아들고 역시 단숨에 뛰어온 정옥은 잠깐 담장 밖에 서서 아이의 울음 소리가 들리는가 귀를 기울였다. 집 안은 조금 전과 마찬가지로 조용했다. 막상 이상하다는 느낌이 든 것은 편지함에 손을 넣어 열쇠를 꺼낼 때였다. 열쇠는 여전히 그 자리에 있었건만 무언가 조금 전과는 다르다는 느낌이었다. 딱히 설명할 수 없는, 그러나 아주 익숙한 감각이 손등을 스치는 듯했다. 정옥은 열쇠를 꺼내어 자세히 살펴보았다. 사자머리가 조잡하게 양각된 열쇠에서는 뒤틀리거나 긁힌 자국 따위 알아볼 수 있는 어떤 흔적도 없었다. 잠긴 현관문을 열고 들어서면서부터 누군가 들어와 있다는 느낌은 더욱 심해졌다. 문이 열려 있거나 신발들이 흐트러져 있는 것도 아니었다. 달라진 것은 아무것도 없었다. 아이는 배를 덮은 수건을 차던지고 여전히 팔 벌리고 잠들어 있었다. 집 안을 한 바퀴 휘둘러본 후에야 정옥은 비로소 알 수 있었다. 그것은 집 안에 희미하게 떠도는 담배 냄새였다.

정옥은 그때까지 들고 있던 세탁물 봉투를 팽개치고 부엌으로 뛰어들어갔다. 그가 집을 떠난 뒤 정옥은 그를 생각할 때면 늘 그의 허기가 떠오르는 이유를 알 수 없었다. 컵에 마시고 남은 물이 조금 담겨 있을 뿐 아무것에도 그의 손이 닿았던 흔적은 없었다.

다만 목욕탕 바구니에 낯익은 그의 옷가지들이, 주인은 지금 목욕이라도 하고 있는 양 뭉쳐져 있을 뿐이었다.

어디 있어요, 어디 있어요, 그가 없다는 것을 알면서도 정옥은 남의 귀를 경계하듯 소곤거려 불렀다. 그예 전화의 송수화기를 집어들어 귀에 대었다. 윙 작동음만 끊임없이 귓바퀴에 맴돌았다. 정옥은 기실 무엇을 찾아내고자 함인지 자신도 모르면서 재떨이 속의, 아직도 침이 묻어 있는 두 개의 담배 꽁초를 들고 노련한 수사관처럼 용의주도하게 살피었다.

빨래를 하기 전에는 으레 그러하듯 정옥은 그가 벗어놓고 간 옷가지의 주머니를 뒤졌다. 옷에는 그가 다닌 숱한 곳의 냄새, 정옥이 결코 가본 적이 없는 곳의 바람과 햇빛, 이슬, 스쳐간 사람들의 냄새, 불안한 행려(行旅)의 냄새가 배 있었다.

주머니에서는 찍힌 도장의 날짜를 알아보기 어려운 구겨진 극장표, 유원지의 입장권, 때묻은 손수건, 담배 가루 따위가 묻어 나왔다. 있을 법한 메모 한 장 남기지 않았다.

혼곤히 잠든 아이의 뺨에 남아 있는 분명한 그의 입맞춤을 보았을 때 정옥은 더 이상의 추리와 탐색이 부질없는 짓임을 깨달았다.

그는 아주 가버린 것이다. 하룻밤의 폭우로 감쪽같이 사라져버린 사구에 그의 껍질만을 남기고 숨어버렸듯 옷만 갈아입고는 사라져버린 것이다. 고작 이십 분 정도의 시간이지만 그 어느 긴 시간보다도 멀리 갈 수 있는 시간이기도 했다.

정옥은 잠든 아이의 뺨에 입술을 대었다. 아이는 성가신 듯 몇 번 눈등을 비비고 뒤척이다 돌아누워 다시 잠이 들었다.

붉은 흙더미 위로 떼가 얹히고 있었다. 어머니는 이 모든 과정을 모조리 눈 안에 담아두려는 듯 눈도 깜박이지 않고 지켜보았다. 흙이 묻거나 구겨질 것을 염려한 듯 원피스 자락이 무릎 위까지 걷어올려지고 한때 풀밭 위에서 풀잎보다 더 싱싱하고 자랑스러웠을 다리는 시들고 퉁퉁해져 희미한 정맥류의 현상을 보이며 풀밭 위에 던지듯 놓여 있었다.

둥그렇게 담장을 두른 가족묘의 석물 뒤에서 아이가 나타났다. 아이는 달려와 정옥의 무릎에 비스듬히 기대앉았다.

정옥은 땀으로 이마 위에 달라붙어 있는 머리칼을 쓸어젖히고 아이의 눈을 들여다보았다.

정옥이 아이에게서 남편을 느끼는 것은 바로 그 눈을 볼 때였다. 그리고 그 눈에서 한 번도 본 적이 없는, 누렇게 바랜 사진 속 시부(媤父)의 찌르는 듯한 안광을 보았다. 외가를 닮은 둥근 턱에도 불구하고 아이는 그 눈 때문에 아이답지 않게 어딘가 날이 선 인상을 주곤 했다. 한데 뒤섞여 몰려오는 수천의 아이들

가운데서도 단박 가려낼 수 있는 작은 얼굴. 그러나 그 특성은 곧 사라질 것이다. 자라서 이성의 여자와 몸을 섞어 아이를 낳으면 조부로부터 부친에게 이어지던 특징은 점차 마모되고 희미해질 것이다. 이윽고 낯선 얼굴들. 정옥은 남편의 성을 받아 태어날 미래의 아이들의 얼굴을 모른다. 오래 전 땅속에 묻힌 사람들을 알 수 없듯이.

봉분의 떼가 다 입혀지고 그 앞에 간단한 제상이 차려지자 상제들이 차일 밖으로 나왔다. 발 밑의 참외 껍질에는 어느새 쉬파리떼가 새카맣게 달라붙어 윙윙거렸다.

정옥은 어머니의 얼굴을 가만히 바라보았다. 언젠가 그녀 자신 이곳에서 한잔 술 가득 부어 올리고 한 장의 소지(燒紙)로써 어머니와 작별의 의식을 치르게 될 것이다.

검은 연기가 피어올랐다. 빈 관을 태우는 것이다. 어머니는 한숨을 내쉬었다.

젖은 바람이 불었다. 하늘 한쪽으로 먹장구름이 몰리며 해를 가렸다.

장례를 마친 사람들은 분명 한바탕 쏟아질 소나기를 우려하듯 하늘을 올려다보고는 서둘러 차일을 걷고 돗자리를 말고 제기를 꾸렸다.

아직도 타고 있는 관을 인부들이 둘러서서 막대로 쑤석이며 불꽃을 일으키고 있었다.

산을 내려가는 사람들의 희고 검은 모습들이 봉분들 사이로 들쭉날쭉 부지런히 움직여갔다.

손보지 않은 묘지의 길게 자란 풀들이 젖은 바람에 거칠고 성성히 일어서고 있었다. 회색의 공간에 검은 풀빛이 요기롭게 흔들렸다.
　갑자기 낮아진 기압 때문인가, 산의 등성이마다, 감춰진 골짜기마다에서 피어오르듯 날개를 털며 새떼가 자욱이 날아올랐다. 갑자기 묘지를 뒤엎으며 나타난 까치떼는 서로 부르고 응답하며 나지막이 선회했다.
　묘석마다 올라앉아 움직이지 않는 새의 모습에 정옥은 비로소 살갗이 굳는 듯한 두려움을 느꼈다.
　엄청난 새떼에 놀란 아이는 잔뜩 겁에 질린 표정으로 정옥의 팔을 단단히 잡고 놓지 않았다.
　길 아래에서는 사람들을 다 태운 영구차가 요란스레 시동을 걸고 있었다.
　"이제 가자."
　어머니의 말에 정옥은 말없이 아이에게 신을 신기고 참외 껍질과 달걀 껍질 따위를 신문지에 꾸려 빈 병과 함께 구럭에 넣었다. 자신들이 떠난 뒤 빈자리에 남을 흔적이 싫기도 했지만 다음에 왔을 때, 이 흔적에서 분명 지금의 이 시간들을 되살리려는 헛된 노력을 하게 될 것이 끔찍하게 생각되었기 때문이었다.
　"오늘 내려가겠니?"
　"그래야겠어요."
　딱히 그럴 작정은 아니었지만 정옥은 불쑥 대답했다. 막상 대답을 하고 보니 갑자기 P시의 빈집에서 뭔가 긴한 일이 기다리고 있는 듯, 고작 하루를 떠나 있었을 뿐인데도 굉장히 오랫동안 비워두었던 듯 갈 일이 바쁘게 생각되었다. P시까지는 버스로 세 시간의 거리였다.
　"이쪽으로도 길이 있을걸, 지름길일 텐데."

어머니는 정옥이네들이 올라온 길과 반대쪽 등성이를 가리켰다. 방금 사람들이 떠난, 갓 생긴 무덤 앞으로 난 길이었다.

하늘은 더욱 어두워졌다. 내려가는 길은 가팔랐다. 정옥은 아이를 들쳐업었다. 구름은 점차 두꺼워지며 머리 위로 몰리는 중이었다.

산을 내려올수록 징소리는 한결 가까워졌다.

"아무래도 한 소나기 할라나부다."

어머니는 그때까지 쓰고 있던 양산을 접었다. 매장을 끝낸 묘지 앞을 지날 때 제사지낸 음식을 먹고 있던 인부들이 눈을 치떠 정옥이네를 바라보았다. 술에 취한 듯 붉은 눈으로 고개를 돌려 안 보일 때까지 뒤쫓았다.

산을 두 굽이 돌아 내려오자 산자락 끝에 갑자기 절이 나타났다. 삼색의 단청빛이 묻어날 듯 갓 단장한 절이었다. 명부전 현판이 붙은 어두운 불당에서는 끊임없이 징소리와 북소리가 들렸다. 산에서부터 줄곧 듣던 소리였다.

"재가 들었나부다."

어머니가 정옥의 귓가에 대고 낮게 소곤거렸다.

절마당에 들어서는 것과 동시에 후드득, 굵은 빗방울이 듣기 시작했다. 무쇠솥이 걸린 마당 아궁이의 솔가지 때는 매운 연기가 나직이 깔리고 있었다.

그네들이 마당으로 들어서자, 별채에 있던 부엌에서 승복을 입고 머리를 짧게 파마한 여자가 비죽 고개를 내밀었다. 목에 염주를 길게 늘인 그 초로의 여자는 보살 같기도 하고 무당 같기도 했다.

"재가 들었나부죠?"

처마 밑으로 바짝 들어선 어머니가 툇마루에 걸터앉으며 친근하게 물었다.
열린 방문으로, 지난 초파일에 썼던 것인 듯 천장 가득 매달린 색색의 연등이 보였다.
"백중재라오."
불공을 드릴 손님인가, 단골 시줏댁인가, 탐색하던 여자가 시큰둥하게 대답했다.
"아, 오늘이 칠월 보름이구나."
그리고 어머니는 나란히 마루 끝에 앉은 정옥을 돌아보며 깜짝 놀란 듯 크게 말했다.
"갈 땐 달을 보겠네."
빗줄기는 제법 세차졌다. 처마 밑 땅바닥에 낙수로 작은 홈을 파며 빗줄기는 튀어올랐다.
사랑이었나? 빗속을 뚫고 더욱 낭랑히 들려오는 독경 소리와 징소리를 들으며 정옥은 멍하니 생각했다. 무엇이 자신으로 하여금 이곳으로 이끌었을까.
정옥은 시계를 보았다. P시에 닿을 무렵이면 밤이 꽤 이슥할 것이다. 그때쯤 비가 걷혀 달이 뜰까.
"달을 보겠네."
어머니가 또 말했다. 정옥은 헛들은 게 아닌가 하고 어머니를 돌아보았다. 어머니는 무심히 비 오는 마당을 보고 있었다.
빗속에도 향내가 희미하게 풍겼다. 칠월 보름, 백중인 것이다. 우란분재, 망자(亡者)의 날. 밤은 밝아 만월. 정옥은 잠든 아이 등에 업고 이미 추억으로 떠오르는 P시의 가파르고 어두운 길을 가게 되리라.

어둠의 집

 그 여자는 꼭 한 잔 분량의 물을 주전자에 부었다. 손짐작은 대개의 경우 정확했다. 찻물을 가스 레인지 위에 얹는 동안에도 한 손에는 미농지의 설명서를 들고 있었다. 물이 끓을 동안 머리 염색약의 설명서를 읽을 작정이었다. ……섭씨 삼십 도 정도의 미지근한 물에 적량의 약을 풀고……
 그 여자는 설명서의 잔 글씨에 바짝 눈을 들이대고 한 손으로 가스의 점화 스위치를 눌렀다. ……과민성이나 알레르기성 피부를 가지신 분은…… 불을 꺼요.
 짧고 날카로운 호각 소리, 성마른 외침, 골목을 뒤흔들며 튀어오르는 발소리에 이어 느닷없이 공습 경보가 울렸다.
 집과 골목의 사이사이에서 산발적으로 튀어오르는 호각 소리—그것은 마치 평화로운 마을에 잠입한 비적떼들의 서로 부르고 응답하는 신호처럼 들렸다—어지럽고 다급한 발소리에 그 여자는 집 뒤 야산의 전주에 매달린 스피커가 낮 동안 몇 차례 방송한 것이 야간 등화 관제 실시를 알리는 것이었음을 깨달았다.
 ……시민들은 불을 끄고 라디오에 귀를 기울여 훈련에 임하시기 바랍니다.
 지금도 스피커는 같은 내용의 방송을 되풀이하고 있었다.
 그 여자는 좀 거친 손짓으로 가스불을 껐다. 마악 김을 올리던 물이 시그르르 약한 소리로 잦아들었다. 그것은 마치 가스가 새는 소리 같아 그 여자는 공연히 연결 밸브의 이음매에 불안한 눈길을 던졌다.
 방과 부엌은 물론 마루에도 환히 켜놓은 전등은 이층으로 오르는 계단의 중간까지 빛을 던지고 집 안은 어느 곳 한군데 그늘진 곳이 없이 밝았다.
 불을 꺼요.
 필시 민방위 요원일 사내가 거칠게 구둣발로 대문을 차며 소리쳤다.
 그 여자는 곤두박질 치듯 뛰며 차례로 전기 스위치를 내렸다.
 정기적으로 실시되는 것은 아니었으나 그 여자가 기억하는 한 몇 차례인가 등화 관제 훈련이 있었다. 예비 사이렌이 울리면 아들과 딸은 불을 끄고 이층의 제 방으로부터 후닥닥 층계를 서넛씩 건너뛰어 내려와 안방으로 들어왔다. 누구든 어두운 방에 혼자 앉아 이십 분이나 혹은 그보다 조금 더 긴 시간을 보내려 하지 않았다.
 갑자기 빛이 사라지면 포격과 살상이 무자비하게 행해지는 바깥 세상으로부터 안전하게 대피하고 있다는 것, 그들은 한 동아리이며 둥지 속의 알처럼 안전하다는 사실을 어둠은 새삼 상기시켰고 설혹 생활 속에 느닷없이 뛰어든 고의적인 어둠의 또 다른 면모에 남몰래 전율한다 해도 그것은 술래가 숨은 아이들을 찾아나설 때까지의, 열을 셀 동안의 순간에 불과한 짧은 시간일 뿐이었다.

어둠 속에서 울리는 목소리는 평소 그들이 알고 있던 자신들의 목소리가 아닌 듯 귀에 설어 그들은 약간의 외경마저 느끼며 소리 죽여 소곤거렸고, 그 여자는 곧잘 대동아 전쟁 말기의, 등화 관제가 잦았던 한 시절을 떠올리곤 했다. 당시 그 여자는 관립 여학교 기숙사에 있었다. 창마다 불빛이 사라진 뒤 쉴새없이 울리는 공습 경보를 들으며 그녀들이 나누던 것은, 규율이 엄격한 관립 여학생들에게는 금지된 장난이었던 비밀한 사랑 이야기였었다.

한숨과 비탄과 이룰 수 없는 사랑과 어떤 최악의 상황을 갖다 대어도 좋을 청춘의 꿈들은 어둠 속에서 반딧불처럼 떠돌고 열일곱 살 다감한 소녀들은 사랑과 죽음과 배반으로 찬란히 약속된 미래의 날들을 그려보곤 했었다.

사랑은, 뜨겁고 아름답게 사는 방법이었다. 그 여자는 가만히 미소를 지었다.

남편과 아들은 마침 그 시간이 텔레비전 권투 중계 시간만 아니라면 등화 관제에 불평하지 않았다.

그러나 오늘밤 그 여자는 혼자였다. 어두운 방안에 우두커니 서서 그 여자는 잠깐 혼자 있다는 사실에 이유가 분명치 않은 당황함과, 예고 없이 불쑥 찾아온 방문객을 대할 때처럼 피해 의식에 사로잡혔다.

남편은 오늘 저녁 중동의 임지로 떠나는 직원의 송별연이 있다고 말했다. 몇 해째 남편의 귀가는 늦고 납득할 만한 이유 역시 늘 있어 그 여자는 남자들의 사회 생활이라는 것에 대범하려 애써왔다. 고등학교 졸업반인 아들은 학교 수업 외의 과외를 받느라 밤이 늦어서야 올 것이고 딸은 오늘밤 돌아오지 않을 것이다. 등화 관제만 아니라면 여느 날과 다름없는 저녁이었다.

그 여자는 거의 식욕을 느끼지 않는 저녁 식사를 뜨는 둥 마는 둥 마치고, 차를 한잔 마신 후 텔레비전 드라마나 보면서 손님 치를 날의 상차림에 대해 생각하거나, 부쩍 세기 시작한 머리에 시험삼아 염색을 해볼까 하던 차였다.

남편의 생일은 닷새 뒤로 다가왔고 그 여자는 남편의 가까운 친구들을 몇 쌍 초대할 계획이었다. 남편에게는 비밀이었다. 남편의 놀라움은 그 여자에게 신선한 기쁨이 될 것이다.

그것은 신혼 시절, 그들이 곧잘 벌이곤 하던 숨바꼭질의 숨가쁨과 긴장을 불러일으켰다.

그들이 신접 살림을 꾸민 곳은 남편 쪽으로 먼 친척이 되는 사람의, 포격으로 반나마 부서진 집이었다. 그녀로서는 한 번도 본 적이 없는 그들은 피난길에 폭사를 했다는 풍문만으로 돌아오지 않았다.

남편의 퇴근 시간은 대개 일정했고 대문 앞에 와 멎는 발소리를 들으며 숨는대도 시간은 충분할 만큼 자신이 숨을 새로운 장소를 낮 동안 물색해두었건만 그 여자는 남편의 업무가 끝나리라 짐작되는 시간부터 숨어들어가 있곤 했다.

남편은 집 안팎을 빙글빙글 돌다가 옷장 속, 아궁이, 벽시계 뒷뚜껑, 책상 서랍까지 열며 애처롭게 부르고 으름장을 놓기도 했다.

제발 나와줘, 난 도저히 못 찾겠어. 내가 뭘 사왔는지 알아?

안 나오면 다 버릴 테야.

　남편의 발소리가 멀어지면 그 여자는 숨어 있던 광이나 장독대의 빈 독에서 나와 함부로 깔린 사금파리에 발을 베이며 마당을 가로질러 뛰어 다른 곳으로 숨어들었다. 반쯤 부서진 집이었기에 숨을 곳은 얼마든지 있었고, 주인이 돌아오지 않는 빈집에 그들이 포격과 남의 손을 피해 땅속 깊이 묻고 떠난 사기 그릇들은 사금파리 조각으로 몇 해를 두고 흙을 비집고 나왔다. 낮 동안 폐가의 볕 바른 마당은, 사금파리에 쟁강쟁강 튀어오르는 햇빛으로 꽃밭이었다. 남편이 일터로 나간 후 헝클어진 머리로 마루 끝에 앉아 마당 가득 찬 오색의 찬란한 빛을 보노라면 그 여자는 곧잘 경미한 두통과 함께 고즈넉이 잠긴 이 집과 자신이 어느 순간 햇빛 속에 완전히 함몰되어 기화해버릴 듯한 위구심과 오래 전 이 집에 살았던 사람들의 너울대는 흰 옷자락을 한 끝 흘긋 본 듯한 비현실감에 빠지곤 했다. 그리고 그 여자는 발견당할 때의 두려움, 발견당하고자 하는 욕구로 조바심 치며 어두운 광에서 변소, 지붕이 횅하니 날아간 다락, 빈 독 속으로 더욱 깊이깊이 숨을 장소를 찾았다. 그러나 남편은 이처럼 승부가 빤하고 단순한 놀이에 곧 싫증을 내었다.

　어린애들처럼 밤낮 숨바꼭질만 하겠어? 배가 고프고 피곤해.

　남편의 쉰다섯번째 생일을 위해 그 여자는 순은의 수저 열 벌을 마련하고 질 좋은 포도주도 여러 병 준비했다. 아름답고 풍성한 식탁이 될 것이다.

　그 여자는 무릎을 싸안고 어둠 속에 동그마니 앉았다. 어둠 속에서 무엇을 해야 할지 몰랐다. 밥이 식을 텐데……

　허기로 늙은이처럼 음산한 표정을 지으며 돌아올 아들을 생각하다가, 아, 정전은 아니지, 금방 안심이 되어 방구석에 놓인 보온 밥통의 전기 가동 신호를 보았다. 밥이 식을 염려는 없다고 생각하면서도 그 여자의 눈길은 어둠 속에 떠 있는 빨간 점에서 떠나지 않았다.

눈도 깜박이지 않고 그것을 응시하던 그 여자는 눈이 시고 눈물이 비어져나올 때야 자신의 행동의 무의미함에 혀를 차며 눈길을 돌렸다.

여름 같으면 아직 박명이 머물 시간이건만 방안은 아주 어둡고 십사 인치 텔레비전의 텅 빈 화면이 검푸른 빛으로 불투명하게 떠 보였다. 거울은 더욱 검었다. 무릎걸음으로 다가가 다만 어둡고 깊을 뿐 아무것도 되비치지 않는 거울을 바라보던 그 여자는 문이 열리는 듯한 기척에 뒤를 돌아보았다. 문바람에 커튼이 펄럭이는 듯했기 때문이었다. 착각이었을까. 커튼은 움직이지 않은 채 바깥 하늘빛의 반사로 어둠이 조금 엷을 뿐 문은 닫혀 있었다. 그런데도 어깨로 으쓱 한기가 느껴졌다. 나이 탓이다. 나이를 먹으면 신경도 약해지는 법이니까. 그 여자는 소리내어 말했다.

그러나 누군가 방안으로 들어온 듯한 느낌, 그 기분 나쁜 한기는 집요하게 등줄기로 파고들었다.

손에 차갑게 땀이 차고 가슴이 조이는 듯 답답해졌다. 손이 시릴 정도의 실내 온도는 아니었다. 긴장 때문이라는 것을 그 여자는 잘 알고 있었다.

아무것도 보일 리 없는 방안을 샅샅이 둘러보던 그녀의 눈길이 방의 윗목에 놓인 소철과 동백 화분에 멎었다.

저 화분들 때문에 방안 공기가 탁해진단 말야, 식물은 밤에는 탄산 가스를 내뿜는다는데…… 저것들이 방안의 산소를 모조리 잡아먹기 때문에 숨도 못 쉬겠어.

그 여자는 마치 방안을 채운 탄산 가스의 두터운 층을 확인하려는 듯 크게 숨을 쉬고 손을 내밀어 허공을 휘저었다. 그 여자는 일거리를 찾은 것이 구원처럼 생각되었다. 곧 등화 관제가 끝나리라는 것을, 창문을 조금만 열면 금시 환기가 되리라는 것을 알면서도 그 여자는 끙끙대며 화분을 들어 마루로 내놓았다. 화분은 보기보다 꽤 무거웠다. 두 개의 화분을 옮기는 사이에 한기는 가셨다.

하마터면 질식할 뻔했잖아.

그 여자는 큰 소리로 말하면서 커튼을 젖히고 밖을 내다보았다.

그 여자의 집은 꽤 지대가 높은 곳에 자리잡고 있어 하늘의 유난히 청정하고 푸르른 빛을 직각으로, 혹은 예각으로 가르며 솟아오른 지붕들의 묵상하듯 잠잠한 모습들이 빤히 눈에 들어왔다.

똑, 똑, 똑…… 천장으로부터 작은 소리가 일정한 간격으로 들렸다.

그 여자는 낯을 찌푸렸다. 슬래브 지붕에 쌓인 눈이 미처 치우기 전에 녹아 천장으로 떨어지는 소리였다.

비나 눈이 오면 방수 처리가 허술한 낡은 슬래브 지붕으로 물기가 스몄다.

그 여자는 이 겨울 들어 벌써 몇 차례나 넉가래를 들고 지붕 위에 올라가 눈을 치웠다. 눈을 치우는 것은 늘 그녀의 몫이었다. 가족들을 떠올리자 그 여자는 자신이 그들의 악의적인 유기에 의해 이 어둡고 쓸쓸한 집에 홀로 있게 된 것만 같은 생각이 들었다. 아니, 이처럼 뚜렷하고 생생한 느낌이 그녀 자신 홀로 버림받고 있다는 감정에서 구해주기를 바랐다.

눈과 비가 잦은 계절이니만치 겨울이나 넘기고 방수 처리를 하든가 아예 집을 옮기도록 하자는 남편의 말을 따른 게 잘못이었다고 그 여자는 원망스럽게 생각했다. 요즘 들어 누수는 부쩍 심해져 가끔 벽에서도, 냄비나 숟가락 따위 집기에서도 찌르르 전기가 통했다. 지붕으로 스민 물이 천장 위로 얽혀 지나는 전깃줄을 적셔 누전이 되는 것이다. 전류는 결코 보이지는 않으나 물처럼 집 안을 휘돌며 흐르고 있다.

오늘 아침에도 딸애는 세면기의 물을 틀다가, 전기가 와요, 자지러지는 비명을 질렀다. 온 집 안이 흐르는 전류에 무방비 상태로 포위되어 있는 것이다.

물 떨어지는 소리는 계속 들렸다.

이처럼 불을 켤 수 없는 상황에서는 어쩔 도리가 없다는 것을 알면서도 그 여자는 일어나 방문을 열었다.

침수가 심한 곳을 찾아 그 부분의 하드보드 한 장을 뜯어낸 후 그곳에 흡수력 좋은 헝겊을 찬찬히 감은 긴 막대를 들이밀어 물기를 닦아낸다는 것은 그 여자가 임시 방편으로 사용하는 방법이었다. 또한 자신이 살아 있음으로 해서 싸워야 하는 알 수 없는 불안 따위에서 벗어나는 길은 노동에 매달리는 길뿐이라는 것 역시 오랜 세월 동안 스스로 터득한 깨달음이었다.

막대는 현관의 신발장 옆에 세워져 있을 것이다.

슬리퍼는 늘 방문 앞에 가지런히 벗어두는 습관이었으나 발에 꿰지지 않았다. 급히 불을 끄느라 허둥대는 동안 어디에선가 벗겨져버린 모양이었다.

　마루가 차가워 발가락을 움츠리고 좁은 마루를 채운 탁자와 의자 따위에 부딪히지 않도록 더듬거렸다. 어둠 속에서 시각보다 촉각이 더 믿을 만하다는 것은 새로운 발견이었다. 장님들만 봐도 그렇지 않아?

　그 여자는 조금 의기양양하게 말했다. 그럼에도 불구하고 소리를 죽여 마루를 지날 동안 불기 없는 마루의 썰렁함이, 동굴처럼 시커멓게 입을 벌리고 있는 이층으로 오르는 계단이 그 여자의, 혼자 버림받고 있다는 감정을 더욱 부채질했다.

　괜찮아. 곧 끝날 텐데.

　그 여자는 달래듯 크게 말했다. 어둠 속에서 그것은 이상하게도 외설스럽게 들렸다. 아마 그 여자 자신 누군가 이미 이 집 안에 들어와 있어 자신의 행동을 낱낱이 엿보고 있다는 느낌에 사로잡혀 있는 탓인지도 몰랐다.

　그 여자는 마루의 끝에 있는 목욕탕의 문을 열었다. 역시 아무도 있을 리 없었다. 그 여자는 문밖에서 손만 내밀어, 변기의 수세 장치를 눌렀다. 쏴아, 기운찬 소리를 내며 물이 쏟아졌다. 그르르르, 그 여자는 물 내려가는 소리에 귀를 모으다가 목욕탕의 문을 닫았다. 조금 주저하면서 현관 옆에 붙은 방문의 손잡이를 돌렸다. 아이들이 각기 제 방을 갖기 전 함께 쓰던 방으로 아이들이 이층으로 올라간 후 서재나 응접실로 쓸 계획이었으나 지금껏 헌 옷이 든 구식 옷장, 이제는 보지 않는 낡은 참고서, 동화책, 부서진 장난감 따위 잡동사니들이 들어찬 창고였다. 몇 해 전까지만 해도 아이들은 이 방에서 그녀의 헌 치마나 낡은 커튼 따위를 뒤집어쓰고 유령놀이를 하곤 했었다. 쓰지 않는 방의 냉기 속에 축축이 썩어가는, 잊혀진 그 모든 것들의 냄새가 섞여 있었다. 과거의 냄새일까.

그 여자는 막대를 찾으러 나왔던 자신의 건망증에 고개를 흔들며 문을 닫았다.

물소리는 이제 천장의 어디랄 것도 없이 곳곳에서 들려왔다.

신경 과민이야. 약간의 침수로 온 가족이 졸지에 통닭구이가 될 리야 있겠어.

그 여자는 머리카락을 쓸어올리며 작게 웃음 소리를 내었다. 그러다가 문득 웃음을 그치고 손을 내리고는 마치 악수를 거절 당한 양 내민 손을 주체하지 못해 쉴새없이 주먹을 폈다 오므렸다 하는 동작을 반복했다. 그것은 공포에 빠진 자의 불가항력, 불가사의한 힘에 대한 무력하고 무의미한 저항과도 같았다.

이러한 긴장감은 그 여자에게 결코 생소한 것이 아니었다.

최초의 기억은 개수대에 철철 넘치던 물이었다. 설거지를 하기 위해 물을 틀어놓고 아무런 생각 없이 개수대에 물이 차기를 기다리던 사이 그 여자는 손마디가 뻣뻣해오는 긴장을 느꼈다. 물은 넘치고 부엌 바닥으로 흘렀다. 물이 끓어오름에 따라 그 여자의 몸 속 혈관도 부풀어오르고 끝내는 파열하게 될 것만 같았다. 아마 간질 발작이 오려나보다. 한 번도 발작을 일으킨 적이 없을 뿐더러 그런 병이 자신 속에 잠재해 있으리라는 의심마저 해본 적이 없이 살아온 그녀의 머리에 순간적으로 떠오른 생각은 바로 그것이었다. 잠깐이라도 정신을 놓치면 발작을 일으키게 될 것이다. 그 여자는 정신을 집중시키기 위해 눈을 부릅뜨고 한없이 쏟아지는 물줄기만을 노려보았다. 자신의 내부에 도사린 무엇인가가 이윽고는 자신을 폭발시킬 비등점을 향해 끓어오르고 있었다.

　엄마, 왜 그래요?

　부엌문을 짚고 선 딸이 겁에 질린 목소리로 부르며 그 여자를 바라보았다.

　왜 그러니?

　그 여자는 눈은 부릅뜬 채 얼굴만 돌려 딸에게 물었다.

　안색이 나빠요.

　딸애는 여전히 겁으로 꽉 질린 목소리로 간신히 대답했다. 그제야 그 여자는 눈을 몇 차례 껌벅이고는 수도를 잠그고 앞치마를 벗어 부엌 바닥에 흥건히 괸 물을 닦았다.

　한번은 여름, 뜰에서였다. 그 여자는 가위로 잔디를 자르고 있었다. 그닥 넓은 뜰이 아니어서 가위질로도 충분했기 때문이었다. 쨍쨍한 햇빛 아래 가위를 놀리던 그 여자의 손등으로 푸른 물이 튀었다. 그리고 순간 무엇인가 거의 눈높이까지 날아올랐다가 떨어졌다. 목이 잘린 버마재비의 몸이 퍼드덕거리는 것이었다. 그 여자는 그때 자신의 몸 안에서 끓어오르는 걷잡을 수 없는 힘을 느꼈다. 그것은 어쩌면 상대가 확실치 않은 분노일지도 몰랐다. 그 여자는 믿어지지 않는 생명력으로 퍼덕이는 그것을 향해 앉은걸음으로 뭉싯대며 사납게 가위질을 해대었다. 입안에 단침이 고이고 가위 밑에서 잔디는 톱밥처럼 부스러지거나 뿌리째 뽑히기도 했다.

　엄마아, 좀 올라오세요. 보여드릴 게 있어요.

　오래 전부터 보고 있었던 듯 이층 제 방의 창틀에 걸터앉은 딸이 쨍한 목소리로 불렀다.

　뭐가 있다구?

그 여자가 마주 대꾸하며 이층으로 올라가자 딸은 그때까지 그녀가 들고 있던 가위를 슬며시 빼앗아 피아노 위에 얹고 풀물이 든 헌 면장갑을 벗기며 상냥하게 말했다.

아무것도 아니에요. 너무 더운데 일하시면 나쁠 것 같아 쉬시라고 불렀어요.

무언가 탐색하는 듯 불안해 보이는 딸의 눈길을 피해 그 여자가 내려다본, 방금 그 여자가 떠나온 뜰은 사방 한 자 정도의 넓이로 마구 잔디가 쥐어뜯긴 채 마치 기계충 앓는 머리처럼 벌건 흙을 내보이고 있었다.

그 여자는 조심스레 난간을 찾아 짚고 층계를 올랐다. 오래 살아온 집, 하루에도 수차례 오르내리는 곳이면서도 그 여자는 자칫 발을 헛디딜 것만 같은 위구심으로 더듬대며 한 발씩 옮겼다.

이층은 아이들이 커감에 따라 올린, 방 두 개뿐인 간단한 구조물이었다. 처음 자기 방을 갖게 되었을 때 그 무렵 사춘기에 접어들던 딸애는 행복하다고 말했었다.

문 앞에 '입실 금지'니, '금남' '금녀' 등을 서투른 한문으로 써붙이고 혹은 '요 노크' 따위 뒤에 붉은 매직펜으로 느낌표를 세 개씩 붙이거나 아들이 해적선 표시를 본떠 뼈가 엇갈린 해골 모양을 그려 붙이던 것을, 반드시 책상 서랍과 문을 잠그고 다니던 시절을 생각하고 그 여자는 미소를 지었다. 아이들은 그렇게 자란다. 그리고 어느 때부터인가 그애들은 문을 잠그는 일을 소홀히 하기 시작했다. 이제 비밀은 일기장이나 마른 꽃, 네잎 클로버가 붙여진 편지 묶음, 우정의 맹세 따위에 있는 게 아니라는 뜻이겠지.

그 여자는 딸의 방문을 열었다. 벽의 한 면에 둔중하게 자리잡은 피아노의 열린 건반이 희끄무레하게 눈에 들어왔다.
 서둘러 나갔다는 표시이리라.
 어젯밤 그 여자는 딸이 치는 피아노 소리를 들었다. 그 여자의 바람에도 불구하고 별다른 재질도 취미도 보이지 않아 일찍 피아노 공부를 중단했던 그애가 피아노를 치는 일은 거의 없었다. 그런데도 어젯밤 그애는 간단한 소나타나 사랑과 이별의 슬픔을 노래한 가곡들을 싫증도 내지 않고 밤이 깊도록 되풀이해서 쳤다.
 딸애는 사랑에 빠져 있는 것이다. 딸에게서는 결코 어떤 귀띔도 암시도 없었지만 그 여자는 서툴지만 한껏 감정을 실은 피아노 소리를 들으며 밤 깊도록 잠을 이룰 수 없었다.
 방안에서는 성숙한 여인의 체취가 비리게 느껴졌다. 그 여자는 자신의 순간적인 이런 느낌을 나무랐다. 도미솔 도미솔 도파라파솔. 그 여자는 무심한 손짓으로 건반을 누르며 세게 페달을 밟았다. 오래 버려둔 피아노에서는 시걱시걱 바람 새는 소리가 심했다.
 목욕이 잦은 딸은 요즈음 거의 매일 새벽마다 젖은 머리칼을 늘이고 들어섰다. 머리는 젖어서 더욱 검푸르고 피부는 싱싱했다. 파자마 바람으로 식탁에 앉아 조간 신문을 읽던 남편은 그런 딸을 조금은 낯설게, 놀랍고 찬탄하는 눈길로 바라보곤 했다.
 딸애는 오늘 저녁 돌아오지 않을 것이다.
 오늘밤 근무가 있어요.
 딸은 대학의 간호학과 졸업반이고 마지막 학기는 실습으로 채워진다고 했다.
 넌 지난주에도 밤근무를 했잖니?

직원도 아닌 학생에게 야간 근무를 맡긴다는 것에 납득이 안 갔지만 그 여자는 자신없이 물었다.

실습 일자가 모자라서 그래요. 먼젓번 감기를 앓느라고 사흘을 빠졌잖아요. 이틀을 거푸 해야 될 것 같아요.

그럼 낮에는 시간이 비겠구나. 내일도 밤근무라면 아침 일찍 들어와 좀 자두도록 해야잖니?

그 여자는 또 조심스럽게 말했다.

거긴 간호사 숙소가 있으니까…… 왔다갔다하는 게 더 피곤해요.

딸은 머리칼을 쓸며 약간 상체를 젖히는 자세로 그 여자를 바로 보지 않고 말했다. 빨리 이 소용없고 귀찮은 실랑이를 끝내고 싶어하는 조바심이 엿보였다.

꼭 사내 앞에서처럼 구는군.

그 여자는 머리를 매만지는 딸의, 멋을 잔뜩 부린 손놀림을 못마땅하게 바라보았다.

딸이 잠깐 방을 나간 사이 그 여자는 다급한 손짓으로 책상 위에 놓인 가방을 뒤적거렸다. 핸드백보다 조금 큰, 간단한 여행에 알맞은 가방은 지퍼가 열린 채 분홍빛의 잠옷이 비죽 나와 있었다.

가방 안에는 상표도 뜯지 않은 잠옷 외에도 세면 도구, 휴대용 화장품, 그리고 맨 밑바닥에는 납작한 갑이 들어 있었다. 피임약이었다. 한 달 치 스물다섯 개의 알 중 이미 아홉 개가 빠져 있었다.

딸은 그 여자의 고통스럽게 찡그린 이마, 치마폭에 감추인 채 쉴새없이 쥐었다 폈다 하는 손을 모른체 백의 지퍼를 닫고 가볍게 집을 나갔다.

 딸이 오늘밤, 사내에게 몸을 내어주리라는 사실이 그 여자에게 몸의 어느 한군데를 날카로운 비수로 찔리는 듯한 아픔과 분노를 느끼게 했다. 그 여자는 자신이 딸의 나이 때 이미 아이를 낳고도 밤마다 콧수염을 기른 클라크 게이블과 춤을 추는 꿈을 꾸었더랬다는 기억을 되살리며 분노를 삭이려 했다. 전쟁은 끝이 났어도 어지러운 시절이었다. 밤에 만난 남녀가 아침이면 헤어졌다.

 그 여자는 비참한 심정으로 위로의 손길을 찾듯 아들의 방문을 열고 들어갔다. 그리고는 의자에 앉아 책상 서랍을 열었다. 어둠 때문에 서랍 속에 들어찬 물건들을 볼 수 없었지만 일정한 손놀림으로 서랍을 뺐다 닫았다 하며 삐그덕거리는 소리를 듣는 사이 그 여자가 아이를 가졌을 때의, 표면적인 어떤 조짐도 나타나기 이전, 예감이나 혹은 육감으로 느낄 수 있었던 수태의 기미, 그 놀라움과 기쁨으로 가득 찼던 시절의 다사로운 정이 되살아나고 아들에 대해 솟아오르는 부드러운 애정으로 눈에 눈물이 괴었다.

 그 여자는 서랍을 더듬어 그 안에 든 조그만 트랜지스터 라디오를 켰다. 수도의 서쪽 상공에 가상 적기가 나타났다. 화재가 일어난 빌딩 꼭대기에 모여 있던 시민들은 안전 요원의 안내로 신속하고 침착하게 비상 계단으로 내려오고 있다. 아나운서는 숨가쁘게 중심가의 상황을 알리고 있었다.

 그 여자는 라디오를 껐다. 소리가 사라지자 어둠이 더욱 진하게 두껍게 느껴졌다.

 이렇게 어두워서야……

그 여자는 한숨을 쉬었다. 아직도 집 안에는 페인트 냄새가 남아 있었다.

지난 주일 손수 페인트 통과 붓을 들고 사다리를 올라가는 그 여자에게 딸은 볼멘소리로 말했었다.

소용없어요. 너무 낡은 집이에요. 이사를 가요. 제발 새집으로요. 밤에는 벽이 조금씩 갈라지고 그 사이로 모래 흘러내리는 소리도 들리는 것 같아요.

딸의 말이 옳다는 것을 알면서도 그 여자는 집 안팎을 돌며 꼼꼼한 페인트 칠로 낙서와 흠집과 얼룩을 지우고 석회를 개어 갈라진 벽 틈을 메웠다. 그러나 머지않아 또다시 벽은 균열을 시작하고 어쩔 수 없이 옮겨갈 새집을 물색하게 되리라.

오래 살아온 집이었다. 남편이 부장으로 승진하던 해에 샀으니 벌써 십 년 전이고 그때 이미 집은 퍽 낡아 있었다.

똑, 똑, 천장 반자로 물 떨어지는 소리가 새삼 불안스레 신경을 자극했다.

아래층에서 마루를 저벅거리며 돌아다니는 발소리가 들리는 것도 같았다.

내일 당장 지붕에 방수액을 바르도록 해야지.

큰 소리로 말하고 그 여자는 아들의 방을 나왔다.

층계를 반쯤 내려가다 말고 그 여자는 난간을 짚고 멈추어 섰다. 오래 살아온 탓에 자신의 몸처럼 익숙한 집이면서도 어쩐지 한 발도 내밀 수 없었다. 층계에서 내려다보이는, 아침마다 그 여자가 엎드려 닦는 마루는 더욱 어둡고 의자며 탁자 따위가 입체감 없이 납작하게 떠올라 부유하는 위로 천장의 물소리, 벽시계의 초침 소리가 기름 방울처럼 끈끈히 힘겹게 떨어지고 있었다. 집 자체가 어둠 속에 녹아 흐르고 낱낱이 해체되어 떠도는 듯한 느낌에 그 여자는 눈앞이 어지러웠다. 갑자기 그 여자가 마시려 했던 한잔의 차맛이 그립게 떠올라 조바심나게 했다.

곧 등화 관제가 끝나고 불을 켜면 집은 다시 제 면모로 돌아오리라. 어둠은 곧 끝날 것이다. 두려움에서 헤어나기 위해 위로하듯 자신에게 타일렀다. 그러나 그것은 그 여자가 자신의 삶에 대해 가끔 혼자 중얼거리는, 어차피 끝나게 되어 있다는 체념적인 어조와 너무도 흡사해 섬뜩 놀라면서도 동시에 그렇게 말할 때의 편안함, 자기를 내던져버린 자의 세상에 대한 조소, 경멸 따위가 되살아났다.

해방이 되고 외지에 나가 있던 그 여자가 북쪽 고향집에 돌아왔을 때 그곳에는 이미 외국군이 주둔하고 있었다. 늙은이거나 어린애거나 여자라면 얼굴에 검댕이를 칠하고, 문밖 출입을 삼가야 하는 것이 상식이었다. 바깥에 인기척만 나면 그 여자의 어머니는 딸을 다락 속에 밀어넣었다. 로스케가 온다.

지켜야 할 것은 목숨보다 정조였다. 피부가 희고 털이 붉은, 불같이 뜨겁고 독한 술을 마신다는 북쪽 추운 나라 거구의 사내들이 원하는 것은 시계와 여자였다. 털이 수북한 팔뚝에 대여섯 개씩 시계를 차고도 그들은 끊임없이 손을 내밀었다.

다와이, 다와이.

그날 어둠 속에 난입했던 것은 일곱 명의 사내였던가, 여덟 명의 사내였던가.

킬킬대는 웃음 끝에 독한 술내를 풍기며 그들은 알지 못할 말들을 주고받았다. 그때도 그 여자는 눈을 크게 뜨고 이를 악물었다. 모든 건 어차피 끝나게 마련이다.

영원히 소멸되지 않고 떠다니는 고통에 가득 찬 심장이 있을까. 육체가 소멸한 뒤에, 그것은 물과 불과 공기와 흙이 되어 떠돌 뿐 세상의 눈 밝은 자 뉘라서 그걸 알랴.

그러면서도 그 여자는 지난 세월 동안 출근하는 남편, 문밖으로 나가는 아이들을 향해 손을 흔들며 다시 저들을 볼 수 있을까, 지금의 작별이 추억의 한 순간으로 남게 되는 것은 아닐까, 미래의 어느 날, 나는 사고가 있던 날 역시 여느 날과 다름없었던 아침이었다고 회상하며 평온한 기류 속에 숨어 있던 불행한 사건의 전조를 알리는 어떤 암시를 캐내어보려고 애쓰게 되지나 않을까 따위들을 아득하게 생각하곤 했다.

층계참에서 그 여자는 잠깐 뒤를 돌아보았다. 문풍지 떠는 소리인가, 소년들을 멀고 먼 바다로 몰고 간 마법사의 피리 소리인가 아니면 딸애의 말대로 갈라진 벽 틈으로 잠입하는 보이지 않는 바람 소리인가. 그 여자는 쓸쓸히 생각했다. 사내 앞에서 옷을 벗은 딸을 생각하는 것은 고통스러웠다.

안방의 닫힌 문 안쪽에서 소리 죽여 소곤대는 사람들의 말소리가 들리는 것 같았다. 그 여자는 가끔 빈집에서 울리는 말소리, 웃음 소리, 이 집 안에 먼저 살았던 사람들의, 일상적으로 일어나게 마련인 작은 사건 따위를 떠올리며 진저리를 치곤 했다. 그 여자의 가족이 이사오자 앞서 살았던 사람들의 생활은 마치 질 좋은 도료로 가리워지듯 그녀 가족들의 일상에 의해 말끔히 사라졌으나 혼자 있는 시간이면 그것들은 빈집에서 생생히 되살아났다. 그 여자는 아이들이 학교에 가고 난 뒤면 그 소리의 소재와 흔적을 찾아 집 안팎을 샅샅이 뒤지곤 했다. 이빨 빠진 접시, 다리나 팔이 빠져나가고 가엾게도 머리칼이 다 뽑혀버린 인형, 망가진 소꿉놀이, 벽이나 기둥, 문의 틈서리 등 눈에 잘 띄지 않는 곳에서 희미한 얼룩, 흠집 따위를 찾아낼 때마다 그 여자는 마치 범죄자의 그것같이 비밀스러운 흥분이 끓어오름을 느끼곤 했다.

그러나 일주일 전 그 여자는 손님을 치를 계획으로 그것들을 말끔히 지우고 새로 페인트를 입혔다.

열 명이나 초대를 하다니…… 괜한 짓이야. 게다가 여자들까지. 돌아가서는 쓸데없이 흉이나 잡겠지.

그 여자는 짐짓 귀찮고 부질없다는 표정으로 절레절레 고개를 흔들었다. 그러나 손님 치를 일에 대한 걱정이 그 여자에게 갑작스런 생기를 주었다.

그 여자는 자신이 손님을 치르는 일 따위의 번잡한 일을 벌이기 좋아하는 성미가 결코 아니라고 믿고 있었다. 그러나 손님을 청할 이유는 항상 있었고 잦은 손님 초대는 이미 생활에서 빼지 못할 습관 중의 하나가 되었다.

그 여자는 안방문을 열었다. 어두운 방안을 눈으로 살피며 열 사람이 편안히 앉을 수 있는 넓이인가를 헤아렸다.

그 여자의 집에 초대받는 손님들은 대개 점잖고 예의가 발라 술병이 비는 것을 확인하고야 마지못해 자리를 뜨는 사람들이 아니었다. 그들은 항상 가장 적당한 시간에 돌아갈 줄을 알았다.

손님들이 돌아간 뒤 그 여자는 지저분하게 뒤섞인 안주며 기름기가 허옇게 굳어진 냄비, 싱싱한 맛을 잃은 채 불결하게 변색된 생선, 볼품없이 시들어 늘어진 야채, 조심성 없이 함부로 담뱃재를 턴 접시들에 한숨을 쉬며 아직 술이 남아 있는 술병에서 재빨리 한잔 따라 마셨다. 그리고는 방안에 서린 독한 담배 연기처럼 아직 머물러 있는 취기, 취기의 허장성세, 낭자한 웃음 소리, 친밀하고 은근한 속삭임들을 되살리려는 공연한 노력으로 귀를 기울이거나 거울을 향해 활짝 웃으며 우아하게 손을 내저어보였다.

그 여자는 더럽고 어지럽게 흩어진 식탁을 향해 한껏 부드러운 목소리로 입을 열었다.

......애들이란 그렇게 크는 게 아니겠어요...... 나이는 속일 수 없나봐요. 저는 요새 불면증이랍니다. 아니 술은 못 해요.

그 여자는 가볍게 손을 내저으며 술을 한잔 따라 단숨에 들이켰다......

한 모금만 마시면 그냥 어지러운 걸요. 손님들이 돌아가시고 나면 설거지를 해야 할 텐데, 그릇들을 다 깨라구요. 하긴 요즘엔 술담배 못 하는 여자가 없다고는 하데요. 유명한 여자들 좌담회 때는 차 대신 맥주를 내놓는다잖아요?

그 여자는 또 한잔 술을 따라 마셨다.

......잠을 못 자면 머리가 아파서 견딜 수가 없어요. 갱년기 증상이라구요? 그럴 수도 있겠지요. 하지만 저는 평생 만성적인 두통에 시달려왔는 걸요. 의학 사전에는 두통이란 뇌신경의 경련이라고 써 있더군요. 생각해보세요. 머리카락보다도 가는, 머릿속에 빽빽히 얽힌 줄들이 끊임없이 떨고 있다는 건 끔찍하지 않아요? 남편은 제 불면증이 자기 탓인 줄 알고 미안해해요. 하지만 뭐 이미 그런 걸 중요시할 나이는 아니잖아요? 벌써 그러냐구요? 작은애를 낳은 직후 남편이 디스크를 앓았고 그뒤부터니까 꽤 여러 해 전부터지요. 바람을 피우는 게 아니냐구요? 호호, 그렇기라도 하다면......

그 여자는 술을 홀짝 들이켰다. 비방이라구요? 아, 노인네나 우리 남편 같은 사람에겐 동녀가 회춘제라고 하더군요. 숫처녀 말이에요. 자신 있으면 댁의 쥔양반들에게 한번 권해보세요. 나 역시 권하긴 하죠. 그이는 말 같지 않은 소리라고 일소에 부칩디다. 하지만 나 몰래 그런들 또 어떻겠어요. 남편의 외도에 속을 태울 나이는 아니잖아요.

그 여자는 또 한잔 술을 따라 마셨다.

술요? 얼마든지 있답니다. 재떨이는 거기 있군요. 하긴 저도 한때 세상의 모든 여자들을 질투했었지요. 유쾌한 모임이었다니 감사합니다. 사실 우리 나이에 이르면 이렇게 이해 관계 없이 허심탄회하게 모여 속을 여는 것이 스트레스 해소에 좋다고 하더군요. 이건 사회심리학자들의 학설이죠. 그 여자는 또 한잔 마셨다. 남편은 언제나 제게 미안해하고 저는 그러면, 난 여자로선 끝이에요, 그런 일도 한땐가봐요라고 남편을 위로하며 애들 어릴 때처럼 남편의 머리를 안아주죠. 그리곤 어린애들처럼, 정다운 오뉘처럼 나란히 눕는답니다. 그래도 여자란 할 수 없나봐요. 난 종종 클라크 게이블과 춤을 추는 꿈을 꾼답니다. 옛날 사람이지만 정말 섹시하고 매력이 있어요.

그 여자는 화끈거리기 시작하는 눈가를 누르며 또 한잔 마셨다.

집이 조용한 주택가라 좋겠다구요? 말도 마세요. 종일 집에 있노라면 왜 그렇게 벨을 눌러들대는지…… 검침원, 우유 배달부, 신문 구독 요청, 또 월부책 장사…… 난 물론 절대로 문을 열어주지 않아요. 죽은 듯이 기척도 내지 않죠. 귀찮을 거라구요? 그것 보다도…… 이건 우리끼리의 얘기지만……

그 여자는 병을 거꾸로 기울여 마지막 방울까지 따라 마셨다.

도둑이 무섭다기보다는…… 하긴 쉰 살 먹은 여자가 강간을 무서워하다니 우습게 들리기도 하겠지요. 커튼을 바꿨다구요? 먼젓번 모임에는 안 오셨던가? 그때 바꿨던 건데…… 그땐 말도 마세요. 손님들이 얼마나 취했던지…… 우린 그날 「과수원 길」이란 아이들 노래를 불렀죠. 남편은 엉망으로 취해서 노래를 부르다 울어버렸지요. 나 역시 눈물이 나왔어요. 눈송이처럼 흰 사과꽃이 날리는 과수원 길, 어쩌면 머리카락에 이슬처럼 맺히는 봄비가 내리는 날인지도 모르죠. 젖은 대기 속에서 풍기는 엷은 사과꽃 향기, 그런 것들은 어쩌면 영원한 향수 같은 게 아닐까요?

그 여자는 술병을 들어보다가 이미 비었음을 알고는 아쉬운 듯 내려놓았다.

이상하지요. 전 사과꽃 핀 과수원에 대한 추억은커녕 가까이 지나친 적도 없었는데 말이에요. 하도 좋아 레코드를 샀어요. 한번 들어보시겠어요. 후렴의 고음 부분은 영원히 돌아갈 수 없는 시절을 암시하듯 정말 눈물이 난답니다. 네, 다음에 들으시겠다구요?

그 여자는 술병을 들어 흔들며 불빛에 비추어보았다. 술병에는 이미 한 방울의 술도 남아 있지 않았다.

그들은 사라졌다. 웃음 소리도, 과장된 몸짓도 사라졌다. 그 여자는 한층 더 깊어진 어둠 속에서 망연히 서 있었다. 마루문을 통해 꽃불처럼 현란히 터지는 거리의 불빛들이 보였다. 야산의 전주에 매달린 스피커가 왕왕대기 시작했다.

……가상 적기는 격추되었다. 등화 관제는 끝났다. 몇 개의 차

량이 불타고 가옥이 파괴되었으나 훈련이 잘된 시민들은 공습에 대비해 미리 지하도나 대피소로 피신해 인명 피해는 없었다. 야간 등화 관제 훈련은 성공적으로 완료되었다⋯⋯

담장 밖에 누군가 와 서 있는 것 같았다. 아니 어쩌면 이미 집 안에 들어와 있는지도 몰라. 그 여자는 한기가 드는 어깨에 재킷이라도 걸치는 시늉으로 으쓱 어깨를 치켜올리며 쓸쓸히 생각했다.

골목을 올라오는 발소리가 들렸다. 약간 뒤꿈치를 끄는 듯한 발소리가 아들의 것임을 여자는 익히 알 수 있었다. 어쩐 일일까. 아들이 돌아오기에는 이른 시각이었다.

벨이 길게 울렸다. 그 여자는 먼저 불을 켜고 문을 열어주어야 한다고 생각하면서도 우두커니 서 있었다.

벨이 서너 차례 계속 울리고, 엄마, 어디 있어요. 아들이 거칠게 문을 흔들며 소리쳤다.

그 여자는 느릿느릿 마루의 전등 스위치를 올렸다. 불이 들어오기까지의 일 초나 이 초, 혹은 그보다 짧은 순간 그 여자는 어둠 속을 섬광처럼 지나치는 무엇을 보았다. 그것은 무언가 차갑고 날카로운 이물스러움이 그녀의 생애를 꿰뚫고 지나간 느낌이기도 했다. 아마도 일생을 동반해온 벗이었을까. 그것은 바로 그녀보다 앞서 이 집에서 웃고 숨쉬며 떠들며 살아갔던 사람들, 아니 그들보다 앞서 살았던 사람들, 또한 그 여자의 흔적, 비탄, 막연한 불안과 분노, 비애 따위를 한 번의 페인트 칠로 말끔히 지우고 천연덕스럽게 살아갈, 미래의 사람들의 가면처럼 냉혹하고 창백한 얼굴들이었다.

작가 후기

　1977년도의 『불의 강』에 이어 두번째 창작집을 낸다. 여러 잡지에 드문드문 발표했던 소설들을 새삼스레 한 책으로 묶는다는 일에 정리라기보다 이때까지의 틀에서 벗어나고자 하는, 의지와 욕망의 표현이라는 쪽에 더 의미를 두고 싶다. 하나의 매듭을 지어놓으면 어쩔 수 없이 다시금 출발하지 않으면 안 되기 때문이다. 지나간 시간들, 그리고 현실에 대해 부정적인 생각이 강할 때 사람들은 항상 새로운 출발을 꿈꾸며 위안받는다. 나 역시 그렇다. 잠이 안 오는 밤, 나는 자주 생을 바쳐 훌륭한 작품을 남긴 이들을 생각하고 글에 대해 성실함이 생에 대한 그것이며 진실로 소중히 아끼는 것들을 사랑하고 지키는 확실한 방법이 될 것이라는 생각을 한다. 목소리는 낮추고 사랑과 분노와 슬픔은 깊이 가라앉혀 보다 큰 힘으로 키울 일이다. 이슬이 보이지 않는 사이 굳은 땅속으로 스미어 잎과 꽃을 피우고 열매를 맺게 하듯.
　작품이란 쓰고 난 후에는 작가의 손을 떠나 읽고 받아들이는 독자의 몫에 속해져 어떤 덧붙임도 변명도 용납되지 않음을 알면서도 늘 미흡감에 앙앙불락하는 것이, 욕심 탓이거나 글에 대한 결벽증 탓이라고 자신을 호도할 생각은 없다.

간난한 현실일수록 작가가 담당해야 할 몫은 크다는 사실을 스스로에게 거듭 상기시키며 책을 내주시는 김병익 사장님, 해설을 맡아주신 김치수 선생님께 깊이 감사드린다.

1981년 7월

오　정　희

초판 해설

전율, 그리고 사랑

김 치 수

　오정희의 두번째 창작집 『유년의 뜰』에는 주인공들의 나이로 보아서 두 계열로 나뉠 수 있는 8편의 중·단편이 실려 있다. 그 하나는 어린이가 화자로 되어 있는 「유년의 뜰」과 「중국인 거리」이고 다른 하나는 어른이 화자로 되어 있는 「겨울 뜸부기」「저녁의 게임」「꿈꾸는 새」「비어 있는 들」「별사(別辭)」「어둠의 집」 등이다. 여기에서 한 가지 특색을 든다면 「별사」를 제외한 다른 작품들이 모두 '나'라는 1인칭 화자에 의해서 서술 전개되고 있을 뿐만 아니라 그 '나'가 모두 여자라는 사실이다. 게다가 3인칭 화자에 의해 서술되고 있는 「별사」 또한 여자 주인공인 '정옥'의 시점에 의존하고 있다. 그렇기 때문에 이 작품들을 한꺼번에 읽는 독자는 이 작품들이 한 가족을 중심으로 한, 혹은 한 여자의 성장 과정을 중심으로 한 연작소설이 아닌가 생각하게 될 것이다. 실제로 「유년의 뜰」과 「중국인 거리」는 그러한 생각을 뒷받침해줄 것이고 또 「꿈꾸는 새」와 「비어 있는 들」도 성장하여 일가를 이룬, 말하자면 「유년의 뜰」과 「중국인 거리」의 여주인공의 뒷이야기라는 생각을 하게 될 것이며, 「겨울 뜸부기」와 「저녁의 게임」은 이 두 연대의 중간 단계라는 추측도 가능할 것이다. 그렇게 본다면 「별사」와 「어둠의 집」이 이 일련의 가족 중심의 이야기에서 연작과는 상관없이 씌어진 것처럼 생각될 수도 있다. 그러나 앞의 여섯 편의 소설들이 연작소설로 보인다고 하는 것은 어디까지나 추측이며 짐작에 지나지 않는다. 왜냐하면 거기에 나오는 작중인물들이 그들 고유의 이름을 가지고 있지 않고, 그들이 살고 있는 연대가 분명히 밝혀져 있지 않으며 그들의 삶의 공간도 또한 고유명사화하지 않기 때문이다. 주인공의 이름이 밝혀져 있지 않다는 것은 그들 주인공들이 동일인인지 아닌지 확신시켜주지 않고, 그들이 살고 있는 정확한 연대가 없다는 것은 하나의 작품으로부터 다른 작품으로 이동한 시기의 변화를 주인공의 단순한 성장으로 보아야 할지 주인공 자신이 바뀐 것으로 보아야 할지 불분명한 것이며, 따라서 삶의 공간 자체를 동일한 곳으로 보기에는 더욱 어려운 것이다. 물론 주인공이 동일한 인물일 경우에는 시간과 장소에 따라 주인공의 성장과 새로운 상황의 변화를 제시하고 있는 것으로 쉽게 생각할 수 있는 것이지만, 여기에서처럼 이름없는 주인공을 다룰 경우에는 연작소설과 같은 확실한 증거가 있기 전에는 주인공을 변화와 성장이라고 생각할 수 없는 것이다. 그럼에도 불구하고 이 작품들이 연작소설 같은 인상을 주고 있는 것은 무엇인가? 그것은 어쩌면 이 작가가 다루고 있는 주인공의 경험이 현재 40 전후에 도달한 한국인들의 일반적인 경험들과 상당히 유사한 것이기 때문이다. 다시 말하면 유년 시절에 전쟁을 직접 경험한 것은 아니지만 어른들의 경험을 통하여 정신적인 상처와 성장을 동시에 경험한 세대와 이들 주인공들이 산 시대가 거의 비슷하다는 말이다. 이러한 유사성 때문에 이 소설을 읽는 40 전후의 독자는 이 소설들에서 남다른 감정적 친화력을 발견할 것이다. 아니 감정적 친화력이라기보다는 현재의 삶 속에 묻혀서 기억의 표면으로 부상시키지 못하고 있는 과거의 새로운 체험을 할 수도 있을 것이다. 그러나 오정희 소설의 중요성은 이처럼 과거의 경험을 재체험하는 사람에게만 있는 것이 아니다. 그것은 적어도 우리가 의식하고 있든 의식하지 않든 우리 스스로의 일상성 속에 빠져 있는 의식의 몽롱한 가수(假睡) 상태로부터 우리 자신의 의식의 잠을 깨워주는 충격의 의미를 갖고 있다. 그 충격은 우리가 일상적으로 경험하고 있고 우리의 행동이나 사고 양식의 결정에 중요한 역할을 하고 있는 사물들에 대한 의식화에서 비롯되고 있다.

「유년의 뜰」에서 '나'는 초등학교에 들어가기 이전에 멀리서 들려오는 포성 소리로 전쟁을 간접적으로 경험한다. '나'는 전쟁으로 인한 '아버지'의 부재 상태를 경험하고 거기에서 삶의 여러 가지 비극적인 면모들을 비극적이라고 생각하지 않으면서 경험한다. 다시 말하면 가난으로부터 유래한 자신의 식욕과 어머니의 지갑에 손을 대는 도벽, 밤마다 보게 되는 어머니의 외출과 거기에 따른 오빠의 폭력과 어른들의 윤리적인 문제, 성에 눈뜨기 시작한 오빠와 언니와 부네의 이상한 행동, 그 가운데서 이 모든 것의 의미를 아직 파악할 수 없는 '나'는 아무런 감성적 · 논리적 교육을 주변으로부터 받을 기회도 없이 그러한 일상적인 장면들을 단지 기억 속에 담아두게 된다. 그렇기 때문에 '나'의 일상 생활은 뜻 모를 여러 가지 사건들로 가득 차 있는 한편, 지루하고 권태로운 생활이 된다. 이 작품의 마지막에서 남루한 '아버지'를 만난 '나'는 「중국인 거리」에서는 항구 도시로 이사를 간다. 「중국인 거리」에서 '나'는, 몸을 팔며 살고 있는 이웃들과 함께 사춘기에 이르는 시기를 산다. 여기까지는 주인공 '나'의 성장기라고 할 수 있다. '나'는 말하자면 '삶'과 '죽음'의 양극 사이에 놓여 있는 근원적인 허무와 윤리적 회의, 그리고 싹터오는 본능 속에서 성장하는 것이다. 그런 것들은 자기 자신과 직접적인 관계에 놓여 있지 않은 상태에서 경험된 것이다. 왜냐하면 이 시절까지는 자신이 생활의 짐을 직접 짊어지고 있지 않기 때문이다.

이러한 '나'가 「겨울 뜸부기」와 「저녁의 게임」에서는 자신의 생활과 직접적인 관계 속에 놓여 있는 허무를 경험한다. 값싼 월급쟁이 생활을 하는 처녀 시절의 '나'는 어머니와의 생활을 책임지고 있고 동시에 '오빠'에 대한 새로운 인간 체험을 하게 된다. 대학 입학에 실패한 오빠가 사회 속에 융합되지 못한 채 인생의 낙오자가 되어가는 보다 많은 실패(어쩌면 그것은 예정된 것이었다. 왜냐하면 오빠의 사업이라는 것은 출발부터 정상적으로 사회에 융합되는 방법이 아니라 공허한 것이었기 때문이다)는 '나'와 어머니의 생활 자체에 궁핍을 가져오는 것이었다. "비단 구두 사가지고 오신다"는 오빠의 동요적인 허무주의에 대한 경험을 한 '나'는 「저녁의 게임」에서는 아버지와의 새로운 일상 생활을 갖고 있다. 이러한 일련의 소설들은 한 여인의 성장 과정과 그 과정에서 경험하는 어머니(「유년의 뜰」), 친구(「중국인 거리」), 오빠(「겨울 뜸부기」), 그리고 아버지(「저녁의 게임」) 등과의 관계를 드러내고 있다. 반면에 「꿈꾸는 새」「비어 있는 들」「별사」에서는 결혼한 뒤의 '나' 혹은 여인의 생활과 남편과의 관계를 그리고 있다. 자신의 아이와 함께 살고 있는 '나'가 남편의 외출 시간에 아이를 업고 낯선 거리를 헤매고 있고(「꿈꾸는 새」), 남편의 낚시에 따라나서서는 누구인가를 기다리고 있으며(「비어 있는 들」), 어머니가 묻힐 무덤을 찾아갔던 날 낚시 간 남편의 죽음을 회상하고 있다(「별사」). 여기까지의 주인공들은 그들이 살고 있는 시대적 배경으로 보아 한 여인의 일대기로 볼 수도 있을 것이다. 그러나 「어둠의 집」에 나오는 50대의 주부는 독자가 참조하게 되는 현실의 시간과 비교해볼 때 앞에 나온 어떤 여인과도 동일한 인물로 볼 수는 없을 것이다. 그런 의미에서 이 작품은 앞의 작품들과의 연작 관계는 희박하다고도 볼 수 있다.

그러나 여기에서 다시 생각해볼 수 있는 것은 이들 인물들이 하나의 인물이 아니라 어떤 계층의 한국 여성의 보편적인 하나의 전형이라는 유추이다. 그것은 여성의 일대기로서 이 작품집의 설득력을 이야기하기에 충분한 것이다. 즉 「유년의 뜰」은 한국 여성의 한 전형의 유년기(6세~13세)를, 「중국인 거리」는 사춘기(13세~16세)를, 「겨울 뜸부기」와 「저녁의 게임」은 처녀 시절(18세~20세)을 「꿈꾸는 새」와 「비어 있는 들」과 「별사」는 결혼기(20대 후반~30대 후반)를, 「어둠의 집」은 노년기(50대 이후)를 그리고 있다고 본다면 이들 주인공들이 동일인이라고 생각할 필요가 없는 것이다. 그리고 이러한 현상을 뒷받침해주는 것이 바로 주인공의 이름이 없다는 사실이다. 앞에서도 언급한 것처럼 「별사」의 '정옥'을 제외하고는 이 작품집의 모든 주인공이

'나'라고 하는 대명사로 되어 있다. 이 일인칭 대명사는 1950년대부터 1980년대까지 유년 시절부터 중년 시절을 산 한국 여성의 한 전형을 나타내는 역할을 하고 있는 것이다. 이 익명의 '나'를 통해서 작가는 일상적 사건들의 보이지 않는 칼날을 번뜩이게 하고 있다.

　오정희 소설이 그 보이지 않는 칼날을 번뜩이게 하는 것은 작가의 단단한 묘사의 힘에서 유래하는 것으로 보인다. 여기에서 묘사의 힘이라고 하는 것은 일상적 사건 하나하나에 어떤 특별한 의미를 부여한다는 것도 아니며 일상적 사건의 서술의 유창성을 의미하는 것도 아니다. 그것은 오히려 그 사건 하나하나에 가장 충실하려는 작가적인 노력의 산물이며 일상적 사건이 바로 언어가 되도록 하려는 언어에 대한 작가의 특별한 의식의 산물이다. 실제로 『유년의 뜰』이라는 창작집에는 『불의 강』이란 첫번째 창작집에서와 마찬가지로 삶의 순간순간들의 무수한 묘사로 되어 있다. 그러나 언어에 대한 이 작가의 이러한 의식은 그 묘사 하나하나에 작가 자신의 전력을 투여하고 있는 흔적을 보게 된다. 여기에서 전력투구한 묘사라고 하는 것은 간단한 사건을 공연히 뒤틀리게 묘사한다든가 혹은 엉뚱한 이미지를 쓸데없이 뒤얽혀놓음으로써 난삽하게 만들었다는 말이 아니다. 그것은 이 작가의 문장 하나, 단어 하나의 다양한 의미를 한편으로는 이 작품들 속에서 단의화(單意化)시키고자 하는 것이며, 다른 한편으로는 그것이 지시하는 사물에서 해방시키고자 하는 것이다. 단의화(單意化)란 하나의 문장이나 하나의 단어가 다른 문장과 단어에 이어지는 필연성의 최대화를 의미한다. 이 경우 하나의 단어와 다른 단어 사이에 다른 어떤 것이 끼여들 수 없을 만큼 그

전율, 그리고 사랑　273

단어 상호간의 관계가 단단한 결합을 맺는 것이다. 따라서 여기에는 작가 자신의 노력이 결정 작용(結晶作用)을 일으켜야 한다. 반면에 해방시키고자 한다는 것은 하나의 사물이 그 사물을 가리키는 언어와 맺고 있는 관계를 일상적이고 편안한 상태에서 벗어나게 한다는 것을 의미한다. 이러한 예를 가령「저녁의 게임」에서 들어보자.

창은 먹지를 댄 듯 새카맣고 불빛 아래 아버지와 나는 어둠 속으로 한없이 가라앉고 있다는 느낌이 들었다. 우리는 마치 먼 옛날부터 이렇게 식탁을 마주하고 앉아 화투놀이를 해왔던 것 같다. 그 이전의 기억은 마치 유년 시절의 꿈처럼 현실과 공상이 뒤섞여 멀고 아리송했다.[1] 패가 막히거나 제대로 풀리지 않으면 일단 변소를 다녀오는 노름꾼의 풍속대로 오빠는 자기의 패를 점쳐보기 위해 슬그머니 자리를 뜬 것이 아닐까.[2]
"밤에 우는 건 나빠, 애들이 극성을 떨면 꼭 집 안에 좋지 않은 일이 생기거든."
"저도 몹시 울었다면서요?"
수국 껍질을 모아들이며 나는 아버지의 말을 받았다.[3]
잘 자라, 내 아기 밤새 편히 쉬고 아침이 창 앞에 다가올 때까지.[4]
"네 어민 목청이 좋았었지."[5]
그건 사실이었다. 유치원 보모였다는 어머니는 퍽 많은 노래를 알고 있었고 목소리가 고왔던 만큼 노래부르기를 즐겨했다.[6]
자장자장 우리 아가, 금자둥이 은자둥이 구슬 같은 눈을 감고 별빛 같은 눈을 감고 꿈나라로 가거라.[7]
"네 차례다."

아버지도 역시 노랫소리에 귀를 기울이고 있었던 듯 문득 짜증스럽게 말했다.[8] 지붕 위에서 여자는 결코 서두르는 법 없이 메트로놈의 움직임처럼 정확하게 베란다의 한쪽 난간에서 다른 한쪽 난간 사이를 오가고 있었다.[9]

위의 인용문에서 알 수 있는 것은 이 장면이 '아버지'와 '딸'이 화투놀이를 하는 것을 묘사한 것이라는 사실이다. 그러나 이 묘사는 하나의 장소와 하나의 시간에 일어난 하나의 사건만을 대상으로 삼지 않는다. 다시 말하면 첫째, 이제 활동을 하지 못하는 아버지와 그를 모시고 있는 딸이 화투놀이를 이따금 해오고 있다는 일상의 한 단면을 보여주고 있고, 둘째, 원래 이 가정에는 오빠라는 인물도 있어서 그 무료한 생활을 함께 보낸 과거가 있었음을 이야기하고 있고, 셋째, 위층에서 애 우는 소리가 들리고 있고, 넷째, 위층에서 들리는 자장가 소리를 통해서 죽은 어머니의 과거를 되살리고 있고, 다섯째, 이 모든 연상과 행동 속에서 두 사람이 끊임없이 대화를 하고 있다는 것을 보여주고 있다. 이 짧은 묘사에서 확인하게 되는 것은 그 묘사 자체가 시간·공간·사건의 단일화에 의한 평면적 묘사가 아니라, 바로 시간과 공간과 사건의 복합화에 의한 입체적인 묘사라는 사실이다. 마치 **입체 음향**의 효과에서 볼 수 있는 것처럼 현재 아버지와 딸이 화투놀이를 하고 있는 이 장면은 과거의 여러 가지 추억들이 연상됨으로써 정의될 수 있고, 이때 추억 하나하나는 그 자체가 갖고 있는 독자적인 의미를 버리고 새로운 의미로 태어나게 하기 위해서 조화된 합창처럼 화합을 하고 있는 것이다.

이러한 일상적인 상황들이 모여서 새로운 상황을 만들게 되는 오정희의 작품 세계는, 그러므로 얼핏 보면 아무런 사건도 일어나지 않고 있는 것 같지만, 사실은 끊임없이 전율을 느끼게 한다. 그 전율은 「저녁의 게임」에서는 정신 이상이 된 어머니에게 '아기'는 어떻게 했느냐고 물었을 때 어머니가 "고드름처럼 차가운 손가락을 목덜미에 얹으며 말했다. 인형을 사줄게"라고 대답하는 곳에서 경험하게 되며, 또 자신의 일상 생활에서 빠져나와 남자에게 자신의 육체를 제공한 뒤에 경험하게 된 절망과 허무를 "불꽃을 보며 길게 입을 벌려 웃어" 보이는 것으로 표현한 다음, 곧 돌아와서 혼자 자위 행위를 하며 "내리누르는 수압으로 자신이 산산이 해체되어가는 절박감에 입을 벌리고 가쁜 숨을 내쉬며 문득 사내의 성냥 불빛에서처럼 입을 길게 벌리고 희미하게 웃어보였다"고 하는 데서도 느끼게 된다. 「중국인 거리」에서는 가난한 어린 시절의 '회충약'의 충격이나 "난 커서 양갈보가 될 테야"라고 이야기하는 어린애의 단호한 결심이라든가, 새끼를 낳은 고양이에게 그 새끼를 쥐새끼라고 함으로써 잡아먹게 만든 할머니의 음모 등에서 느낄 수 있는 것이다. 이러한 전율들은 삶이 겉으로는 평온하게 진행되는 것처럼 보이지만 실제 그 이면에서는 무수한 복수와 증오와 죽음의 위협으로 엮어져 있는 것에 대한 의식에서 느껴지는 것이다.

그러나 이러한 전율보다 더 큰 무서움은 이 소설가의 화자의 눈에 들어온 사물들이 모두 화자인 '나'와 관련을 맺음으로써 고도의 친화력을 소유하게 된다는 데 있다. 「중국인 거리」에서 시골로부터 도시로 이사를 온 주인공이 "지난밤 떠나온 시골과는 모든 것이 달랐음에도 불구하고 나는 잠시, 우리가 정말 이사를 온 것일까, 낯선 곳에 온 것일까, 이상한 혼란에 빠졌다. 그것은 공기중에 이내처럼 짙게 서려 있는, 무척 친숙하고, 내용은 잊혀진 채 분위기만 남아 있는 꿈과도 같은 냄새 때문이었다"고 고백하고 있다. 여기에서 주인공의 삶의 공간이 달라졌음에도 불구하고 삶의 내용은 그대로라는 것을, 그리하여 새로운 공간의 모든 것과의 낯섦이 아니라 낯익음을 경험한다. 이것은 변화하지 않는 정체된 것으로 보이는 삶의 겉모습을 드러내고 있지만, 그처럼 구질구질한 삶의 연속에도 불구하고 주인공의 성장이 드러나고 있다. 그 성장이 '초조(初潮)'로 나타나는 것이다. 다시 말하면 상황의 압력 속에서도 끊임없는 생명력을 보이고 있는 인간의 끈질긴 숙명에 대한 이러한 인식은 바로 본능과 생명에 대한 작가의 놀라운 발견이라고 할 수 있는 것이다. 뿐만 아니라 화자가 맞고 있는 '냄새'란 대단히 감각적인 것이다. 이 감각은 거의 본능에 가까운 것으로서 논리적인 사유가 불가능한 상태에서 사물과 자아의 관계에 보다 깊이 들어갈 수 있는 것이다. 작가는 냄새라는 분위기를 통하여 사물의 실체 자체보다는 그 사물들이 만들고 있는 분위기를 파악하고 있다. 따라서 사물의 실체는 '나'와 사물과의 관계 속에 용해되어버린다. 이러한 용해력이 실제로는 이 작가의 소설이 갖고 있는 긴장감이라 할 수 있으며 따라서 그때마다 하나의 에피소드가 가지고 있는 내용이 중요한 것이 아니라 그것이 만들어내게 되는 이미지가 중요하게 된다. 그리하여 수많은 에피소드들이 소설이라고 하는 거대한 구조를 형성하는 데 치밀하게 기여하고 있는 것이다.

　이러한 소설에서는 묘사 하나, 단어 하나라도 조금만 소홀히 읽게 되면 우리가 읽고 있는 궤도에서 이탈하고 만다. 이러한 이탈의 방지가 이 작가에게서는 완벽을 기하고자 하는 철저한 조형성(造形性)으로 나타나고 있다. 그리고 이 조형성이 오정희의 소설을 읽는 독자로 하여금 끊임없는 긴장을 요구하고 있다. 이 작가의 소설 미학의 요체라 할 수 있는 이러한 소설적 긴장은, 일상적인 삶에서 일어나는 사건들을 강조하거나 과장함으로써 독자들의 순간적인 쾌락을 만족시키는 상투적인 수법을 벗어나서, 소설이란 하나의 탐구라는 명제를 실현하고 있다. 아무 일도 일어나지 않는 일상적인 이야기인 것 같은 생각이 들 정도로 사건을 과장하지 않는 그의 소설은 그러나 바로 그 일상성 속에 자리잡고 있는 비수의 번뜩임을 우리에게 감지하게 하고 있다.

하지만 그의 일상성 속에는 삶의 매순간을 생성과 소멸의 엄격한 분위기로 표현하고자 하는 작가의 끈질긴 집념이 성공을 거두고 있기 때문에 긴장이 있을 수 있는 것이다. 실제로 그의 작품의 화자들이 여자이고 그 여자가 관찰하면서 우리에게 전달하고자 하는 주제는 삶에 있어서의 '태어남'과 '죽음'이라는 양면성이다. 이 작가의 소설들에는 생명이 태어나는 것과, 인간의 죽음이 어디에나 등장하고 있다. 가령「유년의 뜰」에서 부네의 죽음과 '나'의 강인한 식욕이 그것이다.「중국인 거리」에서는 어머니가 여덟번째 애를 낳게 되는 반면에 '매기언니'는 죽는다. 또 고양이가 새끼를 일곱 마리 낳았다가 모두 잡아먹으며 할머니의 죽음이 예견되는 가운데 '나'의 돌연한 '초조(初潮)'의 경험이 시작된다.「저녁의 게임」이라는 작품에서는 소년원 죄수들의 행렬에서 '삶'은 "선연하도록 맑"은 눈빛이 "하나의 느낌"으로 남아 있는 반면에 "시취를 풍기기 시작한 어머니에게서는 역시 연기처럼 매운한 꽃냄새가 났다"고 함으로써 삶과 죽음의 공존을 이야기하고 있다. 또 위층의 어린애의 울음 소리는 어린애의 생명력을 이야기하면서도 죽음과 같은 불길한 예감을 불러일으켜서 두 가지 측면을 한꺼번에 이야기하고 있다.「꿈꾸는 새」에서 주인공은 당숙모의 가까워진 죽음을 옆에 두고 생명의 탄생을 위한 성희(性戱)를 하기도 하고 자신의 묻힐 곳과 미래에 태어날 아이의 묻힐 곳을 생각하고 있다.「비어 있는 들」에서는 자신과 남편 사이에 괴어 있는 일상성 속에서 '아이'만이 삶의 상징이 되기에 충분한 것이라면, 귀가길에서 보게 되는 익사체와 아이가 잡은 개구리의 죽음은 삶과 함께 있는 죽음을 말하기에 충분한 것이다.「별사」에서는 남편의 익사와 아이에게 물려준 낚시 도구에 의한 아들의 생명이 동시에 투영되고 있다. 이 작가가 통찰력을 갖고 관찰하고 있는 삶의 양면성은 따라서 삶이 '태어남'과 '죽음'이라는 두 대립 개념 사이에 존재하는 것이면서 동시에 그 두 가지 요소를 동전의 앞뒤처럼 지니고 있음을 의미한다. 삶에서 이 두 가지 측면을 동시에 보고자 하는 것은 자신의 삶을 결코 무관심의 상태에 놓아두고자 하지 않는 주인공의 의지의 표현인 것이다.

여기에서 한 가지 더 주목을 해야 하는 것은 등장인물들 자신의 '외출'이다. 이미 유년 시절부터 끊임없이 집을 떠나 밖으로 돌아다니는 이 외출은 자신의 일상적인 삶의 괴어 있음을 극복하고자 하는 본능적인 생리가 되고 있다.「유년의 뜰」에서 아버지의 가출을 외부의 힘에 의한 것이라고 한다면 주인공 자신이나 언니의 외출은 스스로의 내적인 충동에 의한 것이다. 지루한 일상성 속에서의 자신의 구제는 바로 그 외출을 통해서 가능한 것이지만, 아버지나 어머니의 외출은 비극적인 운명 때문에 가능한 것이다. 그리하여 '부네'는 외출이 중지당한 상태에서 죽음으로 가게 된다. 또「중국인 거리」에도 어디에나 죽음의 그림자가 따라다니지만 '나'의 외출은 그 죽음의 그림자들을 확인함으로써 얻어지는 성장의 과정인 것이다.「겨울 뜸부기」에서 오빠의 가출은 이미 굳어 있는 자신의 삶의 일상성으로부터의 탈출이지만 결국 비극으로 갈 수밖에 없는 운명을 예견하고 있다.「저녁의 게임」에서 나의 외출은 일상의 권태로부터 벗어나고자 하는 노력이면서 동시에 또 다른 권태의 확인에 지나지 않게 된다. 그러나 이러한 확인은 자신도 모르게 일상 속에 함몰당하고 있는 스스로의 삶에 대한 철저한 의식, 정면의 대결을 가져올 수 있는 것이다. 그렇기 때문에「꿈꾸는 새」와「비어 있는 들」에서 '나'는 그러한 일상성에 충실하면서도 그것을 무의식 속에서 흘려보내지 않는 방법으로 집을 나서게 된다. 그것은 어린 시절부터 익혀진 습관이지만 동시에 자신의 이중적 삶의 의식화를 가져오는 의식의 눈뜸의 방법인 것이다. 그것은 자신의 일상에 가장 충실하면서 그 일상으로부터의 탈출에 도달하는 길이다. 그렇기 때문에 주인공의 외출은 도피도 아니며 사치도 아니다. 일상으로부터 도피하는 것이 아니라 충실하는 것, 그 일상에 함몰되는 것이 아니라 함몰되고 있는 자신의 삶을 똑똑히 보고자 하는 의식의 투철한 관찰에 도달하고자 하는 것, 이것이 바로 주인공의 외출의 진정한 의미라고 할 수 있다. 따라서 주인공의 탈출은 언제나 완전한 탈출일 수 없으며 끊임없이 일상으로 되돌아온다. 그런 의미에서 주인공의 외출은 더욱 비극적인 것이며 더욱 전율을 느끼게 하는 것이다. 언제나 되돌아올 수밖에 없는 주인공의 외출은 생성과 소멸의 이중적 짐을 표현해주고 있는 방황, 그리고 그 방황을 통한 삶의 허구성을 드러내주는 것이다.

겉으로 보면 편안하고 안락한 것 같은 착각에 빠지게 하는 일상생활에서 의식의 잠을 깨워주는 이러한 소설은 삶이 무엇인가 하는 본질적인 질문을 가진 독자에게 긴장감을 불러일으키고 있다.

이 작가의 긴장감은 또한 언어의 기능에 대한 작가 특유의 인식에서 비롯되고도 있다. 다시 말하면 언어는 발설되지 않았을 경우에는 침묵 그 자체에 지나지 않지만 그것이 발설되는 순간 침묵이라는 거대한 바탕 위에 돌출되는 것이다. 이러한 돌출 효과는 주인공들의 대사들이 무거운 적요 속에 어울리고 있는 것이 아니라 그 적요로운 분위기를 깨뜨리는 기능을 하고 있다. 그러나 그러한 적요가 발설된 언어에 의해서 완전히 사라지는 것이 아니라 오히려 적요 자체를 강조하고 있는 것이다. 따라서 많은 대화들이 삶의 괴어 있는 적요, 그 가운데서 보이지 않게 우리의 내면을 갉아먹고 있는 적요와 부딪치고 사라짐으로써 융합되지 않는 공허를 드러내고 있다. 이 잘 파악되지 않는 공허 속에서 빠져나오기 위한 긴장감이 이 소설을 읽는 독자에게 요구되고 있는 것이다.

이러한 이 작가의 세계는 당연한 것으로 받아들여지는 일상적 편안함과 안일을 추구하는 소설적 타락을 방지하는 한편, 소설을 대하는 우리 자신의 태도의 타락을 방지한다. 문장 하나도 무심코 쓰지 않고 모든 사물에 대해서 친화력 있는 의미를 드러냄으로써 그 사물과 자신과의 관계를 발견하게 하는 그의 소설적 정열은 우리로 하여금 사람다운 삶에 대한 끊임없는 질문을 던지게 한다. 그러면서도 그러한 소설적 현실이 우리에게 깊은 감동을 주는 것은 여자 주인공의 모태적인 감정이 모든 것을 수용

하여 새로운 생명을 태어나게 하는 포용적 시선을 잃지 않고 있기 때문이다. 삶이 수많은 한과 상처로 엮어진 것이면서도 그 안에서 생성과 소멸의 깊은 의미를 건져내고 있는 이 작가의 세계는 주목의 대상이 되어 마땅한 것이다.

신판 해설

영원한 '현재'의 시간을 위한 변주곡

최 성 실

　호수에 떨어지는 돌 하나의 이미지가 떠오른다. 돌이 물의 표면을 스치는 바로 그 지점에서부터 중심에 모여 있던 물결이 온 사방을 향해 퍼지는 이미지. 그 진동으로 햇빛에 반사되는 물결의 모양·냄새·빛깔 그 모든 것이 새롭게 보이는. 한번쯤 경험했음에도 불구하고 유난히 낯설게 다가오는. 그 감각적인 이미지들 때문에 숨겨져 있던 삶의 비밀이 '순간적인 인상'으로 각인되는.
　오정희의 소설에서 '기억'이라는 이름으로 떠오르는 것들은 사실상 모두 삶의 은유이다. 회상의 깊은 골짜기에서 힘겹게 길러내진 파편들이 문장을 할퀴고 상처를 낸다. 그 문장의 틈새에서 느껴지는 삶의 속살들은 냄새·빛깔·소리 그 모든 형체 없는 것들 속에서 꿈틀거리며 움직인다. 그런데 여기서 중요한 것은 '기억'을 삶의 표면으로, 문장의 표면으로 길러내는 것이 감각적 기호라는 점이다. 이 감각적 기호에 의해서 떠오르는 '기억'이 의미를 규정하는 기호를 밀쳐내고 떠돌게 한다. 하여 문틈으로 들어온 광선 한 자락에, 냄새에, 혹은 맛에 일상이 흔들리고 겉돌게 되는 것이다.

　냄새·색깔·피부로 드러나는 감각적인 기호들은 하나의 대상을 또는 그 대상과는 다른 어떤 것을 지칭하면서 시간을 뒤집고 가른다. 그 갈라진 시간의 틈 때문에 물빛, 한 줄기 햇살, 기차 소리, 노란색의 냄새, 그 모든 감각적 기호들 속에도 과거와 현재라는 두 시간이 동시에 녹아 있게 되는 것이다. 그리고 시간과 공간에 상관없이 서로 다른 두 성질의 기호들이 동시에 삶의 자장 속에 맞물려서 공존한다. 그리고 수없이 반복되는 '기억'이 과거의 '나'와 현재의 '나' 사이에 동일한 아이덴티티를 갖지 못하게 틈을 만든다. 다시 말하면 오정희는 '기억'을 통해 떠오른 과거로 현재를 재구성하여 자기 존재의 동일성을 찾아가지 않는다는 것이다. 오히려 기억은 현재 '나'의 삶 속으로 파고들어와서 시간을 흩뜨리고 삶에 바느질 자국을 낸다. 그런 측면에서 본다면 오정희 소설에 존재하는 시간은 '영원한 현재'의 시간이다. 그 속에서 과거와 미래, 현재가 동시에 존재하며 과거와 미래는 현재라는 시간 속에서 서로 환원할 수 없는 차이를 지닌 채 떠돌아다닌다.

　오정희 소설에서 과거와 현재와 미래는 서로 공존하는 이질적인 요소일 뿐이다. 거기에 침묵의 조각과 말의 조각이, 말한 것과 말하지 않은 것들이 파편화된 채로 펼쳐져 있는 것이다. 그 조각들로 기워진 삶의 누더기는 모든 시간을 현재의 시간으로 환원하여 전체화하지 않으면서 각각의 시간을 삶 속에서 긍정하려는 의지를 보인다. 과거와 이질적인 현재를, 현재와 이질적인 과거를 그대로 인정하면서 오히려 어둠 속에 숨겨진 과거의 진실을 찾아나간다. 감각이 소생시키는 과거의 진실들과 삶의 비밀들이 '우연적이지만 필연적인' 방식으로 부딪치면서 낯설게 다가오는 것이다. 거기에 오정희 소설이 갖는 독특한 매력의 비밀이 있다.

오정희의 두번째 창작집 『유년의 뜰』은 이러한 감각적 기호들에 의한 시간의 간섭이 정교하게 짜여져 있으며 그 배면에 인간의 삶을 투명하게 직시하는 작가의 시선이 구체적으로 그려져 있다.

「유년의 뜰」의 감각적 기호들은 노랑눈이의 의식 상태를 드러내는 데 중요한 역할을 한다. 노랑눈이란 누구인가. 전쟁으로 와해된 '가족'이라는 끄나풀 끝에 매달린 소외되고 겉도는 인물이다. 그리고 이 때문에 가족이라는 울타리 밖에서 가족 구성원 하나하나의 삶의 편린들을 들추어볼 수 있는 관찰자의 눈을 가질 수 있게 된다. 그 눈으로 가장이 없는 가정에서 그 위치를 누리고자 발버둥치며 휘둘러대는 오빠의 매질이 갖는 허상과 밤마다 목욕을 하는 기생이었던 할머니의 과거와 술집에서 전전긍긍하는 어머니의 뒤틀린 삶의 모양새를 그대로 담아낼 수 있는 것이다. 잠자리에서 노랑눈이가 "저마다 뿜어대는 땀 냄새, 떨어져내리는 살비듬내, 풀썩풀썩 뀌어대는 방귀 냄새, 비리고 무구한 정욕의 냄새"들이 음험하게 끓어올랐다고 느끼는 것은 지나간 삶의 흔적들이 아직도 고스란히 이불 속에 묻혀 있음을 그대로 보여주는 것이다. 그리고 오히려 현재의 시간이 몽롱한 꿈이고 과거의 시간이 오히려 지금 자신의 모습이 아닐까 생각한다. 그래서 "밤마다 술 취해 오는 어머니, 더러운 이불 속에서 쥐처럼 손가락을 빨아대는 일 따위가 한바탕의 긴 꿈만 같이 여겨졌다. 진짜의 나는 안타까이 더듬어보는 먼 기억의 갈피짬에서 단편적인 감각으로 남아 있는 것이 아닐까" 생각하게 되는 것이다.

 노랑눈이가 느끼는 이런 "단편적인 감각"들은 현재 시간을 뚫고 들어와 고스란히 과거 시간을 옮겨놓는다. 노랑눈이가 "달착지근한 공기"를 들이마시면서 할머니의 머릿기름 냄새를 맡으면서 느끼는 것은 자신이 아니, '우리'는 "거지나 다름없는 뜨내기 피난민"이라는 사실이다. 이런 노랑눈이의 의식 상태에서 과거와 현재는 연속적인 시간 선상에 있지 않다. 이것은「유년의 뜰」에서 간과할 수 없는 중요한 측면이며 그것은 우연적이지만 필연적인 방식으로 다가온다. 이 우연에 의해서 만들어지는 숨결이 소설에 무늬·문체를 만들어간다. 따라서 노랑눈이가 이발사의 머릿기름 냄새를 맡으면서 분명 아버지라는 존재를 떠올릴 수 있었음에도 불구하고 "그것은 흘러간 시간의 저 안쪽 어디엔가 숨어 전혀 기억해낼 수가 없었다"라고 술회하는 것은 중요한 의미를 갖는다. 그 머릿기름 냄새란 무엇인가. 그것은 과거 아버지가 목말을 태워주었을 때, 그의 머리를 잡은 내 손에서 나는 냄새였다. 그러나 현재의 나는 그 냄새를 전혀 기억할 수 없다는 것이다. 무엇 때문일까. 그것은 아버지라는 존재를 떠올리고 싶지 않다는 의식적인 저항에서 오는 것일 수 있지만 그보다 더 중요한 것은 과거의 아버지라는 존재가 나에게는 전혀 낯선 어떤 존재로 새롭게 인식되고 있다는 사실이다. 그러니까 가족을 남겨두고 집을 떠난 과거의 아버지라는 존재 자체의 부정이 아니라 현재 나에게 전혀 다른 아버지로 존재하는 '아버지'의 이물스러움 때문인 것이다. 이때 아버지에 대한 기억은 현재와 섞여 어떤 통일감을 갖지 못한 채, 즉 현재와 섞이지 않는 '과거'로 존재한다. 하여 교장 선생님이 교문 밖에 아버지가 왔다고 했음에도 불구하고 교장 선생님 책상 위의 단 케이크를 훔쳐먹고 "갑자기 욕지기가 치밀었다. 참을 수가 없었"던 것이다. 그리고 까닭 모를 서러움으로 눈물을 흘린다. 전쟁의 상흔으로 얼룩진 나는 감각적인 기호를 통해 대상에 대한 아이덴티티를 갖지 못한 이질감과 현재라는 시간 속에 동시에 공존하는 과거의 시간을 경험하고 있는 것이다. 과거의 시간은 이렇게 현재의 시간과 섞이지 못한 채 나의 주위를 겉돈다. 이는 과거의 아버지가 현재 나에게는 더 이상 어떤 의미도 없다는 존재 자체의 부정이 아니라 현재 시간에 녹아나지 않는 앙금으로 존재하는 이질적인 과거임을 깨달아가는 것이다. 즉 머릿기름 냄새라는 감각적 기호는 과거와 현재를 이어주는, 하여 현재라는 시간 속에서 과거를 재구성할 수 있게 해주는 것이 아니라 오히려 현재라는 시간과 과거라는 시간이 서로 깊은 내연 관계를 맺고 있음에도 불구하고 얼마나 이물스러운 관계로 섞이지 못하고 공존하는가를 보여주는 것이다. 그것은 과거의 시간과 현재의 시간을 연속적으로 파악하기에 전쟁이란 얼마나 폭력적인가를 단적으로 드러내주는 것이며 어느 것 한 가지 자신들의 의지대로 되어준 것이 없는 세상에 대한 구역질 나는 환멸을 보여주는 것이다.

  오정희 소설에서는 작은 내러티브 *little narrative*가 특징적으로 반복된다. 이 작은 내러티브는 아버지·아들·형제·자매라는 칭호들이 아주 엄격하게 서로간의 의무를 수반하는 것임에도 불구하고 얼마나 섞일 수 없이 다른 존재들인가에 대해서 내밀하게 그려내고 있다. 하여 「유년의 뜰」의 오빠는 전혀 '오빠'가 아닌 채로, 어머니는 전혀 '어머니'가 아닌 채로, 서로 자신들의 현재 시간을 메우며 과거를 묻어간다. 이런 작은 내러티브들이 이음새 없이 매끄럽게 짜여지면서 감각적 기호로 시간과 공간의 새로운 의미를 찾아가는 대표적인 소설이 「중국인 거리」이다.

「중국인 거리」는 과거와 현재의 시간이 심층적인 동일성을 향해감과 동시에 얼마나 더 심층적인 차이를 낳는가를 잘 드러내고 있다. 그 차이를 통해서 지난밤 떠나온 시골 생활, 즉 과거로 남아 있는 지난 시간의 진실이 현재 시간 사이에서 소생한다. 내가 "우리가 정말 이사를 온 것일까, 낯선 곳에 온 것일까, 이상한 혼란에 빠졌다. 그것은 공기중에 이내처럼 짙게 서려 있는, 무척 친숙하고, 내용은 잊혀진 채 분위기만 남아 있는 꿈과도 같은 냄새 때문이었다. 무슨 냄새였던가"라고 생각하는 것은 시골과 비슷하면서도 이질적인 '중국인 거리'의 낯섦 때문이다. 그리고 나는 '중국인 거리'라는 고유명사를 "노란빛의 냄새"로 감지한다. 이렇게 과거의 시간은 냄새라는, 노란 냄새라는 감각적 기호로 소생하여 현재의 시간을 비집고 들어온다. 거무죽죽한 공기 속에서 낮달처럼 걸려 있는 해가 있고 해조(海藻)와 뒤섞이는 석회의 냄새로 온통 노란빛의 회오리가 일고 있는 중국인 거리. 이 중국인 거리는 현실적인 삶의 공간이자 오정희 소설에 있어서는 중요한 상징적인 공간이다. 중국인 거리란 무엇인가. 우리 가족이 시골에서 새로운 삶의 희망을 걸고 이사온 '도시'이다. 그런 중국인 거리에서 풍기는 '냄새'는 과거 시간의 일부분을 현재의 시간대에 그대로 오려 붙이면서 낯익은 것들을 낯설게, 낯선 것들을 낯익게 느끼게 한다. 그러니까 나의 의식 속에서 이 노란빛의 냄새는 과거와 현재라는 두 시간대의 동질감을 주는 이미지이면서 동시에 시골과는 다른 거리의 모습들을 박아놓는 감각적 이미지인 것이다. 그것은 전혀 체험하지 못한 도시 공간 속에서 더 심각한 전쟁의 내상을 느끼게 해준다. 거기에 시골에서 볼 수 없었던 매기언니의 죽음으로 상징되는 양공주의 모습과 전쟁으로 부서진 도시의 하늘에 전진(戰塵)처럼 밀려드는 검은 연기, 고달프게 달려가는 기차 바퀴 소리가 뒤섞이면서 이해할 수 없는 두려움과 비밀스러움을 느끼게 하는 이물스러운 "노란빛의 냄새"가 있었던 것이다. 그 노란빛 냄새는 "땅속 깊숙이에서 울리는, 지층이 움직이는 소리, 해일의 전조로 미미하게 흔들리는 물살, 지붕 위를 핥으며 머무르는 바람"으로 수렴되면서 과거와 현재의 시간을 섞이지 않고 공존하게 한다. 그것은 과거의 시간을 현재의 시간 속에 녹여 자신의 아이덴티티를 확인할 수 없는 존재론적인 비극에 맞닿아 있다. 이는 「유년의 뜰」의 노랑눈이가 세상에 대해서 느꼈던 것과 다르지 않으면서 더 구체적이고 심층적인 것이다. 하여 "알 수 없는, 복잡하고 분명치 않은 색채로 뒤범벅된 혼란에 가득 찬 어제와 오늘과 수없이 다가올 내일들을 뭉뚱그릴 한마디의 말을 찾을 수 있을까"라고 술회한다. 거기에는 과거·현재·미래라고 하는 시간의 구분, 그러니까 시간의 전체화에 대한 저항이 내밀하게 자리하고 있는 것이다. 이렇게 내가 그 노란빛의 색채로 감지하게 된 세상은 시간을 나누고 잘라낸다. 그런 시간의 간극을 관찰자의 입장에서 차분하게 그리고 있는 것이 「겨울 뜸부기」이다.

「겨울 뜸부기」는 화랑 담배 연기 속에 전우야 잘 가거라를 부르던 예닐곱 살의 어린 나와 "헌 옷가지처럼 남루히 널린 기존의 삶 중 하나를 둘러쓰기 시작한" 나 사이의 이물스러움이, 그리고 춤 잘 추던 인텔리라는 말이 유행하던 시절 여선생의 치맛자락을 따라 손을 움직이던 오빠에 대한 기억과 꿈을 상실한 채 어머니와 나에게 돈을 구걸하는 오빠의 모습이 그대로 담겨져 있다. 그것은 오빠의 어긋나는 삶을 바라보는 나의 시선에 의해서 전개된다. 그 시선에 의해서 과거 호기를 부리던 오빠의 삶의 태도가 현재의 시간에서도 훼손되지 않은 채로 있어주기를 간절히 바라는 동생의 시선이 잔잔하게 배 있다. 한 고비 전락이라고 해야 할 오빠의 면모를 보면서 큰소리치며 돈을 받아가던 과거 오빠의 이미지가 현재에서 영원한 이미지로 남기를 바라는 것이다. 그것은 세월의 상흔을 짊어지고 힘겹게 살아가는 오빠가 다시금 삶에 자신감을 갖게 되길 바라는 동생의 희구일 것이다. 그 심층에 나의 의식 속에는 과거 오빠의 모습과 현재 오빠의 모습이 어떤 연속성을 상실한 채 각각 다른 두 장의 사진처럼 간직되어 있는 것은 과거의 시간이 현재의 시간에 동시에 존재하기를 바라는, 시간을 '영원한 현재의 시간'으로 인식하고자 하는 작가의 의도가 있었던 것이다.

「저녁의 게임」은 다소 단순한 구성으로 짜여져 있지만 그 구성 안에 전개되고 있는 이야기는 여러 가지 측면에서 재미있는 부분이 많다. 먼저 저녁의 게임이란 무엇인가. 아버지와 화투놀이를 하는 것이다. 나는 아버지와 화투놀이를 하면서 아버지의 위선적인 측면들을 아무렇지도 않은 듯이 능청스럽게 뱉어낸다. 그것은 아버지가 정당하지 않게 내 패를 훔쳐보거나 거짓말을 하는 것으로 드러난다. 그런데 여기서 중요한 것은 화투놀이를 하면서 내가 끄집어내는 과거의 기억들이다. 거기에는 당신의 문란한 생활 때문에 정서적으로 안정되지 못한 어머니를 정신병원에 보내놓고 "외려 네 엄마에겐 그곳이 편한 곳이야. 친구들도 있고 가족이란 생각하듯 그렇게 대단한 건 아니야"라고 말하는 아버지가 변하지 않은 채로 뻔뻔스럽게 동그마니 앉아 있는 것이다. 그리고 마른 풀냄새로 떠오르게 된 과거의 시간대에 나와 함께 꿈속을 걷던 그애가 떠오르는 것이다.

　　그애가 휘파람 소리로 나를 찾아오던 것이 십 년 전의 일인가 〔……〕 휘파람 소리에 문을 열고 나가면 그애는 마른 꽃냄새를 풍기며 서 있었다. 〔……〕 종달새 소리가 자욱이 눈 위로 덮이어 그애는 눈을 껌벅이며 내게 말했다. 리본이 안 어울려요. 그래, 나는 붉은 리본을 달기에는 너무 나이를 먹었어. 어린애처럼 붉은 리본으로 묶는 것은 미치광이나 창부뿐이지. 나는 아버지 손가락 사이에서 팔랑개비처럼 돌아가는 사쿠라를 보았다.

　나의 발화에서 아버지의 발화로 이음새 없이 이어지면서 자연스럽게 시점의 변화를 유도하고 있는 위의 인용문은 마치 영화에서 보듯이 몽타주된 두 개의 장면이 겹쳐 있다. 장면과 장면 사이가 수실로 무늬를 놓은 것처럼 한 땀씩 이어져 있다. 그 땀 사이로 과거와 현재의 시간이 나란히 공존한다. 다시 말하면 과거의 시간에 의해서 현재 시간의 의미가 새롭게 규정되지 않고 나란히 병치되어 나타난다. 아니 오히려 과거를 연상하는 나와 현재 화투를 치면서 아버지와 앉아 있는 나는 전혀 서로 다른 생각을 하면서 다른 시간대에 앉아 있다는 것을 알 수 있다. 그러니까 아버지는 현재 시간에, 나는 과거 시간대로 나누어져 있으며 아버지가 진행되고 있는 현재 시간을 이끌어간다면 나는 과거를 회상하면서 정체된 과거의 시간대를 다시 살고 있는 것이다. 이러한 시간 진행을 통해서 작가는 '나'라는 인물이 전혀 아버지(현재의 시간)와 동화되지 않고 있음을, 그리고 오히려 과거의 시간을 살고 있음을 넌지시 비추는 것이다. 그리고 이를 통해 '내' 의식 속에 과거와 현재가 하나의 연속성을 가지고 이어져 있지 않음을, 현재와 화해되지 않은 과거가 현재의 시간에 그대로 공존하고 있음을 단적으로 드러내주는 것이다. 그것은 '나'의 기억 속에 있는 과거가 현재의 시간에 오려져 붙어 있음을 단적으로 드러내주는 것이다. 그것은 아버지로 상징되는 위악적인 현실과 그애로 상징되는 꿈같던 시절의 병치인 것이다. 이 내면적인 발화의 병치에 의해서 풀어지는 이미지가 '숨결'로 이어지면서 오정희 소설의 문체를 만들어간다.

모든 시간을 현재의 시간으로 환원하지 않으면서 과거가 영원의 이미지를 얻기 위해 자기 주위의 잃어버린 시간대를 둘둘 감는 것, 이 때문에 시점에 변주가 일어나는 것이 「별사(別辭)」이다. 「별사」는 죽음이라는 일상의 문제를 다루면서 오히려 낯선 죽음에 대해서, 아니 삶에 이물질로 씹히는 죽음에 대해서 다루고 있다. 거기에 죽음이 어떻게 영원의 이미지를 만들어가는가를 조심스럽게 보여준다.

현재 남편을 찾아가는 정옥의 시점과 죽음으로 향해가는 과거 남편의 시점이 공존하면서 빚어내는 문체의 질감은 죽음이라는 과거의 시간을 현재의 시간에 그대로 옮겨놓는다. "사람이 죽는 것은 공포 때문이 아니라 허무 때문인 경우가 많지"라고 했던 정옥의 남편은 문맥상에 확실하게 드러나지는 않지만 정치적인 사건에 연루된 대학 선생이었다. 정옥의 시점에서 저수지에 빠져 죽은 남편의 무덤으로 찾아가는 과정이 담담하게 그려진다. 거기에는 "죽은 녹빛의 행군"이라는 군인들의 행렬을 바라보며 정옥이 "가슴속에 드리운 불투명한 막이 점차 두꺼워지며 뭔가 질리는 느낌으로 옥죄어오기 시작했다"고 느끼는 것은 남편의 죽음이 정옥에게 가져다주는 무거움을 단적으로 드러내준다. 그러나 이 무거움을 전혀 무겁지 않은 태도로 받아들이는 것에 「별사」가 갖는 매력이 있다. 그 매력은 정옥이 현재의 시점에서 과거 남편에 대해서 느끼는 감각적 기호들 속에서 묻어나온다. 그 느낌은 여전히 '그 자리'에 있는 열쇠가 손등을 스치는 순간 느꼈던 감각과 집 안에 희미하게 떠도는 담배 냄새로부터 오는 것이다. 그 냄새로부터 그가 다닌 숱한 곳의 냄새, 정옥이 결코 가본 적이 없는 곳의 바람 냄새, 이슬, 스쳐간 사람들의 냄새로 이어지면서 "더 이상의 추리와 탐색이 부질없는" 남편의 죽음이 성큼 다가온다. 이렇게 정옥은 남편의 죽음을 현재의 시간 속에 풀어서 어떤 의미를 찾지 않으며 오히려 "이 흔적에서 분명 지금의 이 시간들을 되살리려는 헛된 노력을 하게 될 것"을 '끔찍'하게 생각한다. 그리고 현재의 시간 속에 남편의 죽음을 그대로 남겨둔다. 바로 이러한 시간의 인식에 의해서 「별사」는 '과거'를 영원한 '이미지'로 남긴 채 시간의 파편들을 긍정하려는 의지를 보여주고 있다. 그리고 이러한 시간 인식의 기저에는 온갖 형태의 전체화를 거부하려는 작가의 삶에 대한 태도가 깔려 있는 것이다. 바로 그 밑동에는 삶의 배반으로 상처받은 얼룩진 영혼이 웅크리고 있는 것이다.

「꿈꾸는 새」는 이런 조각난 시간들을 그 자체로 긍정하려는 삶의 의지가 강하게 드러난 소설이다.「꿈꾸는 새」의 '나'는 모든 사람들이 '부러워하는' 교수 부인이다. 그러나 내가 삶 속에서 진정으로 원하는 것은 교수 부인이라는 '허울'이 아니라 주어진 시간 속에서 진실이 무엇인가를 끊임없이 반문하면서 자기의 정체성을 찾아가는 것이다. 따라서 매순간 "내가 진실로 원하는 것은 사랑인가, 성인가, 소멸인가" 자문하면서 "대답은 모두일 수도, 전혀 아무것도 아닐 수도 있다"고 느낀다. 그리고 지나간 시간들은 현재 시간 속에 용해되지 못한 채로 눅눅한 공기 속에서 숨쉬고 있으며 이것은 "길들여지지 않겠다는 마음의 반작용"이라고 되뇌인다. 시간에 길들여지지 않으면서 끊임없이 자신을 비워가며 살아가는 것, 거기에 생성을 꿈꾸는 자의 일상이 자리하고 있는 것이다.「비어 있는 들」에서는 시간에 길들여지지 않으려는 반작용이 육화되어 반작용이 아니라 자연스러운 '작용'으로 자리한다.「비어 있는 들」에는 남편과의 가정 생활에서 은밀하고 절박한 그리움으로 남편을 떠나 누군가를 기다리는 '나'의 모습이 수채화처럼 투명하게 그려지고 있다. 이런 나의 의식 상태를 규정하는 것은 '기차 소리'라는 감각적 기호이다. 이 기차 소리는 곧바로 '그'에 대한 기다림과 열망으로 이어지면서 일상에서 남편을 지운다. 그렇게 지워진 흔적에 "감정의 과장, 극적인 형태, 도식으로 설명될 수 있는 모든 것을 혐오"하는 내가 있는 것이다. 남편과 낚시를 하는 동안에도 나의 귀에 맴도는 기차 소리는 현재 시간을 비집고 들어와서 틈을 내고 갈라놓는다. 그 틈새로 빠져나온 일상은 낯선 또 하나의 시간대를 만들어가는 것이다. 그리고 그 낯선 일상의 틈새로 간신히 숨을 쉬며 살아가는 내가 있는 것이다. 허허롭게 느껴지는 일상 속에 어긋나는 시간의 병치를 통해 진정으로 다가서고자 하는 것은 무엇일까.

　삶의 편린들을 모두 감싸안을 전체적인 삶의 의미망을 만들 수 없다는 절망감은 이미지 조각 하나하나를 전체로 사유하게 한다. 거기에 모든 시간을 현재의 시간으로 환원하지 않은 채 이물스럽게 만드는 '시간의 간섭'의 중요한 의미가 있는 것이다. 작가는 이러한 '시간의 간섭'을 통해 삶의 의미를 다양한 공간과 시간 속에서 무한히 길러내고 있으면서 또 한편으로는 어떤 전체적인 삶의 의미망을 그려내기에 현실은 수없이 많은 삶의 결들이 있다는 것을 솔직하게 고백하고 있는 것이다. 그 이물스러움이 소설의 독특한 분위기를 형성하는데 이것이 오정희의 뛰어난 점이며 큰 힘인 것이다. 왜냐하면 이것이 퍼져 있는 *range over* 글쓰기 공간을 만들어내는 가장 중요한 원동력이기 때문이다. 삶의 허상을 깨달은 자가 할 수 있는 일이란 무엇인가. 끊임없이 삶의 의미를 부여하는 동시에 증발시켜버리는 일 아닐까.